吸金妙神醫

3

風文創 342

微漫 著

目錄

第六十章 師徒重逢

「老人家，是您要買我家的院子？」顧斐並沒有被老頭的語氣所激，而是一貫平和的聲音問著。

「不是要買，是已經買了！我現在是來簽契書的，連銀子都帶來了！」老頭從懷裡掏出一摞銀票，這處院子可不便宜啊！

顧斐雖不知道這老頭是何來歷，但有一點可以肯定，必然很有錢。

但顧斐還是沒有放棄。「老人家，京城裡並不止我家這一處院子，還有不少差不多的，您看能不能換一處？我保證，若是超出了這個價，我會給您補上的。」

老頭子冷哼一聲。「我還就看中這裡了！再說了，你們顧家也已經同意將它賣給了我，早說好的，怎麼？現在想反悔？」

顧斐還真想反悔，這院子就好像他的秘密基地一樣，從小到大，但凡自己有什麼好東西，都會先藏到這裡來，這處院子裡，也不知道有多少給他藏起來卻又忘掉的「寶貝」，現在說賣就賣掉了，他怎能不失落？不過顧斐的態度一直都還算平和有禮，人家想買院子，娘親也同意了，他除了委婉地商量，並不能有別的行為。

倒是院子裡的素年等不下去了，那老頭子的聲音，真的是太熟太熟……

「師父！你們先聊著，我睡一會兒！」素年用她最後的精神頭，隔著院子吼了一聲後，急匆匆地就鑽到屋子裡，不出來了。

柳老頓時就是一愣，他聽到了素年的聲音，素年在裡面？當即顧不得在顧斐面前擺譜，柳老三步併作兩步地跨進去，看到了玄毅和魏西，兩人面面相覷。

「怎麼是你們？你們怎麼知道這裡的？嘿，小丫頭的消息也太靈通了！」柳老早已不是剛才在外面那種陰陽怪氣的態度了，他只覺得驚奇。

素年決定來京城之後，就給柳老寫了一封信，讓顧斐幫著送來，知會一下師父，說他們也要去京城了，省得他不知道，將自己的事忙完了又跑回湣城去。

柳老其實收到信也沒多久，一看小徒弟要來投奔他……雖然素年沒這麼寫，但柳老覺得，嗯，自己責任重大，小丫頭一看就是沒見過什麼世面的，自己這個師父有責任讓她賓至如歸，於是，柳老便開始在城中張羅他們到時候落腳的地方。

瞭解自己的徒弟喜歡安靜，柳老在城裡轉了一圈，就看中了這處院子，一打聽，是內閣學士顧府的院子。難得自己想給徒弟辦點事，柳老當然是想要最好的，看中了就不想換，直接上門希望人家將院子賣給他。這柳老也不含糊，直接報身分、報名號，他還思忖著要不要找幾個關係不錯的官員施加點壓力？

結果顧大人很是通情達理，即便他們不捨得，但還是給了柳老這個面子。都食五穀雜糧，哪兒就能保證不生病？給了醫聖一個面子，萬一以後有事相求時，也好開口些。

「這真是個巧合啊……」柳老摸著鬍子，不住地感嘆，轉頭瞄了一眼顧斐。「是顧家小子吧？不錯不錯！」

這不錯指的是什麼，顧裴無從判斷，不過算了，他本就打算讓素年住這裡，現在也算是歪打正著，賣了……就賣了吧……

素年這一覺，睡得是天昏地暗，以至於她睜開眼睛看著外面泛黑的天色時，一度不知道是清晨還是傍晚。

巧兒守在她的床邊，見她醒過來了趕忙出去通報，然後折回來。「小姐，妳可算醒了！妳都不知道，小翠姊姊都哭了三次了……」

素年一邊爬起來，一邊滿臉黑線，巧兒是在跟她說笑吧？

門「砰」一聲被撞開，小翠淚眼汪汪地闖進來。「小姐——」

素年的動作頓時僵住，不是開玩笑的?!

一邊給素年梳頭，小翠還一邊偷偷抹眼淚。她想起小姐在牛家村生病的那段時間，也是無論怎樣都叫不醒，身體漸漸冰涼，她那時有多害怕！那種無助和絕望，真是想起來都傷心難受。

「小翠妳夠了……」素年的聲音都在發抖。她不是不能體諒小翠的感受，但這反應有些太大了啊！

小翠將眼淚一擦，開始老老實實地梳頭。「小姐妳餓了沒？我熬了蝦片粥，妳一直都沒怎麼吃東西，先吃點暖和的東西開開胃。」

素年早就餓得不行，之前吐啊吐的還不覺得，這會兒睡了一覺，肚子裡感覺空空的。出了屋子，師父和顧斐兩個都在呢，還有魏西和玄毅。院子裡堆了不少東西，都是他們瞧著缺了什麼出去買回來的。柳老和顧斐神奇地聊在了一起，看樣子還很投緣，素年就奇怪了，前會兒在院子外面針鋒相對的不是這兩人嗎？

柳老看到素年出來之後走向她，拿起桌上一碗漆黑的藥汁遞過去。「丟不丟人？喝了！」

素年一看見碗，臉就苦了。雖然她也算個大夫，但喝藥真的是打從心底排斥，為什麼沒有藥丸啊……她由衷地感嘆著，不過既然是師父的好意，素年還是伸手將碗接過來，鼓起勇氣一口喝進去。藥汁特有的苦澀味將素年的噁心感全都泛了上來，她愣是全部忽視，又猛灌幾口水，將噁心壓下去，然後扭頭對小翠說：「怎麼辦？都喝飽了……」

柳老知道素年來京城是為了治安定侯夫人的身子，他之前也去請過脈，侯夫人的情況，說起來也不算是病症，她只是睡不著。

長時間無法入睡，如今已經憔悴得不成人形。

「為師也給她開了藥方，並且交代了侍女，常按一按四肢腧穴、神門和三陰交，卻並未好轉。」

失眠？聽起來還很嚴重？素年皺起了眉，神門穴和三陰交為主的寧心安神法都得不到效果，侯夫人的症狀，聽起來不妙啊！

柳老接著說：「我上一次還在京城的時候，安定侯府就請我去診斷過，當時侯夫人並未嚴重到如此地步，只是入睡困難，睡得不沈，並且每日早早就會醒來，所以身子得不到充足的休息，情緒有些焦躁不安。開了些藥之後，侯夫人曾好轉了一段時間，但差不多只一個月光景，又開始重複發作，並且症狀加重，常常半宿半宿地睜著眼睛，於是，我只得下了重藥，卻又是只能堅持一段時間，然後故態復萌。」

這不科學啊！素年鎖著眉。師父的判斷是正確的，方法也是對的，沒理由只能暫時地緩解，然後又更加嚴重啊！

「侯夫人的心和腎都虛弱，若是在腎俞穴、大椎穴、關元穴進針，也許有效，但為師是個男子……」

素年點點頭，這幾個穴位，就是為什麼侯夫人執意要找醫娘的原因了。

顧斐坐在一旁安靜地聽著，他發現，這個沈素年在談論到病患的時候，臉上的表情都會不自覺地改變，跟她原本閒散敷衍的樣子差好多，熠熠光彩很是驚人。

「喔，對了。」素年看向顧斐。「顧公子可以想辦法為我引薦了，我需要先瞧過侯夫人的情況才好下定論，不過，你可別忘了答應過我的事。」

柳老左右看看，小丫頭不得了啊，都已經混到可以指使內閣學士的公子了？想當初，他才在權貴中混跡的時候可沒這麼順利。

顧斐點點頭，見素年安頓好之後，便回了顧府了。

柳老有時給人治病，有時無所事事，素年便帶著沒見識的小丫鬟開始逛街。

京城，饒是素年這個穿越者也非常有興趣。街邊的商鋪裡擺出來的都是時興的貨物，別處看不到的布料、看不到的樣式、精緻到讓人嘆息的擺件玩物、出海貨船帶回來的沒見過的香料工藝品……琳琅滿目，目不暇給。三個小姑娘們看得起勁，新奇的東西誰不喜歡？

在一家首飾鋪裡，小翠鄭重其事地建議素年必須要打幾樣飾品。

「小姐，妳看看路上，但凡是個姑娘家，哪個像妳這樣？從頭到腳就這麼一支簪子，只為了固定髮髻，妳覺得合適嗎？」

素年用眼神表達她的意思：挺合適的呀！「……要不，我把妳送我的戴上？就是有點沈，有點閃。」

小翠就當沒聽見，指著店家提供的圖冊說：「這幾個挺好看的。」

素年都無奈了，她覺得自己這樣挺好的，戴那麼多東西太累贅了，她雖然是挺希望過奢侈的生活，但飾品不在這之內，她很有原則的好不？只是既然小翠都這麼說了，那就買幾樣吧，戴不戴再說，好歹有了不是？

「嗯，行，就這幾個吧，去找掌櫃的付錢。」素年很是豪邁地決定了。

小翠的手點在圖冊上，都來不及收回來。這就決定了？她是隨便指的啊……

「哎、妳們看完了沒有？不買別老占著冊子呀！」

這時，一旁兩個穿月華錦緞、繡飛花紋的小姑娘有些抱怨。這家店的生意相當好，不然小翠也不會拉著素年進來，而店裡的圖冊都是手工繪製的，總共就那麼幾本，供不應求。

「我們一會兒就買好，兩位姑娘稍等。」小翠挺客氣地笑笑，然後將冊子上的圖案舉到素年面前。「小姐，就這幾種嗎？」

素年還沒看清楚呢，那兩個小姑娘又說話了——

「隨便選選得了，反正寶翠齋的東西再怎麼樣也比小地方的精緻華美，就是價格不便宜，妳們確定買得起？」

素年和小翠、巧兒身上穿的衣服並不是京城流行的樣式，雖然料子都不錯，但素年偏愛素淨，以掩蓋住布料的不俗，再加上……不是小翠要說，素年確實是素淨得過火了，就頭上那一支髮簪，還是什麼樣式、什麼點翠鑲寶都沒有，只光禿禿的一支玉簪！這副打扮，真心連在她們面前諷刺的小丫鬟都比不上，也怪不得她們這麼嘲諷了。

「買不買得起，就不勞兩位操心了。」素年輕聲細語地說，將小翠手裡的冊子接過來。「這麼一看，小翠妳的眼光也真不怎麼樣，這幾個怎麼行？我來仔細選選。」

兩個小丫鬟何時受過這種氣？看她們的衣著，居然看不出來她們是哪家的丫鬟嗎？喔，對了，忘了眼前這三個主僕是從小地方來的。

素年本不打算跟這些小丫頭計較的，但剛剛小翠才吐槽過她，接著就被兩個小丫鬟給鄙視，素年覺得內心有些陰暗。誰讓妳們這麼準地撞上來？

寶翠齋的夥計注意到了這裡的動靜，忙堆著笑臉走過來，一看見那兩個氣呼呼的小丫鬟，立刻先陪笑。「這不是安定侯府姚姨娘跟前的姊姊們嗎？失敬失敬！」

小丫鬟一聽有人為她們介紹了，立刻挺起了胸膛，用眼角斜看素年主僕。

「怎麼？安定侯府姨娘的丫頭，就不用講究先來後到了？可真是威武！」素年頭都沒抬，眼睛繼續盯在圖冊上，一頁一頁地翻看。

「妳！」小丫頭的臉脹得通紅。安定侯府啊！這個小地方來的，怎麼聽到了還一點反應都沒有？她們怒氣沖沖地瞪著夥計，這種人，他們寶翠齋怎麼不趕出去呢？

夥計被怒目一瞪，心裡就開始盤算，安定侯府可是他們寶翠齋的大客戶，特別是這個姚姨娘，因為在安定侯府得勢，打首飾打得特別的勤快！這麼一想，夥計心裡就有了決斷。

「三位，安定侯府是本店的貴客，享有特殊的權利，能否請三位──」

「閉嘴！」一聲怒斥，寶翠齋的掌櫃大步走了過來，衝著夥計就是一陣劈頭蓋臉的喝罵。「有沒有規矩！來者是客，誰教你這麼做生意的？給我滾到後面去！這個月的月錢減半！」

夥計灰溜溜地退下了，但他不明白掌櫃這麼做的意思，為了三個看起來就不是有錢的小丫頭而得罪安定侯府，怎麼看都不是明智的決定啊！

掌櫃先是跟素年誠懇地道歉，嚴厲批評了夥計的態度，表示一定會改進，希望素年不要介意，安撫好了她們，才回過頭對著鐵青著臉的小丫鬟笑臉相向。

「好、好……你們寶翠齋看來是看不上我們安定侯府！你等著，我們回去一定跟姨娘好好說說萬掌櫃的意思！」掌櫃維護素年主僕的舉動，讓小丫鬟覺得被下了面子，而且不單單是她們的面子，是整個安定侯府的面子！小丫鬟氣得全身發抖，話都是從牙關裡擠出來的。

「兩位姊姊可千萬別這麼說，小的看不上誰，也不能看不上安定侯府不是？」萬掌櫃笑容可掬，一副親和的模樣。「左右不過一本圖冊的事情，正巧，寶翠齋新製了一本圖冊，上面還添了不少新樣式，那可是寶翠齋裡獨一份的，今兒興許就是為兩位姊姊準備的呢！」

聽到這話，小丫鬟的怒火略減，挑釁般地睨視著素年主僕。

素年仍舊在翻著圖冊，壓根兒沒有反應。

「哼，妳們就好好選吧，別看花了眼才好！」小丫鬟們趾高氣揚地跟著掌櫃去看新圖冊了。結局可是她們占了上風，這就夠了。

她們雖是安定侯府姚姨娘身前有些體面的丫鬟，但也不過就是丫鬟，要真說讓安定侯府不買寶翠齋的東西，她們還真沒這個能耐。寶翠齋就算在京城這麼多珠寶樓中，也是佼佼者，就連妃嬪娘娘們的首飾頭面，有時都會由他們貢奉。因為花樣精緻出新、分量十足，選用的寶石也都是上品，安定侯府女眷們的首飾大都是交給寶翠齋來提供的。所以剛剛小丫鬟們說的只是氣話而已，而現在，掌櫃的親自過來招呼她們，又將新圖冊拿出來供她們選，面子給足了，要是再不知好歹，給梯子都不下臺，她們也做不了安定侯府的丫鬟。

「這個如何？挺不錯的。」素年終於指了圖冊上的一款髮簪，面露滿意的神色。結果她的選擇沒有得到回應，抬頭一看，小翠和巧兒兩個小丫頭臉上都多多少少有些憤然的神色。

「要不……我把她們叫回來，妳們倆上去打一架？」素年誠心地提議。兩人一看就是憤憤不平、餘怒未消，而且，小翠和巧兒可是沒事就跟在魏西、玄毅身後練了些拳腳，雖然目前只是花架子的水準，但對付兩個侯府的丫鬟，還是不成問題的。

小翠和巧兒忽然就氣憤不起來了，她們哪是自己在生氣？是氣不過那兩個小丫鬟對小姐的嘲諷啊！可小姐倒好，一點都不介意的樣子，還打一架？虧她想得出來！

巧兒低下頭去看素年選的樣式，只看了一眼，就抬頭又看向她頭上那根光禿禿的簪子。

「小姐……這有什麼區別嗎？」

第六十一章　侯府夫人

在素年悠閒自在逛街的時候，顧府裡，顧母的心中因為兒子顧斐的一番話，掀起了巨大的波瀾。「你說什麼？沈素年並沒有死？佟家是騙我的?!」

顧母並不算是個美人，但她身上有一種溫潤的氣質，讓人看了就覺得舒服，穿著也以柔和的顏色為主，低調卻穩重，然而，現在這種溫潤感卻蕩然無存。顧母似乎從沒想過這種情況，臉上是震驚到不可思議的表情。怎麼可能？怎麼可能有人會拿這種事情騙她？

顧斐點點頭。「母親，是我親眼所見，斷不會有錯。並且，我已將沈姑娘帶到了京城，如今就住在您剛賣掉的院子裡。」

顧母又是一愣，那個院子她當然知道，可是……「那個院子，我是賣給了醫聖柳老呀，她怎麼能夠住進去？」

「醫聖柳老正是沈姑娘的師父，沈素年就是柳老剛收沒多久的傳人。」

不行了，顧母一下子消化不了這麼多消息。她一向活得安逸，顧府裡有老夫人在，並沒有多少勾心鬥角的事敢出現在她面前，也因此她都已經這個年紀了，心中卻沒什麼城府算計。而現在沈素年帶來的一切，讓她覺得無比頭痛。當然，沈素年還活著，顧母覺得是佛祖保佑了，老太爺恩人的女兒啊，她心中是心存感激的。可，接下來該怎麼辦？顧斐的婚事怎麼辦？顧母再單純，也知道佟府必然不會善罷甘休的，不然當初也不會騙她說沈素年已經死了，然後又提出佟小姐和顧斐的事情。

「這……我還是去問問娘的意思吧。」顧母沒了主意，唯一的手段就是求助於顧老夫人。

顧斐點點頭，他這個奶奶可是個精明的人，雖然上了年紀，但心裡通透得很，娘去找她商量也好。這事，顧斐就打算交給娘親和奶奶處理了，相信她們能夠分得清是非。

顧斐接著便出府，去安定侯府拜訪。

安定侯夫人原本打算去潞城，也是為了醫聖的傳人，但因為她身體的原因，車隊行走得很慢，幸好中途接到了顧斐的書信，說是他能夠將醫聖的傳人帶到京城裡，這真是再好不過的消息了，於是車隊立刻掉頭。

安定侯府的夫人，在京城裡是賢名在外，溫柔賢慧、知書達禮，無數官員都羨慕安定侯，家裡嬌妻美妾和睦共處，膝下兒女成雙，樂享天倫。府內的事，只要有侯夫人在，就一點都不需要侯爺操心，絕對是個賢內助。

然而，當顧斐見到傳說中的侯夫人時，卻完全不能和眼前的人對上。

瘦骨嶙峋的身體，饒是華衣美服，穿在身上也空空蕩蕩，毫無美感；臉上厚厚的粉已經完全遮蓋不住泛黑的眼眶，因為消瘦的原因，顴骨高高地突出來，臉頰凹陷，十分瘆人。侯夫人整個人都呈現出一種疲憊及頹廢感，靠在軟榻上，遠遠望去，好似一副骷髏架子。

顧斐因為跟侯府小公子從小認識，也沒少見過這位侯夫人，那個時候她溫婉嬌柔的樣子，還讓顧斐好一陣讚嘆，可怎麼……就成了這副模樣？

「顧斐來了……」侯夫人想對他笑笑，可笑到一半想起來自己這副模樣，還是不要笑比較好。

顧斐掩下心中的戚然，給侯夫人問了好，然後就將沈素年的事情說出來。

「勞煩你了。其實，我的身子我自己最清楚，也就這樣了……」侯夫人說話的語氣非常緩慢，有氣無力。

「夫人別這樣想，明日我就將沈娘子帶來見您。您放心，沈娘子是醫聖柳老的傳人，她一定能將您的身子治好！」

顧斐退出去的時候，看到了院子外面的韓宇，也就是和他相熟的侯府小公子。「怎麼不進去？」

韓宇搖了搖頭。「你真的將醫聖的傳人帶來了？是個醫娘？她真能治好我娘的病？」

顧斐沒說話，而是上前攬住這位摯友的肩膀。「走！我好不容易回來了，陪我喝酒去！」

晚上，顧斐來到了素年這裡，讓她準備一下，明日自己會過來帶她去安定侯府。

素年點點頭，忽然開口問道：「這位侯夫人，是個什麼樣的人？」

顧斐以為她心裡緊張，便笑著說：「沒事，夫人很和藹的，明事理，脾氣也好，妳不用擔心。」

脾氣好？長時間被失眠折磨過的人，脾氣怎麼可能還會好？

「那……姚姨娘，你可知道？」

顧斐一愣，隨即很是不可思議地說：「姚姨娘？妳怎麼會知道她的？」

素年撇撇嘴。「今兒被她的兩個丫鬟欺負了，跟你先問問情況，若是有機會也好討回來，省得我兩個丫頭心裡總惦記著。」

小翠和巧兒齊齊轉頭離開，她們哪兒惦記了？

「這姚姨娘……」顧斐似乎有些難開口，先想了一下，才慢慢地說：「她進府沒多久，也就近兩年吧，據說相貌姣好，琴棋書畫又樣樣拿手，很合侯爺的心意……」顧斐越說頭皮越發麻，背著人議論這個，他還是第一次，偏偏素年還一臉讓他接著說的表情。「那什麼，姚姨娘妳就別去管了，妳要真想出氣也行，直接讓夫人教訓一頓得了。」

「侯夫人無法入睡的症狀，是從姚姨娘入府之後開始的吧？」

素年忽然沒頭沒腦地說了這一句，顧斐心頭猛震。什麼意思？「妳是說……」

「我什麼都沒說。女人嘛，自己丈夫的心都被人搶走了，身體會出現不適也是能夠理解的。」素年點點頭，一副很正常的表情。

可顧斐卻從她的眼睛裡看出了不屑。對什麼不屑？對姚姨娘？對侯夫人？還是對……侯爺？

素年眼中的情緒轉瞬即逝，施施然地起身。「小女子明日準時恭候顧公子，今日有些乏了，顧公子請自便吧。」

素年離開後，顧斐坐在原地，覺得莫名其妙。怎麼態度忽然就變了？前頭雖然也不是多熱情吧，但後來根本就是無視啊！自己做了什麼讓她有這麼大的反應？

第二日一早，素年果然早早就起身，收拾妥當之後，顧斐僱的馬車已經到了院子門口。

素年的妝扮還是那副素淨的模樣，安安靜靜地上了車。

安定侯府的府邸是御賜的，面積非常大，加上每年都會修繕，才成了如今這副恢弘的模樣。從偏門換了軟轎，一路往裡走了許久，才來到了後院，素年覺得自己的認知又被刷新了一遍。她覺得住著很舒適的小院子，其實不過是人家侯府後花園的一個角落大而已。

可這麼大的宅子，管理起來也夠嗆了，素年覺得還是她家小門小戶比較好。

沿途看著風景，素年的軟轎停在了一處院落外，說是院落，兩邊的牆延伸得完全看不到盡頭，這裡，就是侯夫人的院子，落香館。走進去，花圃裡種著散發著香氣的月見草、紫蘇、天竺葵等，樹木有香樟、月桂、玉蘭……真真是落香遍地。

一路慢慢來到屋子跟前，早已有丫鬟在門前候著了，身上果然穿著跟昨日見到的一樣，月華錦緞、繡飛花紋的衣裙。

「夫人請沈娘子進去。」

丫鬟低著頭，微微福身，動作行雲流水，態度溫婉謙和，果然是侯府裡的丫鬟。

屋子裡飄著淡淡的藥味，素年嗅了嗅，都是寧神的藥物。繞過隔斷，素年便見到了靠在軟榻上的侯夫人。師父說話真真是太含蓄了，什麼叫情況不是太好？這分明是相當無比的不好啊！她怎麼看，侯夫人都是一副快掛了的模樣，她是怎麼撐下來的？

侯夫人氣若游絲的聲音，素年聽著都心驚膽戰，連忙點頭。「小女子正是。請容小女子為夫人診脈吧。」

「這位就是沈娘子吧？」

侯夫人慢悠悠地將手腕伸出來，素年趕緊上去接住了，深怕那隻手半途中就落下來，她的動作十分不合乎禮數，但也顧不得了。指尖搭在脈上，素年的眉頭皺了起來，這脈象，著實亂得很吶……整體偏軟散，因氣不足，難斂難鼓動，陽不入陰，還偏浮數，六部心脈最弱，心主神明，神失調攝。再看侯夫人的面色，萎黃憔悴，還有細細的汗水。

「夫人，之前開的藥，您一直在吃嗎？」

侯夫人身邊的一個侍女代替她回答。「夫人並不經常吃，說是吃了也沒用。只有實在受不了了，才會喝上一副，但也越來越不起效果。」

「那是自然的，安神寧心的藥物身體會慢慢適應，也就越來越沒有效用了。」素年收回手。「夫人，容小女子先為您進針吧。」

這是請素年來的目的，因此侯夫人很配合，將屋裡的閒人屏退之後，便將衣服除下。這衣服一脫，素年更覺得驚心動魄了。人怎麼能消瘦如斯？這還有肉嗎？

素年讓夫人趴在軟枕上，轉身從針灸包內取出七星皮膚針。皮膚針好似一個小小的錘子，錘頭那裡布著七根十分細小的針尖，錘柄極細，使用時，以腕力彈扣刺激部位。頸椎一共一到七節；胸椎一到十二節，取其中五到十二節。素年手持針柄，用皮膚針以中度的力度扣刺這幾個位置的兩側，先從頸椎開始，自上而下扣刺兩遍，然後在胸椎五到十二節作橫行刺，每橫行部位三針。

接著取額部的穴位，橫扣打三行，頭部的穴位，呈網狀扣打。眉弓、神門、足三里、三陰交，在它們表面零點五到一點五釐米的範圍內按常規扣刺五十下。

扣刺完畢後，侯夫人身上留下了一個又一個局部潮紅的痕跡，在她瘦骨嶙峋的身上十分刺眼，尤其是額部和頭部。

侯夫人的小丫鬟眼珠子都要瞪出來了，這是在醫治嗎？她為何從未見過？而且這樣，夫人要如何見人吶！

誰知素年的治療還未完，換了毫針，取穴百會穴和四神聰，先針百會穴，向前橫刺一寸，施快速均勻左右撚轉手法，持續兩分鐘出針，中間間隔了片刻後再次以同樣的手法施針，反覆了三次，留針。

「這針要留著，妳們仔細看著點。」

素年的話讓小丫鬟想乾脆昏倒算了！開什麼玩笑？堂堂侯府夫人，頭頂上扎著一根針，這算什麼意思啊？

但素年毫無自覺，而是讓小翠拿出她事先準備好的東西，珍珠粉、朱砂粉、大黃粉、五味子粉混合的粉末，以及鮮竹瀝——這是將竹子加熱後瀝出的液體。

「晚上睡前，取六分粉末，用鮮竹瀝調成糊狀，貼在這裡和這裡。」素年用手指了指左右湧泉穴，對夫人的貼身丫頭吩咐道：「記住，要連續貼九日，九日之後，間隔三日繼續。」

那丫頭已經麻木了，認真地記住了穴位之後，眼睛都不敢去看夫人頭頂的針。

「夫人，您除了無法入睡之外，是不是肌肉也會有緊繃的疼痛？」

侯夫人一邊在丫鬟的幫助下將衣衫穿好，一邊微微點頭。「都習慣了，也不覺得怎麼樣。」

果然，侯夫人並不只是單純的失眠，她其實是精神衰弱的症狀。素年給她醫治的手法，也是按照精神衰弱的症狀來的。夫人的情緒雖然自己有在控制，但還是相當抑鬱、消極，這是個很危險的信號。神經衰弱不僅會讓她焦慮、無法入睡，更可能發展成其他精神方面的問題。若是一味地只服用安神助眠的藥物，根本達不到改善身體的效果。

素年正想跟夫人囑咐兩句能改善緊張狀態、緩解精神壓力的方法時，就聽到院子裡忽然有陌生的女音響起——

「姊姊在屋裡嗎？我是婉娘，聽聞醫聖的傳人在這裡為姊姊醫治，婉娘也想來見見呢！」

素年敏感地發覺，侯夫人原本還能控制住的情緒一下子壓不住了，焦躁感立刻浮現出來，讓她整個人的感覺都變了樣。

「不勞妳費心，我身體不適，就不招待妳了。」

侯夫人的聲音冰涼，一點也沒有剛剛的溫婉感。可她的話說出去後，門卻依然被人從外面推開，兩個丫鬟一邊一扇，強行突破了阻擋，將門給打開。

從外面走進來一位身形嬌弱柔美的女子，穿著桃紅色縷金百蝶穿花雲緞裙，顏色嬌豔，將她的容色突顯得更加水靈，髮鬟旁嵌珍珠碧玉步搖，一晃一晃的，嫵媚多姿。

「姊姊，這也是做妹妹的一點心意，還望姊姊成全。」那女子進門後，眼睛就一直平視著侯夫人，嘴裡雖然說著客氣的話，神色卻在看到侯夫人此刻的情況時一愣，隨即是無法忍住的輕笑。「呵、呵呵呵……姊姊，妳這又是什麼新穎別緻的妝扮？怎麼妹妹我從未見過？」婉娘明顯有些無法克制，在她心中，侯夫人慣會擺高姿態，沒想到居然讓她看見這麼有趣的場面，真是笑死她了！

侯夫人的焦慮更重了，她沈著聲音道：「我從不記得自己還有個妹妹！」

婉娘的笑聲停歇了下來，面色忽然就見委屈，眼睛裡含著水光。「姊姊這是怎麼說的？侯爺他希望我們姊妹和睦，妹妹……妹妹也只是想讓侯爺高興而已……罷了、罷了，以婉娘的身分，如何能厚顏自稱夫人的妹妹……」

素年看見侯夫人深吸了一口氣，似乎是想要將心中的焦慮排出，但是沒有成功，她的面色更加不好，像是很快就要發作一樣。

誰知這時，婉娘忽然跪了下去，盈盈美目中淚珠滾滾滑落。「是婉娘不好，是婉娘逾越了，還請夫人千萬保重身體，若是夫人因為婉娘而有個什麼，婉娘……就是死一百次也——」

「好好的這是怎麼了？」

低沈的男聲又加了進來，從屋外大步走進一名男子，四十歲的光景，卻依舊風度翩翩。

跪在地上的婉娘像被驚到一樣回頭，在看到男子之後，眼睛裡的淚水流得更加迅速了。

「侯爺……」

素年覺得自己正在看一部宅鬥大戲，說實話，她對這些東西不感冒，她曾經看過不少宅鬥小說，裡面的主人公一點點大的年紀都能跟同樣一點點大的小姑娘們鬥得風生水起、妳死我活，她那時還在想，若是她穿越過去，必然是分分鐘就落入別人的陷阱，死得透透的，就是現在，素年仍然這麼覺得。

眼下，這位侯爺出現得如此及時，這位婉娘的情緒波動得如此巨大，說不是故意的，天理都不容啊！

素年忽然理解了為什麼侯夫人會精神衰弱了。精神衰弱都是好的了，要換作是素年，之前說了，早死得透透的了……

第六十二章　難解心結

侯爺那裡，已經將婉娘從地上拉起來，還親手給她擦了淚水，但也沒有朝著侯夫人質問，只是慢慢走過來，看著她頭上那根針良久，才輕輕牽起她的手。「如何？好些了嗎？」

素年被雷得裡嫩外焦，這是什麼戲碼？怎麼她在小說裡沒看過？侯爺不是比較喜歡小白花妾室嗎？剛剛還安慰了兩句呀！怎麼這會兒對著夫人又是一往情深的態度？他什麼立場？

侯夫人的手動了兩下，最終還是沒有抽出來，她低下頭，似乎不願讓侯爺見到自己現在這副樣子。「讓侯爺擔心了。」

「那妳就趕緊好起來，妳這樣，我著實心疼。」

侯爺也不管這裡還有外人呢，立刻進入深情模式。素年假裝在收拾針灸包。

小翠想，她都已經收拾好了，小姐這是在重新檢查一遍嗎？

終於，侯爺注意到了素年的存在。「妳就是醫聖柳老的傳人吧？沒想到是這麼標緻的一位小姑娘，果然是不同凡響吶！」

對於安定侯的誇獎，素年面不改色，抬眼時，她卻忽然發現，剛剛沒注意，這會兒站在自己對面的婉娘，她身旁那兩個之前將門推開的丫頭怎麼有些眼熟呢？那兩個小丫頭明顯在閃躲自己的眼光，這倒讓素年記起來了，不就是在寶翠齋跟她爭一本冊子的丫頭嗎？好像是什麼姚姨娘身邊的……那麼，這個婉娘，就是姚姨娘？

「沈娘子，不知夫人的身體如何？」安定侯終於想起來要問這個問題了。

素年面色微沈。「不甚樂觀。侯爺，夫人的身子需要絕對的靜養，相信我師父柳老應該也囑咐過了，若是都如今日這般，讓夫人遭遇不請自入的打擾，侯爺還是另請高明吧，小女子恐怕也是束手無策的。」

婉娘的臉色瞬間慘白，沒想到這個身分低微的醫娘竟然敢直接指責自己的行為，她憑什麼？連侯夫人都沒有告狀，她有什麼立場？

侯爺的表情也立刻沈了下來，剛剛進屋時被婉娘下跪哭泣的模樣給繞住了，倒是沒有深想她為什麼會出現在這裡。「婉娘，妳一向是懂事的，果然如沈娘子說的，是不請自入？」

婉娘急忙又跪下，還未出聲，眼睛裡又泛水光。「侯爺，賤妾只是憂心夫人的身子，聽夫人說身體不適，賤妾一時就心急了，這才……請侯爺責罰，確是賤妾考慮不周。」

柔婉的嬌妾梨花帶雨，跪在地上請求責罰，向來憐香惜玉的侯爺心又軟了，正想說算了時，一旁的沈素年卻開口了——

「姨娘說是因為擔心夫人的身體，我看不盡然吧？夫人身體不適，讓妳先行告退，妳卻執意闖門而入，夫人這會兒的身子因為妳而更加虛弱了，姨娘這也叫擔心？」素年的話實際上並不合乎規矩，但她在賭。看侯爺剛剛對夫人的態度，心裡必定對夫人頗有情意，素年覺得，自己的話不一定會觸怒侯爺。

「是真的嗎？夫人的身子果然更加虛弱了？」侯爺首先擔心的還是夫人的身體。

素年正兒八經地點點頭。「確實如此。夫人的身子禁不得一點嘈雜，而剛剛那樣，更是大忌。」素年指的是剛剛姚姨娘跪在地上哭的橋段，吵死了。

「還不快退下！」侯爺也顧不得小妾還跪在地上了，趕緊如同攆蟲子一般地揮揮手讓她離開。他雖然是個愛美之人，但還是分得清輕重的，夫人對他的意義可不一般。

姚姨娘的表情瞬間僵硬，她在侯府還從未被侯爺這麼輕視過！

來侯府兩年，夫人是個清高的，不管她再如何恃寵而驕、暗地裡使絆子，那個女人也不屑跟她計較，但這樣正合她的心意。眼看著自己已經慢慢抓住了侯爺的心，那個女人也病入膏肓，侯府上上下下誰不知道她姚婉娘是侯爺的心頭肉？誰不抬著、捧著她？而今天，一個小小的醫娘，竟然當著侯爺的面斥責她的用心，真是……太可惡了！姚婉娘咬著牙，緩緩站起來，安靜地退下去。她還要繼續扮演侯爺心中溫婉懂事的女子，可這個仇，她記下了！

姚姨娘離開後，素年很嘚瑟地看了小翠和巧兒一眼。

兩個小丫頭默默無語，敢情小姐這是在報仇？為了她們兩人憤憤不平而特意報的仇？小丫頭只覺得，怎麼這麼違和呢？

侯爺很是擔心夫人的身體，而素年也恢復了正常，再次強調夫人需要絕對的靜養，若是沒有召喚，閒雜人等最好不要出現。

侯爺連聲保證，末了終於忍不住弱弱地問了一句。「夫人頭上的這個……真不疼嗎？」

看得出來，夫人在侯爺心中的地位很高，可越是這樣，素年越不能理解為什麼還會有姚姨娘這種角色出現？他難道沒看出來，夫人的病，這個才是主要原因嗎？

侯爺前院裡還有些事，所以跟夫人好生說了會兒話之後就離開了。

侯夫人看著他的背影，挺直的腰部慢慢鬆垮下來。

「夫人，身子是自己的，就算有人再心疼，也不會疼過自己，真正心疼自己的，最終，也只能是自己而已。」素年看著夫人，緩緩地開口。

夫人抬起眼，眼前這個年歲比自己小了將近一半的女孩子，眼睛裡是驚人的清明，纖塵不染的樣子，彷彿能直射進自己的心底。那一瞬間，夫人覺得自己心裡有什麼地方崩塌了。兩年了，她看著那個女人在自己的眼前獲寵，已經兩年了！

她是堂堂安定侯夫人，面對嬌柔謙恭的美妾，她只能是大度的姿態，因為，這個女人被自己的夫君喜愛。她有什麼辦法？她想叫、想哭，想指著那個女人的鼻子讓她滾出侯府，但她做不到！女人有時候就是這麼無能為力。口不對心地接受姚姨娘的請安，喝她端上來的茶，看著她巧笑倩兮地站在侯爺身後，侯夫人胃裡一陣一陣地痙攣。

誰也不是天生就大方到可以和別的女人分享夫君的，但現實就是這樣，要嘛從小耳濡目染，接受這個理念；要嘛失敗，成為別人口中善妒的婦人。侯夫人無疑是失敗的，她不能接受，卻不得不接受，這種痛楚無時無刻不折磨著她的神經，最終，成了現在這麼一副模樣。

侯爺對自己一如既往的好，但又怎麼樣？他同樣也能對姚姨娘一樣的溫言體貼！

侯夫人眼中深藏的淚，終於忍不住落了下來。

一旁的侍女連忙送上絲帕，卻忍不住瞧了素年一眼。她是侯夫人身邊的貼心人，夫人的苦楚她如何不懂？可夫人性子要強，就算日日難受得睡不了覺，也都硬撐著；就算不想見到姚姨娘，也不想示弱，讓人以為自己怕了她。她們做丫頭的看著，心裡也跟著難受。而這個小姑娘，不過幾句話，夫人心裡一直強撐著的防線就崩潰了，消瘦虛弱的身子不停地顫抖，壓抑不住的嗚咽聲從她捂著嘴的指縫中不斷地流洩出來。

素年站在一旁，小翠和巧兒也安靜地站在她的身後，她們看著眼前這個人人羨慕其身分的女子，在她們面前控制不住地泣不成聲，周身散發出來悲傷的感覺，讓所有人都感受到壓抑。

只有素年覺得，哭得好。肯哭出來，說明還有得救嘛！將情緒釋放出來，總比壓在心底要強得多。要不是條件不允許，她簡直想配個哀傷的音樂，讓夫人哭得更加淋漓盡致才好！

好一段時間後，侯夫人才漸漸平靜下來。素年明顯地感覺到，她身上的焦慮感似乎減輕了不少。「夫人，那我明日再來給您施針。」素年放了心，她覺得一開始見到的夫人樣子比較棘手，憂鬱沈默、對自己的身子都漠不關心。但現在，她覺得還是可以一試的。

顧斐一直等在花廳裡，見素年出來了，趕忙迎了上來。在他身邊，還有另一名男子，動作比顧斐還快，擠開顧斐，直接站到素年的面前。

「我娘的情況如何？」

「見過韓公子。」素年很懂禮貌，先福了福身子，才帶著笑容道：「公子放心，侯夫人……應該會慢慢好轉起來了。」

韓宇鬆了一口氣，神色徹底放鬆下來。母親這段時間的狀態，讓他心驚膽顫的，自己在外面有了些作為，卻反倒是更讓母親放心地消沈，這令韓宇備受煎熬。

「我都說了，沈娘子可是柳老的傳人，不然我幹麼千里迢迢將她帶上京？」顧斐炫耀的情緒溢於言表。

出了安定侯府，顧斐將素年送回院子後，他也沒有離開，而是跟了進去。

「沈娘子，妳的父親當初是被幽州監御史告發，說他虛報稅收、貪墨銀兩，導致幽州人民民不聊生，怨聲載道，於是才滿門入獄。而那年，幽州正值大旱，朝廷撥了一批銀兩，後來沈府抄家之後，這批銀子卻不翼而飛了。」

「他們應該也栽贓到我父親身上了吧？」

顧斐驚訝於素年的冷靜，但仍點了點頭。「確是如此。監御史上了奏摺，說這筆銀子被妳的父親所貪，不知道藏到何處，上面震怒，貪墨賑災的銀兩可是大罪，這才導致沈家幾乎滅門的慘狀。」

幾乎滅門……整個沈家都沒有了，獨獨沈素年被留下，扔在偏僻的小山村裡自生自滅。

素年輕輕地笑起來，那筆銀子現在在哪兒她覺得不重要了，重要的是，為什麼佟府會那樣對待自己？若是真心花了大力氣將同僚的遺孤救下來，是不會那麼算計自己的，這裡面一定有另外的隱情。「還請顧公子多費些心思。」

「自然自然。」

顧斐離開之後，素年讓巧兒將筆墨準備好，開始將精神衰弱需要注意的事項列出來，再開些食補的方子。

素年覺得自己沒準兒能開個婦女協會什麼的，因為她但凡見到這些事，似乎都沒辦法袖手旁觀，難不成自己是天生聖母體質？不可能啊！她也是睚眥必報的主好不？

柳老抽空過來，看見素年在寫東西，便沒有作聲，只站在一旁看著，但越看，他的眉頭越是擰起來。素年寫的這些，好像是治療無法入睡的症狀，但又並不是很像，比如茯苓、梅花、銀耳，雖有補心安神的功效，但更有效的卻是潤肺補腎，這樣會不會有些偏頗？柳老雖心中有疑問，卻能一直保持安靜，等素年將方子都寫完了，才開始發問。

「丫頭，這是給侯夫人開的方子？」

素年點頭，讓墨跡自然晾乾。

「莫非，侯夫人並不只是不能入眠？」柳老很快就想到了問題的根本。

中醫講究五運辯證、六氣化生，柳老雖看出侯夫人心中鬱結，卻只當成了無法入睡而導致的氣血不暢。

素年以簡單的言語將侯夫人的情況說了一下。「師父，侯夫人最重要的是心病，她自己將自己壓迫成現在這個模樣，就是吃再多的藥、扎再多的針，也是效果甚微的。」素年嘆出一口氣。「現在……師父應該瞭解徒兒不想嫁人的想法了吧？」

柳老還在因為侯夫人而唏噓呢，冷不丁地表情一頓，隨即鬍子又吹起來了。「這能是一回事嗎？妳說妳個小丫頭，小小年紀就如此悲觀消極，這如何得了！」

不管怎麼樣，侯夫人今日的這場痛哭，堅定了素年此生獨處的決心。看看人家安定侯，並不是沒有感情啊，卻仍舊讓侯夫人傷心成這樣，好男人不是沒有，但這個時代的好男人，素年也是看不上的。

接下來的幾天，素年每日都會去安定侯府，將夫人頭頂百會穴的銀針起出後，繼針四神聰，還是在頭頂，仍然要留針一天。這兩個穴位需要輪換著留針，九天才為一個療程。

於是侯夫人只得頂著那根銀針，隔著紗簾處理府中的事務。

侯府是個有大規矩的豪門，小妾是斷不可能主持中饋的，夫人膝下之子也都還沒成親，所以府中的事務，都必須由她來操持。

「夫人，您悠著點，留得青山在，不愁沒柴燒。」素年見夫人在自己給她扎針的時候，都要隔著屏風聽取管事嬤嬤的稟報，忍不住開口了。

小翠和巧兒黑著臉，一左一右輕輕扯了一下素年的袖子，小姐這是什麼比喻啊？

倒是夫人居然點點頭，吩咐嬤嬤下去。「妳說得對，不愁沒柴燒。」

素年發覺，侯夫人似乎慢慢地改變了，她也說不上來是哪裡不對，只是覺得，她好像對治療更加積極了。這才對嘛，面對一心求死的患者，饒是華佗再世也救不回來的。

素年很滿意，為了能讓夫人鬱結的心結快一點解開，對她的病情有好處，她不惜動腦筋，開始說冷笑話想逗她開心。結果，原本很和諧的氣氛一下子冷掉，除了滿臉黑線的小翠和巧兒，還有完全不自知、自娛自樂的素年之外，其他人臉上都是一片茫然。

可是過了半晌，侯夫人居然輕笑了出來，並且笑容越來越大，瘦弱的身子一顫一顫的，到最後乾脆將頭埋在手臂裡，無聲大笑。

「是吧、是吧，很有意思吧？」素年很是自得，吃飯睡覺打豆豆，真是走到哪裡都有市場啊！

侯夫人的兩個丫鬟瞪著眼珠子，她們何時見過夫人這樣放肆地大笑？就是在身體不適之前、姚姨娘沒出現之前，都從未有過！

侯夫人的身子這種大笑並不合適，因此笑了一陣子便伏在那裡喘氣。

她沒嫁入侯府之前，也是深閨名門之女，笑不露齒、點到為止，讓她從來沒有恣意失態過，可不知道為什麼，這個沈娘子就是有這種能力，恭敬裡透著隨意，一句話或一個動作，都能讓她身邊的人也隨之放鬆，回歸最本能的反應。舒服、自在，這是侯夫人這幾日最深切的感受。不論她做什麼、說什麼，這個小姑娘都不會出現任何疑惑，就好像，她全部都能夠理解一樣。這怎麼可能？分明比自己要小上一輪，她如何就能感受到自己的感受？侯夫人都覺得不可思議，但她卻真的很喜歡跟素年待在一起的時候。

「夫人，少爺給您請安來了。」門外有丫鬟通報。

侯夫人已經收拾妥當，提起自己這個兒子，她也是從心底溢出驕傲，小小年紀已是一表人才，在外做事也十分穩妥。「請進來。」

門被打開，那日著急詢問素年侯夫人情況如何的俊秀少年走了進來，看見娘親，聲音中都帶著喜悅。「娘，瞧您的氣色，已是好多了呢！」

侯夫人含笑看著她的兒子，微微點頭，拉住了他的手。

素年一看這架勢是打算母子談心，立刻很識相地告辭。

韓宇便拍了拍夫人的手。「娘，我去送沈娘子離開。」說完，抽了手就跟在素年的身後出了門。

這是……侯夫人盯著兒子的背影走了神，韓宇她是知道的，什麼時候對生人這麼有禮貌了？

「沈娘子，請等一等！」韓宇大步追上素年，然後左右看了看後，將她引到一旁比較隱蔽的角落，才神秘兮兮地說：「沈娘子，在下有一事，希望沈娘子如實告知。」

「說。」

「……沈娘子，妳跟我說實話，我娘的病是不是……那位造成的？」

韓宇並沒有直說「那位」是誰，但素年聽得懂。「韓公子為何這麼認為？」

韓宇一臉憤慨。「沈娘子妳就別瞞我了，我早猜到是她！她是不是給我娘下毒了？現在爹禁止她來落香館，娘的身體就開始慢慢好了！沈娘子妳別怕，我不會說出去是妳說的。」

「我為什麼要怕？」素年覺得好笑。「韓公子猜得對，也不對。你娘的病確實是因為姚姨娘，但卻不是因為下毒。」

「那是什麼卑鄙的手段？」

……素年忽然不想說了。眼前的少年，在侯夫人口中是個穩重踏實的孩子，他如今為了他娘在真心急切著，素年完全相信他的心意，可是，這份心意以後等他成親了，等他又喜歡上另外的姑娘時，是不是就要消失不見了呢？

「侯夫人並不是你看到的那麼堅強的女子，公子若是真心心疼你娘，還請牢記你今日的憤怒。」素年說完，退後一步，福了福身子，離開。

韓宇聽得莫名其妙，卻又無法張口追問，因為沈娘子臉上的表情不對，不是他見過的任何一種。嘖嘖，怎麼有這麼奇怪的女子呢？韓宇搔了搔頭，轉身走回落香館。

在沈素年那裡得不到答案，韓宇只能問娘親，反正娘是什麼都不會瞞他的。

「沈娘子……是這麼跟你說的？」侯夫人聽到韓宇的話後，若有所思，再看仍舊茫然的兒子，心裡忽然被觸動了。

那個小姑娘，果然是靈動聰慧得很哪！

第六十三章　姨娘找茬

顧家，顧母將佟府和素年的事情和盤托出說給顧老夫人聽之後，老夫人只說了一句話——和佟家的婚事，斷不能成。

「不管斐兒最後娶了誰家的閨女，不管是不是沈家女兒，這佟家女，都不可以進門！」顧老夫人說得很堅決，沒有一絲轉圜餘地。

顧老爺子已經仙逝了，他最大的遺憾，就是沒能將恩人的女兒給護住，老爺子一輩子都是個知道感恩的，卻帶著這個遺憾長眠。而如今，老夫人一聽就知道這裡面沒那麼簡單，不管是何原因，佟家夫人欺瞞他們顧家是事實，就算有什麼難言之隱，一般人又如何做得出用自己女兒來替代訂親的事？顧老夫人跟老爺子生活了那麼久，脾性也相似起來，見不得這種糟心的事。總之，不論如何，佟家女兒他們是不要的。

顧母得了明確的答案，心中稍稍安定了些，用不著自己飄搖猶豫，很是有主心骨的感覺。「那娘，要是……要是佟家不同意怎麼辦？」顧母想起來，她當年還寫過那麼一封同意的信呢！

顧老夫人恨鐵不成鋼地看著她。「蕙蘭啊，這就要妳來拿主意了，妳這樣，我如何放心得下離開？」

顧母眼眶一紅。「娘，您可千萬別這麼說，媳婦還都要仰仗您呢！」頓了一下，顧母又補充了一句。「等斐兒成親後就好了，就可以都交給斐兒媳婦來操持……」

老夫人很沒形象地翻了個白眼。自己這媳婦娶得可真省心，完全沒想著要將大權撈在手裡，倒是一早就盤算好怎麼交出去了。顧老夫人這次打定了主意，要讓顧母自己先想辦法！

顧母那個愁啊，她不擅長這種心計，一籌莫展之下，只得去向兒子求援了……

顧斐倒是很理解，他這個娘親說得好聽是性子溫婉，說得不好聽就是優柔寡斷。幸好自己的爹不喜美色，幾乎沒有通房侍妾，要不然，他娘必然被欺負得死死的。

「娘，您就直接跟佟夫人說，無意間發現了沈姑娘還活著，老爺子的遺願您不得不從。至於佟姑娘，一沒婚書，二沒納采，只是妳們兩人直接的商議，不算什麼的。」

顧母也不管可不可行，當即就決定這麼做！她聽了顧老夫人的一番分析後，也覺得這佟家姑娘不能進門。回想一下，自己似乎被佟太太下了個套，怎麼就迷迷糊糊地答應了呢？

素年覺得，她在安定侯府似乎太安逸了。她這個人吧，雖然懶散，但該有的居安思危還是會有的。之前那麼擠兌了一下姚姨娘，以此人在安定侯府中的地位，怎麼著也不能悄無聲息吧？但到目前為止，素年都沒有等到反擊，心裡正納悶著呢！當然當然，若是一直沒有反擊，素年是求之不得的。

這日，給侯府夫人施針完畢之後，素年帶著小翠和巧兒準備離府，半路上，一個侍女冒冒失失地從旁邊的轉角處撞出來，手上端著一只小小的茶盞，那麼巧，正好撞向素年。

小翠眼疾手快，一把抓住侍女的袖子，猛地往後拽，侍女驚呼一聲，跌坐在地上，手裡的茶盞落在地上碎開，留下一灘水漬。

侍女有些不知所措，看著那攤碎瓷，眼淚都要掉下來了。「怎麼辦？這怎麼辦？」

「妳是哪裡的？沒看到這裡有人嗎？這樣闖出來，萬一衝撞到沈娘子，妳怎麼擔當得起？」落香館裡跟出來送素年的丫鬟嚴厲地說。

小侍女急得連連磕頭。「沈娘子恕罪、沈娘子恕罪！奴婢、奴婢是無心的！這個茶是二少爺要的，這可怎麼辦……」忽然，小侍女跪行兩步，來到落香館丫鬟的面前。「姊姊！姊姊妳幫幫我！現在再回去重新沏就來不及了，落香館離這裡最近，姊姊，求求妳了！」

侯府的二少爺，素年雖然不知道是什麼人，但看落香館小丫鬟的臉色，這個人應該不會太好伺候。素年雖然覺得有些蹊蹺，但小侍女哭得可憐，再說不過舉手之勞，便道：「妳們去吧，這裡的路我也熟了，不礙事的。」

落香館的丫鬟知道素年說話很實誠，但不管如何，自己的首要任務是要將沈娘子安然地送出府，便還想再說幾句。

「行了，妳趕緊領她離開吧，不然後面就白準備了。」落香館的丫鬟沒聽懂，但跪在地上的小侍女哭泣的聲音倒是有那麼一瞬間的停頓，讓素年更覺得期待了。

於是，素年幾乎是將她們給攆走的。老這麼讓人心懸著多不好？要報復的話，還是在自己有準備之下比較放心。只剩下素年和兩個小丫頭，三人便慢吞吞地往外走。

從落香館出來可以坐軟轎，但素年覺得自己這段時間懶得有些過分了，再說就算坐軟轎，小翠和巧兒也是要自己走路的，於是從前些日子開始，她就豪邁地一直都自己走出去。安定侯府的景致確實不錯，錯落有致、賞心悅目，一邊走一邊欣賞倒也是件美事。

很快地，三人的面前出現了一個美人兒。

素年挺想裝出吃驚的表情，奈何道行不夠，加上又比較懶，乾脆就面無表情得了。

出現在她們面前的，正是姚婉娘。她今日穿著鵝黃色的撒花軟煙羅裙，硬生生鮮嫩了不少，將年紀似乎跟素年都拉近了一些。

姚婉娘巧笑倩兮地走出來，迎著光線，弱柳扶風一般的身姿，嬌柔婉約，倒是讓素年能夠理解為什麼侯爺對她那麼上心。

「沈姑娘。」姚婉娘來到素年的面前。

素年微微福身，還沒低下去呢，就被姚婉娘一把扶住了。

「沈姑娘無須多禮，我呀，一直都很想跟沈姑娘說說話，今兒可總算是碰到這個機會了。」

素年微笑著將手抽回來，執意完成了禮數才說：「姨娘有什麼吩咐嗎？」

「何來吩咐？我只是看沈姑娘十分面善，覺得投緣，想要親近親近而已。」姚婉娘的表情始終如沐春風，誠心得不能再誠心了。

小翠和巧兒則一直站在素年身邊。小姐說了，防人之心不可無，小姐還說了，上樑不正下樑歪。反正兩個小丫頭就覺得這個姚姨娘肯定不安好心！

素年打定主意了，不管姚婉娘說什麼，她就只是笑，少說少錯。素年倒想看看，這姚姨娘打算幹什麼？

姚婉娘東拉西扯了一陣子，才忽然有些不好意思地看著素年。「沈娘子，我知道妳對我有誤會，我聽含容、含真這兩個丫頭提起，在寶翠齋，真真是多有得罪，還望沈娘子大人有大量，不要跟兩個下人計較。」

含容、含真，應該就是那兩個氣焰高漲的小丫頭吧？今兒怎麼沒看見呢？素年覺得有些奇怪。「姨娘說得是，小女子早已不記得了。」

姚婉娘心下也覺得蹊蹺，這沈素年，怎麼跟那日在侯爺跟前咄咄逼人的樣子有些不同？就像變了個人似的。

「那就好、那就好。」姚婉娘像是放下了心，然後面色有些躊躇。「沈娘子，我有幾句話想單獨跟妳說，不知……」姚婉娘的眼睛掠過素年身後的小翠和巧兒，她覺得自己的姿態擺得很低，身邊也沒個丫頭跟著，要單獨說幾句話，不過分吧？

但素年還真就不願意了。「姚姨娘請說，她們都是我貼身的丫鬟，您放心。」

「可……這話我不想讓第三個人知道，畢竟……這是個秘密，知道的人越少越好。」

「秘密啊……」素年感嘆了一下。「那還是算了吧。以小女子的身分，不大適合知道什麼秘密，多謝姨娘高看。」素年直截了當地拒絕。她跟姚婉娘的關係，什麼時候到了可以分享秘密的地步了？素年禮貌地就打算告辭走人，她看出來了，姚婉娘的打算，還是以陷害為主。但這種事兒吧，必須要自己配合才行，陷害這麼高端的手段，素年還真沒什麼興趣摻和，太麻煩了。若是姚婉娘直接找幾個人用麻袋將自己套住暴打一頓，她還比較害怕一些。

姚婉娘沒想到素年一點面子都不給她，不就一句話的事情嗎？有這麼難？旁邊不遠就是個小池塘，不拉過去，她怎麼能裝作被推入水？怎麼能讓一會兒要路過的侯爺看見？怎麼能讓安排好的含容、含真出來說明原委，讓侯爺知道沈素年就是因為這個有意針對自己？

素年哪管她那麼多，直接掉頭就想走人。

姚婉娘急了，也顧不得禮數，伸手就想去拉素年，卻被一直防著的小翠和巧兒給攔開。

姚婉娘雖然工於心計，但體力方面，跟小翠、巧兒一比卻是弱爆了的，當即就沒有站穩，一個趔趄，摔倒在地。

姚婉娘什麼時候這麼狼狽過？她下意識用手去撐住身子，結果一陣劇痛從手腕傳來，她立刻疼得眼淚直接飆出來了。鵝黃色的衣裙上沾滿了塵土，姚姨娘將手舉到眼前，地上細碎的石子將她細嫩的手磨出了一道道的血痕！她姚婉娘什麼時候吃過這麼大的虧？又因為刻意安排丫頭不在身邊，現在連個將她扶起來的人都沒有！姚婉娘怒火中燒，雖然只是個妾室，但她可是安定侯的寵妾，豈是一個醫娘可以隨意欺負的？

「這是……怎麼了？」

姚婉娘很想笑，她等的就是這個時候！雖然只是跌倒，看上去並不嚴重，可惜了點，但事情還是按照她預計的方向走，侯爺來了！將笑意壓下去，姚婉娘紅了眼圈，抬起頭，眼淚汪汪，滿臉委屈的樣子。

可是，還沒等侯爺說什麼，素年卻走到了姚婉娘的身邊。素年蹲下，一隻手拉過姚婉娘受傷的手腕，一隻手看似不經意地搭在她背後的頸肩處，一副想將她扶起來的架勢。「來，讓我看看，怎麼這麼不小心？」

姚婉娘張了張嘴，臉色變得驚恐，連侯爺都覺得不對勁。

「怎麼了？很嚴重嗎？」

素年一本正經地點點頭。「侯爺，您可別小看這些小傷，尤其是姚姨娘這種嬌弱女子，磕磕碰碰有時都能要了她們的命。」

姚婉娘的嘴閉上了，她的眼淚依然在不停地流，可原先準備好控訴素年對她動手的那些話，卻一個字都說不出來，「要了她們的命」這幾個字在姚婉娘的耳邊盤旋再盤旋。素年的手搭上來的時候，她腦後驀地一陣輕微的刺痛，隨即就是一陣陣地冒冷汗，她發現自己說不出話了！這種認知讓姚婉娘無比驚恐，而素年又說什麼「會要了她們的命」，姚婉娘現在連動都不敢動了！她知道，扎進自己腦後的，是一根銀針！

侯爺關切地詢問她怎麼樣了，可姚婉娘只能僵硬地扯開一抹笑容，她不敢再做出任何可能會激怒沈素年的事，她怕自己從此以後都無法說話，怕自己真的喪命於這個醫娘手上！

侯爺會從這裡經過，是因為這裡是通往前廳唯一的路，這會兒有客人在前廳候著，侯爺見姚婉娘沒說什麼，以為沒什麼事，客氣地跟素年打了招呼後，帶著小廝匆匆離開了。

素年施施然地站起身，在她的右手上，果然有一根閃著寒光的銀針。

將銀針交給小翠收好，素年笑著看向驚恐依舊的姚姨娘。「放心，一會兒就會恢復正常的，不過下一次，可就沒這麼容易了。」

姚婉娘抬起頭，就見素年雲淡風輕地站在那裡，臉上嬌美的笑容依舊……

素年出了府，揉了揉手腕。要想暫時性讓人失語，是需要碰運氣的，啞門穴其實主要是治療舌緩不語、喑啞、癲狂等等的穴位，但若是以重力度進針，正好封住督脈、系督脈與陽維脈的會穴，就會造成暫時性失語，重則不省人事。

素年只是怕麻煩，但若有人想對她不利，她也不會就此干休的。

從那日之後，姚婉娘就再也沒有出現在素年的面前過，連帶地在侯府中也收斂了不少。侯府夫人的身體慢慢地開始好轉起來，讓侯爺稱讚不已，還特意設宴要感謝素年。

素年接了帖子後，臉皺成了苦瓜。

柳老靠在椅子上，一隻腳晃啊晃的，幸災樂禍地說：「沒事，妳就這樣去唄，反正妳師父我也不怕丟人，咱平日裡就穿得這麼不講究，誰敢說什麼？」

素年的臉就更垮了……侯府的宴請啊，她要再敢如同看病時一樣，穿得跟個賣菜的，就是不給安定侯面子，那可是大不敬的！

素年愁啊，所以說她比較喜歡給土豪看病，錢又多，又不講究規矩，自己還沒心理負擔，高官顯貴就是麻煩啊！素年想，等侯府夫人差不多好了以後，自己還是回歸小縣城吧……

「小姐，前些日子寶翠齋的人將妳訂的首飾送來了，德記布坊也送來了剛做好的衣服……」小翠開口的時機把握得剛剛好。

素年看著躍躍欲試的兩個小丫頭，只得認命。

侯爺辦的晚宴，宴請的不只是素年，還有顧斐，是他將沈素年找到並帶回京城的，侯爺十分感謝。

素年到得並不早，她小聰明地以為這樣可以不用去應付不認識的人，卻不想被引進花廳裡的時候，只看到這麼幾個人！自己遲到了？素年有些尷尬，隨即打算「呵呵呵」地裝傻過去，可她一笑，卻發現情況不妙，怎麼大家都這麼有默契地陪她一塊兒傻了呢？

小翠和巧兒對看一眼，抿了抿嘴，低下頭。看來見慣了小姐不加修飾的樣子，冷不丁地盛裝一下，大家都被震住了呢！來之前，小翠和巧兒在為小姐選擇衣服和飾品的時候，就不斷不斷地給她灌輸安定侯府的宴會是多麼多麼的隆重、多麼多麼的嚴肅，只有認真地打扮出席，才是最有禮貌的觀念，到後來小姐都不發表意見了，隨她們倆擺弄。

衣服是布坊新送來的款式，水紅絹紗金絲繡花長裙，外罩流彩暗花雲錦衫；頭上是小翠精心梳出來的髮髻，簪著一支點翠嵌珍珠歲寒三友頭花簪，耳邊是雲鬢花顏金步搖，隨著她的走動一晃一晃的。

皓月明眸，正是最好的年歲，只稍加琢磨，就會放出異彩，加之素年渾然天成的淡雅氣質，靈動明豔，讓人一時挪不開眼。

微微福身，素年給侯爺和夫人請安。

安定侯這才恍然回神的樣子，眼中的驚豔卻未消，立刻讓素年起身。「哈哈哈哈，沒想到啊，柳老居然收了這麼一個絕色的徒弟！」

素年只「害羞」淺笑，這算是調戲嗎？

侯府夫人將她招到自己身邊坐下，不經意之間看到對面的韓宇和顧斐都是看直了眼的表情，不禁暗笑，拍了拍素年的手。「瞧妳，明明有這麼出眾的容貌，平日裡卻怠慢了，還是這樣好。」

素年偷偷地挨近夫人說悄悄話。「女為悅己者容，素年尚未成親，精心妝扮給誰瞧？」

夫人樂呵呵地點了一下她的額頭。「妳不精心妝扮，如何能找到為妳而悅的人？」

素年繼續「害羞」淺笑，心想，她沒有打算去找那麼個只為自己而悅的人啊！

安定侯府的晚宴必然是不差的，可素年卻覺得無比彆扭，她時刻要顧及著自己的禮數，時刻要準備回應侯爺或夫人的感謝和問話，因此這一頓飯下來，素年只覺得她幾乎什麼都沒能吃得上。這個時候，素年才發現，原來她跟這個時空依舊格格不入。

若是這裡的人，必然會以此為榮，而不是在心裡默哀自己笑得僵硬的嘴角；若是這裡的人，必然會欣喜若狂，而不是已經開始想著回去後要吃點什麼來安撫一下自己委屈的胃。

素年骨子裡還是一個現代人，哪怕她前世過得再艱難、再痛苦，她也無法將那麼多年已經養成的觀念改變。素年笑著低頭，看見眼前的酒杯裡映出自己嬌豔的容顏。這不是她，她還是從前那個性格懶散，卻在病痛中堅強得可怕的女子。她果然還是不想去適應太過複雜的環境啊……

第六十四章 出師未捷

從安定侯府中出來，素年和顧斐一併告辭。顧斐先將素年送回去，路上，顧斐總是若有所思地盯著素年看，看得她沒法兒裝看不到。

「顧公子，我臉上是多長出一隻眼睛嗎？」

顧斐忽然就笑了。「剛剛沒吃飽吧？要不要帶妳去吃點東西？這個時辰，城南王婆的麵攤應該出了，那可是我吃過最好吃的麵，滷汁醇厚，麵條勁道，再配一碗王婆秘製甜酒蛋，如何？要不要去試試？」

素年之前憂鬱的氣質蕩然無存，只能感受到胃裡一陣一陣罷工的威脅，當即在小翠和巧兒不贊同的眼神中點了頭，無比堅決。

素年在馬車上就將金燦燦、明晃晃的首飾給摘了。古代人果然實誠，這些金子、玉啊的都分量十足，一點都不作虛假，髮髻也打散重新梳理成簡單的髮式，當素年從車上跳出來時，除了身上的衣服沒法兒脫，其餘已經恢復成原先清爽舒適的打扮了。

顧斐口中城南王婆的麵攤，這個時間還沒什麼人。王婆是個老奶奶，精神倒是十分的好，見到顧斐之後樂呵呵地笑。

「顧公子又來了？」

看來顧斐是常客。他也不需要招呼，直接點了吃食就帶著素年找了一張桌子坐下，小翠和巧兒還有冷面木聰則坐了另一張桌子。

麵和甜酒蛋很快端了上來，澆著噴香的料，讓素年的胃又是一陣痙攣。

顧斐用筷子挑著麵，餘光卻看向素年，看著她吃得眉開眼笑的滿足樣。

街邊的麵攤，一般自持有點身分地位的女子都不會出現在這裡的，但顧斐提出來的時候無比流暢，彷彿知道素年一定會答應一樣，而她也確實答應了。

安定侯府和街邊小攤，素年表現出來的態度截然不同。在侯府，她是端莊穩重的，是笑不露齒、溫文爾雅的，幾乎沒吃什麼東西，就為了防止忽然要回話而失態；而在這裡……顧斐有些好笑地看著她鼓鼓的雙頰，眼睛亮晶晶的，彷彿對這碗麵無限讚賞。當然，麵的口味不用說，不然自己也拿不出手推薦。顧斐覺得，這會兒要是自己問她什麼問題，素年必然不會理他，要等她吃夠了再說的。

小翠和巧兒是不想再說什麼了，她們其實也覺得在侯府裡的小姐有些陌生，可現在，對面坐著的怎麼說也是內閣學士的公子啊！小姐表現得……會不會太隨意了？

一口氣將一整碗麵和甜酒蛋吃下肚後，素年發出無比舒暢的感嘆。「甚是美味……」

她看著街上來來往往的路人，看著他們慢慢從身邊走過，時間似乎一下子慢下來了，素年在這時忽然有一種感動，只是這種感動還沒怎麼延續呢，小翠就過來委婉地提醒她，時候不早了。確實不早了，素年跟顧斐道了謝，多謝他帶自己找到這麼一家絕妙的麵攤。

素年離開後，王婆樂呵呵地給顧斐又送來一碗甜酒蛋。「這是王婆請你的，甜甜蜜蜜，滋味長久。」

顧斐笑著接下來，然後偷偷伸手摸了摸臉，有這麼明顯嗎？

安定侯夫人發覺，自己最近見到兒子的次數變多了。以前，除了請安，韓宇很少會來她的院子；但現在，差不多每隔一日，韓宇就會借各種各樣的理由來找她，還次次都是沈素年在的時候。起初侯府夫人沒太注意，兒子說是擔心自己的身體，這個理由很充分。但如今自己的身子正在慢慢好轉，這麼頻繁地出現，便顯得有些不實了。

並且，韓宇在落香館的時候，明顯有些心神不寧，等素年離開，立刻又恢復狀態了。侯府夫人又不瞎，自己的兒子在這方面經驗不足，表現得也太明顯了。

可是沈素年……夫人自己也很喜歡這孩子，她能夠理解韓宇對她的好感，但是，侯府夫人也知道，沈素年不會是個願意屈居人下的姑娘。

素年對待妾室的態度、愛恨分明的性子，也是侯府夫人欣賞她的地方，這樣的女孩子，怎麼會願意做別人的妾室？可如果不做妾，難道要讓自己的兒子娶她為妻嗎？侯府夫人很快有了抉擇，她雖然也喜歡素年，但是在這點上，作為一個母親，她不能同意。

而素年也發覺，侯府夫人對自己的態度開始有了轉變。雖然依舊是親親熱熱的，可跟之前總有些許的差異，似乎……有些補償的意味。這令素年很是惶恐，從何談起啊？然而，素年在侯府夫人連著兩次拒絕韓宇的請安時，心裡便有了底。

原來是這樣啊！素年心想，同時也覺得有些好笑，侯府夫人是因為這個才對自己心存抱歉嗎？完全沒必要啊！素年並沒有什麼難受的感覺，因為她原本就沒抱有幻想。安定侯公子，這無數人心中的良配，說實話在素年心裡一點都不可靠。就算她開了竅，想要嫁人體驗一下，也不會自虐到去選擇這種豪門，畢竟侯府夫人自身就是個血淋淋的例子好嗎？她又不缺錢，又不喜歡掌管權力、享受奉承，犯得著往裡面跳嗎？

素年有心想讓侯府夫人安心，讓她知道自己對她的兒子絕對沒有非分之想，但一想，不對啊，她可從來沒有對韓宇公子露出什麼「含蓄中帶有深情」的目光，侯府夫人防的，應該不是自己才對。那麼，請容她自戀一秒鐘，莫非是安定侯小公子對她有什麼念想？這不好，真不好！於是，不僅侯府夫人有心不讓他們倆見面，素年也開始刻意地避著韓宇。

素年的舉動在侯府夫人眼裡，簡直太懂事、太穩妥了！她覺得素年是明白了她的苦心，知道他們之間差距太大，這樣的素年，讓侯府夫人都覺得捨不得。多可惜，若是素年的身分能夠稍微有些說法，她真的很想立刻就給兒子訂下。沒辦法，韓宇的婚事不是隨隨便便就可以讓她決定的，外面有那麼多雙眼睛盯著，尤其現在皇上身體欠佳，又剛立儲君不久，局面不穩定的狀況下，想藉著韓宇的親事讓他們安定侯府站隊的數不勝數，她不能大意啊！

然而侯府夫人的為難，韓宇卻還沒能想那麼深遠。青春年少的孩子，在他們的想法中，感情是單純的，只是我喜歡你，你喜不喜歡我這麼簡單。韓宇雖然已經比同齡人想得多一些，但也僅多一些而已。在他看來，這事很簡單嘛，他就是想要娶一個自己喜歡的姑娘而已，現在這個姑娘似乎出現了，不管她是不是自己命定的那個人，也總要試試不是？

於是，韓宇在屢次見不到人之後，便乾脆守在自己家府邸外面，守株待兔。

素年為夫人施完了針，出了府，馬車沒走多遠就停了下來。

小翠出去一看，進車廂時臉色有些複雜。「小姐，是……韓宇公子。」

素年什麼事都不避著這兩個小丫頭，前些日子就跟她們深刻分析了這個問題，聽得小翠和巧兒瞠目結舌，完了還很是不確定地說：「小姐……人家可是安定侯府的小公子……妳可真敢說……」素年當時就急了，她雖然之後都沒有正面見到韓宇，但她推斷出來的結果怎麼會有錯呢？再說了，聽她們倆的口氣，什麼意思？她哪兒不能夠招人惦記了？這是赤裸裸地瞧不起人嘛！這會兒看見小翠的臉色，素年挑了挑眉毛。怎麼樣，自己不是在往臉上貼金吧？但眉毛才挑了一邊，素年的臉就垮下來。雖然在小丫頭面前長長臉她很願意，但讓她面對韓宇，她一百個不願意啊！可人家都攔在車前了，素年只能出去露個面。

「韓公子。」素年從馬車上下來，規規矩矩地行禮。

韓宇見到自己想見的人站在面前，平日裡那些機靈勁兒似乎都飛掉了。今日的沈娘子跟那日明豔照人的樣子又完全不同，清清爽爽、素淨宜人，韓宇直接就發了呆，真是怎麼都好看……

「不知韓公子找小女子所為何事？」

「啊？那個……」韓宇回神，有什麼事呢？他還沒想好呢，就想著怎麼才能見到素年一面而已。「是這樣，我今日覺得身子有些沈沈的，剛好沈姑娘在這兒，便想讓沈姑娘為我診治一下。」韓宇靈機一動，覺得這個方法甚好。

素年上上下下掃了他一眼，除了臉稍微有些紅以外，韓宇根本健康朝氣得令人眼紅。

「韓公子，小女子記得，你們韓府有專門請脈的醫館吧？夫人的病略有些棘手，可若只是尋常的頭疼腦熱，素年以為，還是讓請慣了脈的大夫來瞧瞧比較妥當。」

「無礙無礙，保和堂的大夫不會介意的。」

可我介意啊！素年在心裡嘆了口氣。感情這種東西，優柔寡斷不得，當斷則斷，一點念想都沒有才是最好的，省得黏黏糊糊，讓人覺得還有機會。素年狠了狠心，面上卻帶了笑容。「韓公子，說起來，您有段時間沒有出現在夫人院子裡了呢。」

韓宇心中一喜，素年這是惦記自己了？

「今兒夫人還提了，說她身邊可以說話的人很少，倒是跟我有些投緣，便讓我給她出出主意，韓公子也到談婚論嫁的年齡了，夫人讓我幫著，看了幾位待字閨中的名門閨秀呢！」

韓宇的臉色一僵，素年卻像是沒有看到。「不過公子放心，那幾位都是極好的，素年也只是略略看了一眼，可沒有亂出主意喔！夫人對您可真好，相信韓公子以後一定會和您的妻子和和美美、白頭偕老。」素年滿臉的祝福，說完見韓宇沒有動作，便自顧自地行禮離開。自己說得夠直接了吧？素年覺得是的。在這個年代，當然不能說得那麼直白，自己的這些話，應該就已經是很直接的拒絕了。

韓宇站在原地，看著素年的馬車消失，猶自覺得不敢相信。他還什麼都沒有做，怎麼沈姑娘就拒絕了呢？幫他相看未來的妻子？韓宇不信。素年只是以這種話告訴他，她對他沒有任何非分之想。

韓宇飄飄忽忽地往侯府走，站在門口時卻又不想進去，他知道，自己的娘親肯定也是跟素年想的一樣，又或者，是娘跟素年說了什麼，她才會如此？這麼想著，韓宇就更不願意回去了，站了一會兒便掉頭離開。

顧斐從衙門裡出來，就看到韓宇失魂落魄地站在那裡。「喲，誰讓我們韓大公子不高興了？這可是從沒有過的事啊！來說說，我要好好崇拜一下！」

韓宇哪還有心思跟他開玩笑？拖了顧斐就去喝酒。

素年那裡，小翠和巧兒回到家裡之後，情緒都有些不對勁，明顯到玄毅和魏西都看出來了。

魏西盯著眼前盤子裡堆得尖尖的粽子，上面紅色的繩子表明這些都是蜜棗紅豆的，可他不愛吃甜的啊！魏西開始反省，自己是不是哪兒得罪小翠了……

玄毅則是面不改色地開始剝粽葉，他還好，拿到的都是白粽子，只要不是甜的，就算一點味道都沒有，他也能吃下去。

魏西的眼睛瞟到旁邊玄毅的盤子，粗獷的臉上開始練習起素年之前集體教授的「賣萌」技巧。

玄毅差點沒被嘴裡的半個粽子噎死，躊躇了半天後，才決定勻兩個給魏西。

吃完東西之後，小翠和巧兒去廚房收拾，魏西則乘機湊到素年身邊。「妳又做什麼了？不是我說啊，我覺得這兩個丫頭真是挺可憐的，三天兩頭情緒落差極大，妳好歹也是她們的主子，稍微體諒一點嘛！」

素年臉上的表情別提多精彩了，她怎麼了？之前兩個丫頭不相信人家安定侯府小公子對自己有意思，這會兒證明了吧，自己將人拒絕了以後，兩個丫頭又覺得怎麼能這樣呢？人家可是安定侯府的公子啊！她怎麼這麼隨隨便便就拒絕了呢？素年才委屈呢，不這麼拒絕還要怎麼拒絕？難不成事先齋戒沐浴焚香一下？

得知了原委的玄毅和魏西也是面面相覷，一邊佩服素年眼睛都不眨一下就將這麼一個身分的人拒絕；一邊又覺得，做素年的丫鬟，也真心不容易……

心裡糾結的，還有正在陪韓宇借酒澆愁的顧斐。他怎麼也沒想到，這個對男女之情向來沒什麼想法的韓宇，居然一下子對沈素年有了興趣，更沒想到這興趣還沒怎麼培養呢，就被人家給澆滅了。顧斐有些哭笑不得，他本覺得，以素年現在的身分地位，應該是很安全的，沒什麼人會惦記，誰知道頭一個惦記上的，就是安定侯府的公子。這種身分拿到外面，還真沒幾個女的會拒絕，這個沈素年，真是讓自己另眼相看了一次又一次。

「顧兄，你說，我哪兒就讓人看不上了？」韓宇喝得比較多，這會兒已經有些微醺，端著個杯子，皺著眉頭，滿臉疑惑。

「呵呵呵，喝酒、喝酒！」顧斐趕忙又給他滿上。真是不好意思啊，雖然他們倆是摯友，但這種事情……還是多喝點酒吧！

韓宇一杯又一杯下肚，喝了酒的人，往往頭腦都會不清醒，壯志豪情的想法也大都是在這個時候萌生出來，他猛地將杯子重重地放到桌上。「我決定了，這個沈姑娘如此與眾不同，我不能一次就退縮！」

顧斐的眼角直跳，仔細觀察了一下韓宇的樣子，嗯，醉了，可以開始忽悠了。

「韓兄，要我說，這個沈娘子還真是有些特別。」顧斐將自己面前的酒杯也倒滿，端起來輕輕碰了一下韓宇面前的，微微抿了一口。

韓宇則是一口喝掉。「顧兄有何高見？」

「沈姑娘是我帶來京城的，我對她的瞭解雖然也不多，卻是比韓兄稍微深上一些。這沈姑娘，你別看她只是一名醫娘，心氣卻很高。」

韓宇點點頭，這他也看出來了。

「所以，你覺得她會是願意做別人妾室的女子嗎？」

顧斐看得很明白，沈素年這樣的女子，平日裡似乎很好說話的樣子，對待周圍的人也都挺和善的，但決計不是一個會委屈自己的主。

韓宇沈默了，他也明白，就是因為明白，所以才沒有回府跟他娘提出無理要求。他是安定侯府的公子，將來的妻室非富則貴，必然是要能夠在仕途上有些助力的才好，而沈素年，只不過是一名醫娘，自己就算再喜歡，她也注定只能成為妾室。可沈素年會願意嗎？不，她明明白白地用行動告訴了自己，她不願意！韓宇心裡都懂，卻苦澀又無可奈何，只能來找顧斐這個摯友借酒澆愁。剛剛說不放棄的豪情，也不過只有在酒後才能不管不顧地爆發一下。

顧斐又將韓宇面前的酒杯添滿。「喝吧，痛痛快快地醉一場！人生那麼多身不由己，待明日清醒過後，還是要堂堂正正地面對才是！」

韓宇最後是被顧斐送回去的，看著門房千恩萬謝地將人抬進府，顧斐心裡也不知道是什麼滋味。這傢伙向來是很明事理的，想必已經想通了。而素年那裡……顧斐忽然有些心急，得讓娘動作快些了！

第六十五章 沒能走成

素年來到京城也兩個多月，安定侯夫人的身子已經好了大半，身上長了些肉，晚上也能正常入睡了，面色整個紅潤起來，素年這才發現，夫人原來是這樣一個大美人。

「夫人，您的脈象已經正常，只需要小心調理便可安康，素年不需要再來府裡為您施針了。」素年在給侯夫人請完脈之後，後退了兩步，臉上的笑容十分可人。

「勞煩沈娘子了。不知沈娘子之後有什麼打算？」夫人心知素年想要離開，還是忍不住問出口。以素年的醫術，自己幫她鋪路，在京城裡要站穩腳跟是不難的。

素年加深了笑容。「素年打算慢慢地回去。不瞞夫人說，素年的性子比較閒散，喜歡自由自在的日子，讓夫人見笑了。」

侯夫人點點頭。「這樣也好。」跟素年相處的兩個多月，夫人發現素年果真沒什麼功利心，她就好像最平常的大夫一樣，平靜地給自己醫治，平靜地離開，若不是韓宇……她還真想就將素年留在身邊。

安定侯府給素年的診金，豐厚到不可思議，是侯爺親手送上的，他由衷地感謝素年能將夫人醫治好。

素年看著他誠懇的眼睛，都有些想要問他，既然對夫人如此有情，又為何會做出傷害她的事情？可她終究什麼也沒說，只是客氣地接過診金，客氣地離開侯府。

柳老早早地出現在素年的院子裡，等素年回來了，吩咐眾人開始收拾東西了，他才皺著眉頭說：「真走？我說妳這個小丫頭怎麼想的？人人都想出人頭地的京城，妳就這麼不想待？」

「師父，很遺憾您收了個沒啥出息的傳人，京城這兒吧，跟徒兒我氣場不合，氣場是什麼，您懂不？」

「我懂個屁！妳別拿我當妳那兩個丫頭好糊弄，就妳這樣的，還沒闖出個名氣，到哪兒不會被欺負啊？」

「師父，惹不起，我還躲不起嗎？官僚顯貴我不去招惹，就窩在小城裡過自己的小日子，若是有人逼我瞧病，呃……不是還有玄毅和魏大哥嗎？」

「他們倆有個屁用！就兩人，對方有十人呢？有二十人呢？五十人呢？妳還能不屈服？」柳老抖著鬍子，逮誰噴誰。

玄毅和魏西面不改色地幫著收拾東西，就當自己不存在。

「師父，喝口茶，嘴都乾了吧？」

柳老哭笑不得，這個鬼丫頭，她如何不懂這些？他們醫者的地位，真遇到事情，只能退讓，只能妥協，若是沒有一些人脈後臺，那就是魚肉的命，她怎麼就不在乎呢？

素年執意舉著茶盞，等柳老接過去喝下了，才笑盈盈地說：「師父，您徒弟又不傻，這些能不知道嗎？以我的能耐，說句不謙虛的，在京城說不定混得比您都好……別捽！這杯子很貴的！」將柳老手裡的茶盞搶過來放好，素年才接著說：「我說的是實話嘛！但我也不屑去應付那些人，我不耐煩。師父，素年的性子您也知道，我喜歡簡單的東西，京城太複雜了，待在這裡我會累的。」

柳老不說話了，半晌才恨鐵不成鋼地瞪了她一眼，隨即環顧了一下這個院子。「好不容易將這裡買下來了，要不，我再賣回去？」

素年看著柳老無奈的表情，笑了，還是師父最好。這一世，她雖然沒有父母、沒有兄弟姊妹，但老天到底待她不薄，給了她貼心的丫頭、可靠的管家護院，和一個如同她父親一般的師父。

但是，素年最後終究沒有走成功，這個她一直都想離開的京城，她卻身不由己地待了很長的時間……

院子差不多收拾好的時候，顧斐來到素年這裡，他帶來了一個消息——佟府，佟老爺和他的家人，上京了！

這又是怎麼回事？素年忽然想起之前侯府夫人在跟她閒聊的時候，似乎有提到過佟大人，當時自己回答得含糊，只說是舊識，莫非，是安定侯府出的力？

「他們就這兩天會到，我覺得，妳在這裡，我查起事情來比較方便。」

顧斐說的是實話，他這段時間一直都在暗中調查沈大人貪墨的案件，裡面牽涉的幾個人，如今都在京城，佟大人一來，必然會跟這些人接觸，而沈素年則是這一切的關鍵。

佟老爺知道沈素年還活著，但其他人未必知道，只要素年在京城，就會給這些人施加壓力，也或許能讓他們露出蛛絲馬跡。

「那真是可惜了。」素年有些遺憾地搖搖頭。

「怎麼了？」

「本來師父還打算將這個院子賣回給你們的。」

顧斐笑笑，他已經不介意這件事了。三個月，這是他估算出來自己需要的時間，素年只需要在京城再待三個月就好，三個月之後，他會給她一個交代，算是答謝素年願意來這麼一趟。

三個月，素年覺得還是可以的，而且京城她也還沒有怎麼逛，乾脆來一次深度旅遊，也不枉費自己穿越這麼一趟。

佟府找到素年的速度，比她想像中快上許多，幾天以後，佟府的管家出現在門口，說是奉佟老爺之命，來請素年小姐回府一聚。

怎麼還這麼客氣呢？素年有些不踏實。之前想要她醫治侯府夫人，裝裝樣子也就算了，現在沒這個需求了，不用這樣了吧？素年決定走一趟，看看佟家人究竟是怎麼打算的。

佟府在京城居然之前就有宅子了，佟老爺的兄長原來一直在京城裡為官。

京城米珠薪桂，佟宅並沒有潞城的大，素年被一路領進去，很快就走到了花廳，佟老爺和佟太太都在。

「素年丫頭，怎麼一段時間不見，竟似乎是瘦了許多，吃了不少苦吧？」佟太太一見到素年，就忙不迭地過來拉住她的手，看樣子還想在素年的臉上摸一把。

素年低下頭，跟她行禮，避過狼爪。「素年見過嬸娘，讓嬸娘擔心，素年惶恐。」

「素年丫頭啊，都說了，跟我們不需多禮。」佟老爺哈哈一笑，面露慈祥的笑容。

佟老爺和佟太太先是跟她客套地聊了幾句，然後開始感嘆。「素年丫頭，妳那時怎麼忽然就上京了呢？也不說一聲，讓我們好生擔心吶！」

「素年有給叔父和嬸娘留信啊！怎麼，沒收到嗎？」素年滿臉驚訝。「實在是因為那位顧少爺說事態緊急，容不得半點耽擱。都是素年疏忽了，讓二位如此擔心。」

佟太太跟佟老爺對看了一眼。「那個顧少爺……」

「顧少爺怎麼了嗎？」素年的眼睛盯著佟太太看，看得她下意識地閃躲。

「喔，沒什麼。顧少爺也真是的，雖說著急，也不急在那一時……」佟太太隨口敷衍。

看素年的樣子，她似乎還不知道顧斐跟她有婚約的樣子，可怎麼會呢？顧府寄來的書信上，明明說了因為已經找到了沈素年，想要取消顧斐跟蓓蓓的婚事，這沈素年為什麼卻好像一點都不知道呢？

佟府想將素年接回去，說是希望素年繼續住在佟府裡。

素年很委婉地拒絕。「師父給我安排了住處，多謝叔父的好意。」

從佟府出來，素年看小翠一片坦然，有些奇怪。「怎麼這次不慫恿我住進去了？」

小翠面色一黑，不過也看開了。「進了佟府又如何？若是不能真心對待小姐，不進也罷。」

「不錯不錯，有長進！」素年甚是滿意。要改變一個人的觀念不是一朝一夕就可以的，小翠能這麼想，已經是非常難得了。

佟太太正在愁佟蓓蓓的婚事，倒不是說她就找不到人嫁了，但論身分地位，顧斐無疑是他們能夠高攀的人家當中最好的，更難得的是，顧斐本身也相當出色，不管怎麼想，佟太太都不願意錯過。

但，顧府已經提出想要作罷，佟太太覺得，她有必要盡快親自去一趟，順便將佟蓓蓓帶著，只要他們瞧上了蓓蓓，沈素年就不是問題了。

顧母這裡，顧斐也正在跟她分析著。

「娘，如今佟府已經在京城落腳，她們必然很快就會上門，您有什麼打算？」

顧母開始思考了，她能有什麼打算呢？

顧斐知道顧母的性子，所以前一句話只是鋪墊而已。「娘，不如這樣，您要是覺得不好應付，乾脆就裝病吧？」

「裝病？」顧母一愣，她倒不是覺得顧斐這個主意有任何不妥或違背孝道之處，只是，光裝病就行了嗎？不見佟家夫人，這件事就可以解決了嗎？若能，那她是非常樂意的！

「嗯，裝病。」顧斐點了點頭。「只要佟家見不到您，他們就不敢破釜沈舟，這麼一來，唯有拖著，那就好辦了。」

「如何好辦了？」

「那就等吧，看誰的耐性好。」顧斐對著顧母露出安撫的笑容。

顧母雖然並未聽出些什麼，但她好歹有了明確的目標，需要她做的事情也簡單，不就是裝病嗎？又不是沒裝過。既然兒子這麼有把握，那就聽他的吧！

將顧母的心穩住後，顧斐一路來到了顧老夫人的院子。

顧老夫人喜靜，院子裡幾乎沒什麼聲音，空氣中飄散著莊重的檀香，老人家禮佛以保心頭清明。

看到顧斐出現，顧老夫人的臉上並沒有奇怪的神色，彷彿早知道一樣。

一旁的丫頭去給顧斐端來一碗甜茶，然後安靜地退到屋外。

「怎麼忽然想起要來看我這個老婆子了？」顧老夫人看著茶碗裡裊裊升起的熱氣，語氣中有一些惆悵。

顧斐幾乎無語。「奶奶……我早上才來給您請過安的。」

「唉……咱們祖孫之間，也就只剩下每日的請安了。」

「奶奶……您不能假裝看不到孫兒我沒事就貢獻來的東西啊，我娘可是都吃醋了呢！」

顧老夫人瞪了他一眼。「那些你都拿走！你奶奶也沒多長時間好活了，這麼一個小小的心願，你都不願意幫奶奶實現，唉……」

顧斐才想嘆氣呢，他這個奶奶，自己真是沒辦法了。明明厲害到將顧府主持得井井有條，對外也是一副很精明能幹的模樣，偏偏在他這個孫子面前，完全不一樣。

「奶奶，咱不能這麼不講道理的，您想要個重孫子，那也要我先找到您的孫媳婦才行啊！我要真在外面亂來，弄出一個身分不明的重孫子，您能答應？」

顧老夫人當真嚴肅地想了想。「……也不是不行。」

「奶奶！」

「行了行了！知道你眼光高，怎麼，就看上那個小醫娘了？」

顧斐面色一正。「這可是爺爺給孫子訂下的親事，孫兒不敢違抗。」

「得了吧你！」顧老夫人絲毫不相信，顧斐要是真不願意，他能想出一百個正兒八經的理由名正言順地拒絕，還能像現在這般，三天兩頭地到自己這裡露口風？

知道瞞不過奶奶，顧斐坦然地「嘿嘿」笑。「奶奶，我讓娘對外說她身子不適，一律不接見客人。過些日子，我將沈姑娘領來，您給掌掌眼。」

佟太太往顧府遞的帖子，得到的都是同樣的回答：很抱歉，我家夫人最近身子不爽利，大夫叮囑了要靜養。不過夫人說了，等她身子好些，可以見客了，會立刻請佟夫人過府一敘的。

顧家的管事都是人精，說起話來態度誠懇、笑容可掬，話裡滴水不漏，讓佟太太只能訕訕地表達一下自己的擔憂之情。

顧夫人到底是真的身子不適，還是藉口不想見自己，佟太太無從知曉，她只知道，這麼一來，蓓蓓和顧斐的親事就只得往後拖，這越拖，變數就越大，她總不能坐以待斃吧？於是，佟太太想到了一個人，她立刻派人去請了素年，想以素年的名義進顧府。顧夫人身子不適，她請來醫聖的傳人為她診治，這個理由怎麼看都挺合適的啊！

可管家去了素年那裡以後，卻空著手回來了。

「人呢？」

「太太，沈姑娘不在家……」

「我不是讓你等著嗎？她不在家，總是會回去的吧！」佟太太的脾氣有些不好，最近不順利的事情太多了。

管家低下頭。「太太，沈府的護院說……說沈姑娘去了顧府，說是顧家少爺特意來請她給顧夫人瞧病去的……」

佟太太只覺得眼前一陣黑，自己還是遲了一步嗎？她這個主意想得也挺快的了，怎麼偏偏差了這麼一點呢？

素年跟著顧斐來到顧府。據說是顧夫人身體有恙，怎麼說也是認識的人，素年便直接跟他過來了。顧夫人的院子裡，果然遠遠地就能聞到陣陣藥香，可素年忽然臉色有些奇怪地瞥了顧斐一眼。

「怎麼了？」

素年搖搖頭，繼續低調地跟在他身後。

來到顧夫人的屋子前，顧斐先進去，然後出來示意素年跟他進去。

顧夫人屋子裡的藥味倒是沒有院子裡的濃重，窗戶都開著。素年進去一看，只見一位眉目和善的婦人正倚在榻上，額頭綁著一塊防風布巾，看到自己進來，臉上笑吟吟的。

這氣色真是……沒得說了。素年連望聞問切都不需要，就這麼看一眼，她便知顧夫人壓根兒就沒病！怪不得院子裡往外飄遠的藥味裡，什麼性味的藥材都有，素年還奇怪呢，這是哪個天才大夫開出來的藥方，不過若只是想要營造出身子不適的假象，倒是無所謂。

「顧夫人。」素年低頭行禮。顧夫人看著她，邊不斷點頭，眼中竟還有點點淚光，看得素年心裡有些緊張，這又是什麼情況？

「妳就是沈家的丫頭吧……」顧夫人的聲音有些哽咽。

許多年前，她想去將素年接回來的，卻只得到素年已經香消玉殞的消息。那麼小的孩子，失去了父母，心裡會怎麼樣的絕望，讓顧夫人光想一想就覺得心痛。而如今，沈家丫頭竟然又好端端地站在她的面前，還出落得亭亭玉立，她這心中，忽然就覺得酸楚。

素年微笑點頭。「是的，小女子姓沈，名素年。」

「好、好。」顧夫人招手讓素年走近些，將她的手拉住。「好孩子，一切都會好起來的，這些日子，苦了妳了。」

這話，素年之前也聽佟太太跟自己說過，也是一副痛心憐惜的樣子，但素年覺得，這位顧夫人看起來就真心得多，儘管自己並不知道為什麼。

「行了，娘，這些以後再說吧，您先讓沈娘子診斷一下。」

顧夫人這才將素年的手放開，有些不自在地往身後的軟墊上靠了靠。「這個……這個還用看嗎？」

「還是看看吧。」

素年也覺得沒什麼必要，但既然顧斐這麼堅決，素年便上前搭脈了，果然是……十分康健。「顧夫人，呃……只要稍加調養，並無大礙。」素年覺得自己簡直太會說話了！她在心裡表揚了自個兒一下。回頭跟師父炫耀去，她也能睜著眼睛說瞎話了！

第六十六章　眩暈之症

從顧夫人的院子裡出來後，顧斐卻沒送她出去。

「走，再帶妳見個人。」顧斐領著她往另一條路上走。

素年停住腳步。「顧公子，我到顧府來，可只是為了顧夫人的病而已。」

顧斐轉過頭。「對呀，就是因為我娘的病，我才請沈娘子來的呀！」

「那既然顧夫人已經診斷過了，方子也開了，小女子也該告辭了。」

素年覺得顧斐那副特別正直的表情有些欠揍，還「對呀」？對什麼對？既然知道，那還帶自己去見什麼人？這跟他說的話壓根兒就不符合好嗎？

顧斐見素年直接就想離開，趕忙上前將她攔住。「沈娘子，跟妳說實話吧，我娘那兒都是幌子，這次請妳來府裡，為的其實是我奶奶。」看素年停下了，顧斐接著說：「奶奶的身子一日不如一日，雖然她老人家不說，但我是能看出來的，奶奶怕大家知道以後會為她擔憂，所以這次請沈娘子來，其實是希望妳能夠給奶奶瞧瞧。」顧斐說得十分懇切。

素年的性子，若是人家好好跟她說，凡事都可以商量。

於是兩人來到顧老夫人的院子，都不需要通報，顧斐直接帶著素年就走了進去。

幽幽的檀香讓素年的心舒緩下來，寧靜、悠遠，這個小小的院落彷彿與世無爭一般，到處瀰漫著安詳。

見到顧老夫人後，素年有些明白為什麼顧夫人身上會一點算計的心思都沒有了。顧老夫人有一雙睿智的眼睛，哪怕臉上遍布皺紋，也沒人會忽略她眼裡的清明。有這麼一位長輩在，顧夫人自然是不需要去學那些心計的。

「妳就是沈娘子吧？嘖嘖，長得可真好。」

顧老夫人開口的第一句話跟顧夫人說的幾乎一樣，素年很乖巧地行禮。

顧斐並沒有亂說，顧老夫人的臉色看上去確實不佳，人有些虛浮，瞧著略顯困頓。

「奶奶，沈娘子今日來給娘瞧瞧身子，我能請人來一次也不容易，所以厚著臉皮請沈娘子順便來給您瞧瞧。」

顧斐在顧老夫人面前彷彿更隨意了一些。

「我身子好著呢，何必麻煩沈姑娘？」顧老夫人擺擺手。「你就不要亂操心了！」

素年站在一旁，看著顧斐和顧老夫人開始較勁。顧斐堅決想要讓自己給老夫人診斷一下，顧老夫人卻堅決不同意，死咬著自己什麼事都沒有，根本不需要看大夫。兩人都是個倔脾氣，死磕著非要對方服從自己的意見，這一爭就耽誤了不少時間，還沒爭論出個所以然來。素年已經在一旁的椅子上坐下了，她覺得挺有意思的，沒想到顧老夫人看上去這麼精明的一個人，面對自己的孫子時竟然會是這樣的態度。

好一會兒後，兩人才反應過來還有個外人在呢！轉頭一看，素年早已端坐在那兒。

見兩人的視線轉過來，素年睇上眼睛，露出一個甜甜的笑容，表示自己不介意，請他們繼續。

「咳，讓沈姑娘見笑了。」顧老夫人瞪了顧斐一眼。自己這個孫子看似比她還有耐心，總不能讓人家小姑娘一直這麼看笑話吧？「那就勞煩沈姑娘了。」

素年起身上前，謙遜地微微福身，這才坐到老夫人的對面，將手指搭在老夫人擱在小桌子上的手腕。脈滯緩，口中黏膩，素年注意到剛剛老夫人在跟顧斐說話的時候，情緒只要稍微激動一點，就會將眼睛閉上，一會兒才會再次睜開。

素年將手收回，臉上溫和地笑著。「老夫人，您是否會經常覺得頭有些暈，行走有飄忽感，靜臥則減，泛泛則惡？」

老夫人的神色凝重了一下，半晌才微微點頭。

怪不得小院子裡一點聲響都沒有。顧老夫人有眩暈的症狀，安靜的環境能讓她稍微緩解一點，在昏眩嚴重時，將眼睛閉上，才能慢慢地緩下來。

「老夫人，您的這些症狀，之前也服用過藥吧？」

「用過，可是都沒什麼作用，頭也越來越暈，乾脆就都不喝了。」

素年心裡有了判斷。痰濕中阻，需運脾和中，除濕滌痰。

「老夫人，顧公子今日並未事先與我說明要替老夫人瞧病，卻跟小女子解釋了老夫人不願讓人擔憂的顧慮，老夫人，殊不知您越是這樣，身邊親近的人便越是擔心。您的症狀，小女子願意一試，不知老夫人您是否願意相信素年的醫術？」

顧老夫人看向顧斐，都說兒肖母，她這個孫子，卻跟他的母親一點都不像，反倒是像他的爺爺，心思縝密，有主見、有魄力。所以自己才那麼喜歡這個孫子，比任何一個小輩都要喜歡。顧老夫人笑得慈祥，這是她孫子的一片好意，若自己還不領情，那就是冥頑不靈了。

素年隨身帶著針灸包，眩暈之症，藥物起到的效果並不明顯，所以老夫人之前喝的藥都看似沒用。頭維穴，為主治頭暈目眩的要穴；內關穴寬胸止嘔；中脘中和；豐隆降逆祛痰；陰陵泉為脾經合穴，利濕降濁。毫針刺頭維、豐隆、陰陵泉，均用瀉法；內關、中脘用平補平瀉法，留針一刻鐘左右。

「老夫人的病症需針灸十日方能初見成效，我再給您開一副定眩湯，扶正通絡，化痰熄風，每日一劑，水煎後分兩次飯後服用，連服一個月，您的暈眩之症想必會減輕許多。」

「有勞沈姑娘了。」

顧老夫人笑容依舊，素年卻總是覺得有什麼不對勁的地方。之前在顧夫人那裡就相當明顯了，這會兒顧老夫人又跟她笑得十分的親熱，親熱到讓素年都覺得不自在了。

顧老夫人立刻反應過來，以眼神詢問顧斐，沈姑娘是不是還不知道有親事這麼一說？

顧斐笑得十分「憨厚」，這種婚姻大事，他當然不好自己上去說呀！更何況，還有個佟府沒解決呢！

祖孫倆的「眉目傳情」，讓素年更覺得有什麼大家都知道、就她不知道的秘密存在，她非常不喜歡這種感覺，打算起身告辭。

「沈姑娘。」老夫人忽然開口。「有件事情，我覺得應該讓沈姑娘知道。」

素年轉過身，洗耳恭聽。

「沈姑娘有所不知，在許多年前，我家老爺子曾受過妳父親沈大人的恩情，並在那時就給沈姑娘妳和我家斐兒訂了親事。後來，沈大人出了事，斐兒的娘曾去佟家想將妳接過來，卻得到了不實的消息，說沈姑娘妳已不在人世了。」

素年臉上和煦的笑容終於端不住了，五雷轟頂啊！她可以不計較為什麼佟府要說她死了，也能理解顧府以為他們家死絕了，所以沒有想著去調查自己的父親是否是冤枉的，但親事……她就不能理解了。自己可是準備堅持獨身的啊，親事個毛線啊！

素年嘴角僵硬，什麼表情、什麼話都表達不出來。她需要時間好好消化一下這個事實，只能機械地蹲了蹲身子，遊魂一樣地離府。

「斐兒啊，這沈娘子的反應，怎麼奶奶看不懂呢？」顧老夫人納悶了，有驚無喜，還驚得厲害，完全是驚呆了啊！做他們顧家的媳婦，怎麼好像對沈素年來說是件特別不能接受的事情？

「呵呵呵，孫兒也看不懂……」顧斐盯著門外。他一直知道沈素年很特別，跟他見過的任何一個女子都不一樣，但特別到看不懂……他就有些慌了。

素年遊魂一般地回到自己的家，小翠和巧兒一路上無比的乖巧，安靜得一點聲音都沒有發出來，她們知道，小姐這是大受打擊了。

「這是怎麼了？」魏西和玄毅只覺得奇怪，柳老則是不客氣地直接向小翠和巧兒打聽。兩個小丫頭對視一眼後，齊齊地搖頭。「您若想知道，還是自己問小姐吧。」

自己的徒兒去了趟顧府後就失魂落魄的，看上去也不像是受到欺負的樣子，倒像是被雷劈了，柳老也不含糊，大步走過去坐到素年的身邊就問：「遇到什麼事了？說來聽聽！」

素年特別不可思議地轉頭，眼神無比的茫然。「師父，我居然訂親了？」

「……」柳老也沒鎮定到哪兒去！訂親？素年丫頭沒事只要找著機會就會重申一下她不打算嫁人的想法，自己還想著要怎麼將她這個念頭打消呢，怎麼忽然間就訂親了？

「對象還是顧斐。我怎麼覺得這麼荒唐啊？師父您幫我分析分析，我是不是被人騙了？」

妳這麼精，誰能騙得到妳？柳老在心裡撇嘴。「他們是怎麼說的？」

素年將顧老夫人的話又複述了一遍。

柳老也覺得十分詫異，如果顧老夫人說的都是真的，那麼，顧府就應該盡力將事情隱瞞住才是正常的做法。反正知道這件事的人也不多，堂堂內閣學士的公子，前途無可限量，而素年只是個醫娘，就算她師父是醫聖好了，那也不是個值得驕傲的身分啊！

「他們的意思……是想要將妳迎過門？」

素年被柳老這麼奔放的想法嚇到了，下意識地否認。「不會不會，不應該啊！我想，顧府的意思是不是想讓我知難而退，不要癡心妄想？」

「妳傻啊？他們要想讓妳知難而退，不告訴妳不更好？還特意讓妳有個念想？」

「那他們這是要幹麼呀……」素年焦慮了，要不，就乾脆當作沒聽到？反正無憑無據的，誰知道之前到底訂過親沒有啊？在古代，女子拒婚會有什麼樣的下場啊？素年還真不知道，應該……也沒什麼的吧？

素年本以為，自己要在訂親這件事上糾結很長時間，卻沒想到，並沒有那麼多的空閒留給她。

京城裡有好幾家醫館，都是非常有名氣的，其中一家名為聚德堂，裡面供奉著御筆親賜「妙手回春」牌匾，在京城的醫館裡，算是頭一份了，在百姓的眼裡，就如同太醫院一般的神聖。難得的是，聚德堂還定期開放義診，為沒有銀子、請不起大夫的窮苦百姓看病，口碑十分了得。這樣的一家醫館居然會找上自己，素年很是想不通。

面前的這位年輕大夫，對著比他小上許多的素年，並沒有任何瞧不起的表情。「沈娘子，還請您一定要去瞧瞧，那位婦人眼看著就不好了。」

柳老今日一早便去了參領府中，素年雖然覺得有些奇怪，但聽說患者很危險，她也顧不得這許多，便隨大夫一同前往聚德堂了。

聚德堂平日裡就很熱鬧的前廳，這會兒站滿了人，在中間的地上，躺著一位婦人，蜷縮著身子不斷地呻吟，在她的身邊，則跪著一位女子，正在不停地擦拭著眼淚。

素年來到聚德堂時，看到的就是這麼一幅景象。太不對勁了，這裡可是醫館啊，又不缺大夫，怎麼就非要將自己請來？

「沈娘子，就是這位患者，還請您費心了！」帶她來聚德堂的大夫忽然大聲地說，周圍的人立刻都將眼光聚集到她的身上。素年面不改色地站在那裡，耳邊開始傳來窸窸窣窣的議論聲——

「……沈娘子？」

「不會吧？是那個醫聖的傳人？」

「聚德堂竟然去請她來?!」

……

「小姐……」巧兒有些擔心，她怎麼覺得這麼不安呢？

跪在那裡擦眼淚的女子也聽到了那位大夫的話，抬頭看到素年，想也沒想便膝行過來，拉住素年的裙角。「沈娘子，求求您救救我婆婆，求求您了！」

素年嘴邊牽出一抹笑容，暖如春光，看得那女子愣了一下。

素年慢慢蹲下，問：「妳的婆婆，這是怎麼了？」

「她、她忽然肚子疼，一直一直疼，疼得都要死了！」

「肚子疼啊？我聽說聚德堂可是有御賜的牌匾，肚子疼怎麼他們不給治呢？是不是妳沒錢，他們不願意？沒關係，妳的診金，我付了。」素年笑著站起來。「這位姊姊的婆婆需要多少診金？我來付，還請聚德堂的各位趕緊救人啊！所謂的仁義可不是偶爾義診就可以的，總不能因為人家付不起錢，就將病人扔在地上吧？」

周圍的百姓一開始只覺得稀奇，說到聚德堂，就不得不提他們與柳老之間的糾葛。

柳老之所以被稱作醫聖，聚德堂功不可沒——連著幾次輸給柳老，這才成就了他老人家「醫聖」的名號。聚德堂的大夫對柳老，那是刻骨銘心的恨啊！若不是他，他們聚德堂很有可能已經取代太醫院，而不是在京城裡跟那些普通的醫館相提並論。

聽素年這麼一說，大家才反應過來，聚德堂果然是讓患者躺在地上呢！為什麼？

這時，從聚德堂裡走出來一位老大夫，跟柳老的年紀相仿，只是沒有那一把鬍子，他一走出來，剛剛那位領著素年來的大夫神色立刻不對勁了。

「怎麼回事？這裡是聚德堂，都圍著瞧什麼熱鬧呢？」

一旁有人湊過去說了兩句，老大夫聽到「柳老」二字，便轉過頭盯著素年。「小丫頭休得猖狂，請妳來是看得起妳，怎麼，柳老的傳人，連這種病都沒有辦法？」

「小女子只是奇怪，剛剛來請我的大夫說，這位患者很危險，聚德堂沒有辦法才派人來請我的，可是真的？若是大夫您承認你們確實沒有辦法，小女子斗膽一瞧也不是不可以。」

去將素年請過來的大夫早已沒了影，不知道跑哪兒去了。老大夫對著素年怒目而視，素年卻始終笑盈盈的。她又不傻，這很明顯有人專門設計她的嘛，就是太不專業了，還是古代人的想法都很簡單？不可能啊，她也見過算計起人來出神入化的，比如蕭大人……

「老夫不知道今日是誰去將妳這個小丫頭請來的，但若妳說的是實話，老夫只能說抱歉了。來人，還不將病人抬到裡面去！」老大夫吼了一聲，立刻有聚德堂的人走出來，小心翼翼地將婦人轉移到裡面的屋子了。

素年始終笑容滿面，一點都看不出情緒。「既然如此，小女子就先行離開了。」

「慢著。」老大夫並沒就這樣讓她走。「小丫頭，妳師父柳老會一手針灸之技，這麼說，妳也會了？」

「小女子不才，只習得師父醫術的一星半點。」

「呵，倒是挺會說話的，比妳那個師父好太多了！」

素年繼續笑，笑得人都沒了脾氣。

「今日之事……我並不知曉，不過，既是我聚德堂的錯，老夫也不會推脫。抱歉，還請小娘子海涵。」老大夫說完，轉身掀了簾子就走進了屋內。

「行了，我們也走吧！」素年招呼小翠和巧兒離開，真是無妄之災。

聚德堂門口的百姓，都自覺地給素年讓了位置。在他們的心中，醫者的地位要高尚得多，特別是柳老醫聖的名號，那簡直就是神仙。現在，他們面前這個小姑娘是柳老的傳人，大家都聽到了，沒想到啊，柳老的傳人竟然離他們這麼近！

有反應過來的人悄悄地跟在素年三人的身後，一直跟到她們進了院子。先認個門，以後若是有疑難雜症，或者大夫說已經沒救了，興許找到醫聖的傳人，還能有一絲希望啊！

魏西在看到素年身後那麼明顯的一幫「尾巴」時，臉上的表情特別的興奮。「都是來找妳報仇的？」

「……有可能。魏大哥，我們幾個弱女子的安危就交給你了。」素年也沒辦法，逕自走回了屋子。

沒想到，她的這句話，還真是一語成讖。

第六十七章 上門醫鬧

第二日一早，素年是被哭聲吵醒的。

小翠慌慌張張地跑進來。「小姐、小姐，不好了！門口有人說，妳將人給醫死了，這會兒正跪在門口鬧呢！」

素年還沒有醒透，抱著被子，眼睛瞇著。「不是我醫的啊，聚德堂不是抬進去了嗎？」

「不是昨日那個。」

「那是哪個？」

小翠哪知道是哪個？小姐現在這狀況，說也說不清，小翠乾脆閉嘴，服侍她先洗漱更衣。

等素年喝了一小碗稀粥後，她的大腦終於開始運作了。

「這麼說，是個不認識的，非說我將人給醫死了，要討個公道？」

巧兒剛剛才從前院跑回來，她點點頭，心有餘悸地拍拍胸口。「小姐，那個……就那個，在我們院子門口擺著呢！」

素年立即拍案而起，屍體擺在她家門口還得了？入土為安，這種常識都不懂嗎？什麼意思！她大步地往前院走。

小翠和巧兒趕忙跟上，面色卻有些不好。

院門並沒有關上，魏西和玄毅兩人往門口一站，本想衝進來要說法的人，這會兒只敢站在門口，放聲大哭。

「沒天理啊……還說是醫聖的傳人，我可憐的娘啊……就這麼沒了啊啊啊啊……明明只是咳嗽，卻非說要扎針啊啊啊，那麼長的針扎下去，我娘……我娘活生生就被疼死了啊啊啊啊啊！蒼天啊，祢開開眼吧，看看這個打著醫聖旗號禍害百姓的庸醫啊啊啊啊啊！」

魏西和玄毅看到素年走出來，都一臉的不贊同。這個時候她就不能出面，人家明擺著是來鬧事的，放著不管就行了，等柳老回來處理才是最妥當的方法。

素年一人給了他們一個安撫的眼神，她可不想事事都等著人來幫她處理，不就是鬧事嗎？她倒想看看，這人打算如何栽贓自己？

經過昨日的宣傳，很多人都知道這裡住的是醫聖柳老的傳人，門外看熱鬧的百姓眾多，有覺得素年草菅人命的；有認為大夫不是萬能的，治不好也是正常；有純粹看熱鬧、幸災樂禍的。這些人見到素年出現時，一瞬間都閉了嘴。他們也覺得素年會出來很不可思議，再怎麼樣，她也只是個弱女子，沒有柳老在，這種場面她不是應該躲在家裡偷偷地哭嗎？

就連那位披麻戴孝、正在哭嚎的人，都有一瞬間的停頓，但隨即，他朝著素年這邊衝了過來。「妳還我娘！庸醫，妳將我娘還給我！」聲音之慘烈，撕心裂肺，真真聞者落淚。

魏西伸手將人攔住。

素年站在臺階上，靜靜地看著他。「你娘？我從未為你娘瞧過病，又何來『還』這麼一說？」

「妳還不承認！明明我說了想要將我娘送去聚德堂，是妳，妳偏要說自己是醫聖的傳人，說聚德堂的大夫都是妳師父的手下敗將，硬是要為我娘施針！結果呢？結果我娘……我娘就這麼走了！妳現在還想不承認？」

說得還挺像那麼回事的。素年很少跟人吵架的經驗，但曾有人傳授過她，吵架這門學問，最重要的一個關鍵，就在於「不承認」！不管對方說什麼，堅決不承認，往死了賴，這種方式，是最噁心人的。但現在，素年就打算這麼噁心對方，因為她已經被噁心到了！

「你說我非要給你娘醫治，你有什麼證據啊？隨隨便便死個人就往我院子門口抬，說是我給治死的，你要是沒有證據，我現在就可以去官府告你！」素年氣勢凌人，反正又不是她做的，她底氣足得很。

那人沒想到素年竟然敢跟他當面對質，一時有些亂了陣腳。本來知道對方只是個小姑娘的時候，他覺得完全沒有難度，小姑娘嘛，那都是受了委屈也只敢憋在心裡偷偷哭的，誣衊她們簡直手到擒來！卻沒想到，這柳老的傳人竟然是個例外！不過，他也事先做了準備，將事情說得有鼻子、有眼睛的，彷彿素年真的在那天遇到了他們一樣。

「你說是就是啊，證據呢？你憑什麼說是我醫治的？讓我想想，我那天做了些什麼？好像是……在院子裡喝茶吧。」

「我有證人的，他能證明！」

「笑話！誰知道是不是你花錢找來栽贓我的證人啊？那我也有證人啊，我院子裡的丫頭們都能證明我沒見過你！」

那人傻眼了，他還從未見過這樣一點都不怕事的小娘子。女子不都應該是羞怯含蓄的嗎？面對這麼嚴重的事情，她怎麼能如此面不改色？

「素年姊姊……事到如今，妳就承認了吧……」忽然，人群中有一個溫婉的聲音出現。

眾人將眼光轉過去，就見一個弱柳扶風般的嬌貴姑娘，從圍觀的人群裡走了出來。

佟蓓蓓？一般女子都不缺乏想像力，素年的想像力尤其豐富，她慢慢想起昨日聚德堂的那一幕，讓自己暴露在京城百姓的眼中，然後到今日，莫名其妙的栽贓陷害。

雖然素年一直都告誡自己不要慌張，不是自己做的，這沒什麼。但她也知道，這種潑髒水的行為，會帶來什麼樣的後果。大夫，那是病人眼裡最後的救命稻草，能將生命託付給他們，這樣重要的角色，一旦出現了失誤，哪怕是莫須有的罪名，都難以再讓病人相信了。更何況這人口口聲聲說自己仗著醫聖的頭銜行醫，將師父柳老都要連帶地拉下水。

這麼惡毒的行為，讓素年一直在心底克制著想要衝上去將人暴打一頓的衝動。可那麼做不行，如果她真的動手了，就無形中坐實了罪名，更會讓人抓住惱羞成怒的把柄。

所以素年耐著性子跟他要證據。只是沒想到，竟將正主兒給逼出來了。

「素年姊姊，就算妳現在不承認，可這位大嬸在天之靈是會看著妳的，妳真的忍心讓她就這麼死不瞑目嗎？」

佟蓓蓓本不用出面，只要混在人群中看戲就好，可她萬萬沒想到，素年居然還能反駁。果然是沒爹沒娘的孩子，一點廉恥教養都沒有！眼看唱戲的唱不下去了，佟蓓蓓只好挺身而出。這種能將素年的名聲徹底抹黑的機會，可不是那麼容易能得來的。

佟蓓蓓的話，瞬間讓圍觀的大部分人都站到了素年的對立面。佟蓓蓓的身分她自己也不瞞著，自報了家門，並且表現出一副很痛心素年所作所為的模樣。「素年姊姊一向是個好的，也許是因為茲事體大，她才會一時間想左了。」

素年心中冒起了一陣陣的寒意，果然是自己低估了，昨日她還嫌棄古人算計人的手段粗糙呢，今日就有幸見證了一次比較高竿的。佟蓓蓓很懂得如何利用民眾的心態，一面幫人作證，一面又輕飄飄地為自己開罪。素年深吸了一口氣，就算現在局面對自己不利，她也不可能放棄，裡面牽扯到了師父，素年就算拚了命，也必須將事情弄得明明白白。

「佟家妹妹，妳這話姊姊可是有些聽不明白，莫不是妳親眼見著了我將人醫死？」

「姊姊，妳就別再硬撐了，這樣……這樣只會讓我更覺得痛心的。」佟蓓蓓語焉不詳的勸說更是容易讓人聯想。

一時間，圍著的百姓幾乎就要伸張正義了。

素年的腦子飛快地運轉著，該怎麼做？該怎麼做才能讓這場鬧劇收尾？她一時間有些惱怒自己平日裡的懶散，對這個世界的瞭解完全不夠！還有什麼辦法……

驀地，人群中又起了一陣騷亂，一隊衙役走了出來。

見到仍舊跪在地上披麻戴孝的人時，領隊的捕頭一揮手。「抓起來！」

「你們幹麼？我、我是冤枉的，你們應該抓那個庸醫！」

「有人來報，義莊遺失一具屍體，之前有人看到你在那兒附近轉悠，先跟我回衙門，一切到官府裡再說！」捕頭使人將躺在地上、蒙著白布的屍體抬走，揮了揮手，又匆匆地離開了。

留在素年院子前的人一時間面面相覷，那屍體是偷盜出來的？那麼……醫死人呢？到底什麼情況啊？

「還能什麼情況？栽贓給沈娘子唄！」

「我就說呢，醫聖的傳人，怎麼會醫死人呢？」

「還說呢，你剛剛明明譴責人家來著……」

素年緩緩地將胸口的氣吐出來，再抬眼看去，佟蓓蓓早已消失了。這場無妄之災就這麼煙消雲散了？自己好沒用啊……素年伸手搭在小翠的胳膊上，她覺得小腿有些軟。她自詡什麼事都想自己解決，也都能順利解決，但是剛剛，她發覺自己太沒用了，她甚至想不到有什麼辦法能扭轉局面。若是衙役沒有出現，她是不是就會被大家認定是醫術不精致人於死了？

小翠和巧兒的狀態比素年還不如，兩個小丫頭幾時見過這種陣仗？都紛紛傻了眼，這會兒看人都散了，還沒能緩過神來。

「先進去歇著。」玄毅提醒小翠回神。

三人這才慢慢地挪進去，在院子裡坐下，緩緩地梳理情緒。

素年恢復得最快，她讓小翠去泡一壺寧神的茶來，大家分著喝了，正想說兩句話自我安慰一下的時候，柳老從外面衝了回來。

「怎麼回事？」柳老顯然是聽說了什麼，臉上神色慌張，見到素年之後，上上下下看了一圈，才問起原委。

素年原本只是惱怒自己道行不夠，不能很好地處理好這種事情，直到見到了師父，心中的委屈彷彿一下子湧出來了一樣。她用力睜大眼睛，結果發現還是不夠，淚水衝破了防線，成串落了下來。「嗚嗚嗚嗚嗚嗚嗚……」素年哭起來的氣勢都不同尋常。算起來她雖活了兩世，但今日的狀況還是頭一次遇見。前世雖然身體弱不禁風，但父母將她保護得好好的，要什麼有什麼；這世雖然開始時辛苦了些，但自己的努力還是取得了回報。她從沒想過，會有人這麼惡毒地針對自己。

「好了好了，別哭了。」柳老面對素年的哭泣，有些笨拙地安慰著。小丫頭向來是什麼事情都不放在心上的性子，冷不丁突然哭一下，柳老還真覺得心疼得不行。「妳放心，師父一定給妳報這個仇！聚德堂是吧？老夫不去找他們麻煩就不錯了，居然敢算計我的徒弟！」柳老咬牙切齒。從參領府回來的路上，一路就聽到有人議論紛紛，柳老原本還沒覺得什麼，可聽著聽著卻聽出不對勁來了，他們說的分明是「醫聖的徒弟」怎麼怎麼樣！

素年用小翠遞過來的巾子擦了把臉，情緒平緩了不少，只是抽抽噎噎暫時還沒法兒控制。「師父……跟聚德堂應該沒多大關係。」

「怎麼？不是他們？」柳老急著趕回來，只聽了個大概。

素年一邊抽噎著、一邊說出來龍去脈。

柳老的臉色越聽越黑。太過分了！這擺明了就是衝著素年來的，順帶還捎上自己一把！佟府嗎？他記住了！

「不過丫頭，怎麼這麼巧，官府辦事的速度，什麼時候這麼快了？」

素年也在想這個問題呢，來得太及時了，就好像柳暗花明一樣。若不是官府及時趕到，這會兒還不知道會鬧成什麼樣子呢！

「小姐，有人給妳送了一封信來。」巧兒從前院過來，說是有人送了一封信給玄毅，讓他轉交。

什麼人會給自己寫信？素年接過來，一看上面的字跡，立刻恍惚了一下，這個字自己見過。在那個小縣城，少年喜歡臨窗寫字，寫完之後，就擱在桌上晾乾，他在施針之後閉眼靜坐的時間裡，自己常常會靜悄悄地走過去欣賞。人如其字，說得一點都不錯，那一手漂亮飄逸又不失蒼勁剛健的字，往往會讓自己看得忘了時間。

沈素年親啟。如今，自己又見到了他的字跡，從來都覺得此人非池中物，以後必然大有作為，卻不想，他已經來到了京城嗎？劉炎梓，這個少年如今也不知道長成了什麼妖孽的模樣？當初在林縣，可是整個縣城裡的姑娘都為他著迷呢！

素年忽然心中一動，想起前些日子她們從顧府回來的路上，在一家小酒樓裡稍作休息時，自己隱約聽見旁邊有人在談論新科狀元如何如何的，裡面有一個詞反覆出現——「俊美無雙」。自己那會兒還挺鄙視的，心想：那是因為你們沒見過真正俊美無雙的人！可現在她很後悔，怎麼當時沒上去問問人家，新科狀元叫啥名呢？

「誰來的信？」柳老好奇地湊過來，這丫頭看到信怎麼就發呆了呢？

素年一邊拆一邊回答。「一個舊識，沒想到他也上京了，名字叫劉炎梓，師父您聽說過沒有？」

「哎喲，狀元爺啊！小丫頭人脈挺廣的嘛！」

「真是狀元？」素年只是隨便想想的，狀元啊，多麼虛無飄渺的辭彙，劉炎梓當真這麼有出息？

柳老搖頭晃腦地說：「新科狀元的名字老夫也還是知道的。趕緊看看，都寫了什麼？」

素年展開信紙，劉炎梓特有的溫潤氣質從字裡行間撲面而來。

劉炎梓在素年離開林縣的那年鄉試上考中舉人，又潛心苦讀三年，於會試中一舉奪得會元，在前不久的殿試中，由皇帝欽點為新科狀元，賜進士及第。

太勵志了……素年對於劉炎梓的經歷，完全說不出話來。這麼厲害的一個人竟然活生生出現在自己的身邊，早知道這樣，當初在林縣就先要個簽名再說啊！

劉炎梓的年紀，現在也只是二十歲左右，這麼年輕的狀元，素年有心膜拜一下。

「老夫聽說，這位劉狀元已經進了翰林院，前途不可限量，他怎麼會特意給妳寫信？你們什麼關係？」

素年白了柳老一眼。「說了是舊識，多年不見，寫封信聯絡一下多正常啊！」

「誰信呢？」柳老擺明了不相信。若是今日換作素年有些身分地位，而劉公子默默無聞的話，聯絡聯絡倒還能理解，但現在並不是這樣。一個炙手可熱、當今聖上欽點的狀元郎，跟素年這個要什麼沒什麼的小丫頭聯絡啥？

「信不信隨您，反正事實就是這樣。」素年的心情好些了，剛剛因為那場鬧劇造成的巨大壓力，被這封故人的來信略微沖減了些。

「哎，妳說，衙門動作這麼快，會不會跟妳這位舊識有關係？」

「……應該……不會吧？」素年被柳老的想法驚到了。可真的不會嗎？那為什麼這麼巧，人群前腳剛散了，後腳他信就來了？

第六十八章 師父失蹤

佟府裡。啪！佟蓓蓓被父親一個耳光打得跌倒在一邊的榻上。

「老爺！」佟太太驚呼一聲，撲過去護住。「您這是幹麼？蓓蓓做了什麼您要打她？」

佟老爺氣哼哼地指著蓓蓓。「妳問問她做的好事！誰給妳的膽子？啊？竟然自作主張去陷害沈素年！這也就算了，誰讓妳還站出去作假證的！」

佟蓓蓓臉上一陣陣刺痛，面對父親的指責，她卻啞口無言。當時的狀況，明明沈素年已經沒了脫罪的餘地，自己站出去之前也是想過的，她的身分更能夠讓眾人相信素年將人醫死的事實。可誰能想到，官府的人竟然出現了，且絲毫沒有給人辯解的機會，乾脆俐落地就將人抓走！那麼孰對孰錯，一瞬間就情況逆轉了。為什麼會這樣？佟蓓蓓自己也沒有想明白。

「妳這個逆女！就因為妳出現在那裡，口口聲聲指責沈素年將人醫死，現在官府已經派人來要求調查，妳就隨了去吧！」

「老爺！」佟太太顧不得蓓蓓了，趕緊又撲到佟老爺的身邊。「老爺，蓓蓓可是您的女兒啊！您怎麼能讓她去官府？那她的名聲還要不要啊？」

「名聲？在她敢站出去作證的時候，她就應該想到會有這麼一天！」

佟蓓蓓慢慢站直身子，白皙的臉上，一個明顯的掌印，這會兒臉已經微微腫起，佟老爺絲毫沒有手下留情。她走到佟老爺的身邊跪下，道：「爹，女兒知錯了，是女兒思慮不周，只想著要讓沈素年不得翻身，卻沒有考慮周全，爹教訓得對。」
佟老爺先前也是氣急了，佟蓓蓓顯然很清楚她爹爹的性子，伏低做小、磕頭認錯，讓佟老爺的怒火漸漸平息了下來。
「我真沒想到妳會愚蠢成這個樣子，不惜自報名號栽贓素年！」
「女兒當時只是覺得，沈素年不會有翻身的機會，而我這麼做，更可以顯示出我們佟家大義滅親，絕不姑息縱容，誰知道……」
佟老爺明白佟蓓蓓的意思，正常情況下這麼做是沒有問題，偏偏到了素年這裡就出現了不正常的情況。
「事到如今，女兒也無顏求爹爹為女兒善後，衙門那裡，女兒願意去。」
「蓓蓓！」佟太太堅決不同意。「老爺，您真忍心讓蓓蓓去那種地方？她可是您從小嬌慣著長大的，您就捨得？」
佟老爺看了一眼仍舊跪在地上、低著頭的佟蓓蓓，再看向旁邊扯著他袖子的佟太太，無聲地嘆了口氣。「我已讓官府的人回去了，我們佟家的女兒，哪能那麼隨隨便便地說見就見。」
佟蓓蓓低著的臉上出現一絲笑容，只要她父親肯出手就好，左右不過是多送些銀子。可她的心裡已經扭曲到了極致。沈素年……都是妳這個女人害的！
佟府沒想到，官府這次居然沒那麼容易鬆口。在衙役第二次來人的時候，佟老爺特意將人請到花廳，將下人屏退，奉上了一個小盒子，才撬開了那人的嘴。

「佟大人，我們家老爺也是被逼無奈的。劉炎梓這個名字您不陌生吧？聖上欽點的狀元，對此人的才學很是欣賞，雖然只是剛進翰林院，但大家眼睛都是雪亮的，此人不僅才高八斗，處事也是了得，因此我家老爺對他是讚不絕口。」

佟老爺很是納悶，怎麼好好地提起狀元來了？

「正是這個劉狀元，要求我家老爺嚴查此事。佟大人啊，您也不是不知道，這沈素年的師父可是醫聖柳老，您怎麼會招惹上他的傳人呢？我們大人也不好做啊！」

後面居然真的有人在推波助瀾？而且是之前聞所未聞的新科狀元！佟老爺這心裡犯起了嘀咕，莫非，這劉炎梓跟沈素年有什麼關係？

「小女已知道自己魯莽，她只是覺得那日那人痛哭流涕的樣子太可憐，一時間心中頓生憐憫，才會貿然出面指責的，老夫日後定然嚴加管教，還請你家大人手下留情。」佟老爺說著，一旁的小廝又呈上一只更扁的匣子。「一點小小心意，勞煩差大哥轉交給你家老爺。」

衙役笑了笑，卻沒敢接。「佟大人，小人也只是聽差辦事，您的意思我會帶到，不過我家老爺是什麼想法，小人不敢妄自猜測，還請大人見諒。」

官府的人走後，佟老爺心裡憋了一肚子火。他什麼時候連對著這些個差役都要低聲下氣的？還有那個劉炎梓，他到底是什麼意思？為什麼偏偏要針對他們佟家？

劉炎梓很快又給素年發來了帖子，請她赴宴相聚。

地點，在京城一家有名的酒樓裡，特意包了一間花廳，用來招待素年。

這家酒樓可不便宜，素年驚嘆著走進去，立刻就有人迎過來了。

「沈娘子。」

這人素年認識，是劉炎梓身邊的小廝竹溪，當初小翠可是很眼饞人家有這麼好聽的名字，被自己一頓忽悠之後才甘休的。這麼長時間不見，竹溪跟原來有些不一樣，更高，也更壯實，是個大小夥子了，素年頗有些看著人家長大的感慨。

「沈娘子，公子在裡面等您呢！」竹溪見到素年，有一瞬間的定格，但他反應也快，急忙將人往裡請。

花廳在酒樓的三樓，裡面十分安靜，繞了一條長長的走廊，才來到這間花廳的門口。酒樓十分會做生意，三樓的花廳只有幾間，都是提供給權貴的，每間中間的間隔非常寬，用紗幔布簾等嚴嚴實實地隔住，最大限度地保持了私密性。

竹溪將門推開，裡面背對著他們坐著一個人，聽見門的動靜才站起身，將身子轉過來。

素年忽然知道「好看到窒息」是個什麼樣的感覺了，是因為太美好所以都不敢呼吸，生怕破壞了畫面的美麗。在林縣的時候，素年就知道劉炎梓是個多麼好看的人，就算經常出入劉府，每次見到他，自己都會不自覺地看呆。但現在，這種美麗又昇華了，變得更加的奪目、更加的耀眼，這還是真人嗎？

劉炎梓淡淡淺笑，讓素年呆得更加徹底，倒是小翠和巧兒平日裡見慣了素年，免疫力比較好，隱秘地拽拽她的袖子，讓她趕緊回神。

「呵呵……劉公子，好久不見！」素年臉上堆起笑容，掩蓋住剛剛的失神，彎腰行禮，順便檢查一下自己的口水有沒有流出來。

「沈姑娘多禮了。」

劉炎梓的周身依舊縈繞著溫潤的氣質，淡淡雅雅的，讓人覺得很舒服。

兩人面對面坐下，素年忽然有些不知所措。怎麼這種感覺，好像前世的相親呢……不要問她為什麼會有這種錯亂的幻覺，她前世也沒有過這種經歷，但沒吃過豬肉，好歹也看過豬跑步，劉炎梓請她來……是打算說什麼？

「今日冒昧請沈姑娘前來，請恕在下失禮。」

「不不不，是小女子的榮幸，還沒有恭賀劉公子金榜題名呢，恭喜恭喜！」

劉炎梓笑容加深。「多謝，這都多虧了沈娘子呢！」

素年一呆，討喜的笑容定格在臉上。多虧了她？為啥？難不成劉炎梓打算硬將自己曾經治癒他的眼睛拗成他今日金榜題名的原因？太牽強了吧？

誰知，劉炎梓是真的很嚴肅地為當初素年給他治病一事再次道謝！

「若是沒有沈娘子，在下說不定已經是一個瞎子了，哪還能有今天的成就。」

素年覺得劉炎梓是在開玩笑，呵呵呵地不當一回事。「劉公子今日莫非只是找我來閒聊的？」

劉炎梓搖了搖頭。「那日有人誣告妳庸醫殺人，沈娘子知道是誰在背後指使嗎？」

花廳的門被輕輕敲響，酒樓的小二端著一壺茶站在門口，竹溪將托盤接過來。

小翠上前為二人斟茶，素年看著清亮的茶湯慢慢斟入潔白無瑕的瓷杯中，騰起淡薄的煙霧。

「是佟府吧。」

「原來沈姑娘知道。」劉炎梓端起茶杯放在嘴邊品了一小口。「誣衊沈姑娘的人，是受了佟府小姐的指示，這件事，讓佟府費盡了力氣想要將其壓下。我來是想問問沈姑娘的意見，妳，打算怎麼做？」

素年低下頭。怎麼做？聽劉炎梓的意思，如果自己願意，他可以幫忙出頭是嗎？但那樣，素年覺得自己心底的怒氣完全不會消失。她還是會不停地唾棄自己的沒用，只能靠著別人，這種事，她是最不願意的。

「劉公子，佟府想壓下去，就讓他們壓吧。雖然是信口雌黃的誣衊，但總揪著這件事，我師父的名譽也必然會遭人猜忌，就讓事情過去吧。」

劉炎梓點點頭，如果素年想，他有把握讓佟府小姐的名聲掃地，這對他來說不難。但現在看來，素年似乎並不打算這麼做。

「這麼說，那日小女子能成功脫身，都是仰仗了劉公子呢，小女子在這裡多謝公子出手相助。」

果然師父猜得沒錯，是劉炎梓幫助了她。素年記下了這份恩情，她不會忘記當時自己有多麼的無助，自然也不會忘記這份幫助有多麼珍貴。

劉炎梓只是淡然地笑，這對他來說並不算難事，他覺得這都是冥冥之中的安排吧。

兩人在花廳裡待的時間並不長，只喝了杯茶，就相繼離開。

「小姐，那劉公子請妳來到底想說個啥啊？就是跟妳說一下是他幫的忙，讓小姐妳記著他的恩嗎？」

素年搖了搖頭。「他的意思是，日後若是我有需要幫助的地方，可以去找他。」

「是這樣嗎？我怎麼一點都沒聽出來？」巧兒的眼睛眨了幾下。那劉公子從頭到尾可都沒有這麼說過呀！

「就是！小姐，妳不是說過自作多情要不得嗎？」

「……皮癢了是不是？誰自作多情了？自己領悟力不夠就不要亂揣摩別人的意思！」素年無語，雖然劉炎梓確實沒有明說，但他就是這個意思嘛！

過了兩天，顧斐那裡也傳來了好消息，說是他已經查到了一些眉目，跟素年約在外面見面，到時候詳細跟她說一下。

素年沒想到，顧斐約她見面的地方，居然還是那家酒樓。

仍然是三樓的花廳，門一開，顧斐正對著門坐著，衝著自己傻笑。

「來了？快來嚐嚐這裡的桂花糖蒸栗粉糕，可是很出名的喔！」桌上放著剛出爐的糕點，還冒著熱氣呢。顧斐熱情地招呼素年，一副熟稔的樣子。這家酒樓的栗粉糕難得地做出了三層，層層分明，桂花和栗子的香氣交融，甜香軟糯。

素年也不講究，還真一坐下來就吃，並且很誠懇地給予讚賞。「不錯不錯！小翠、巧兒，妳們也嚐嚐，看看能不能自己做出來。」

「為何要自己做呢？想吃的話來這裡買一份不就行了？」

素年笑著看向顧斐。「顧公子有所不知，自己動手做出來的東西，滋味尤其的特別呢！」

吃完東西後，顧斐將話題轉到了佟府身上。「沈姑娘，妳父親的案子，確實有些蹊蹺。當年跟妳父親共事的，正是佟大人，那時他們二人正處於官職考評期間，有人匿名向監御史遞交了妳父親收受賄賂、貪墨銀兩的舉報信的內容，後來派人搜查的時候，也確實在沈府搜到了許多來歷不明的珠寶銀兩。那些東西正好印證了舉報信，後來那筆賑災的款項也不翼而飛，矛頭又指向沈大人，朝廷一怒之下，才做出嚴懲的舉動。」

素年在腦子裡慢慢地構思出一幅栽贓陷害的想像圖。

顧斐接著說：「當年沈府抄家以後清點出來的銀子數量並不多，但那筆突然出現在沈府中的珠寶銀兩，沈大人怎麼也解釋不清楚，監御史也並沒有徹查下去。我查到的線索，妳父親過世之後，佟大人就升職為幽州州牧，而那個位置其實原本應該屬於沈大人的。監御史之後也離開了幽州，並很快地藉丁憂之名辭官回家，帶著一大筆財富……」

那不是很明顯嗎？佟老爺連同監御史一起將自己的老爹給坑了！佟老爺得到了升官的好處，而監御史則是帶著不翼而飛的賑災款，回家逍遙快活。

但素年覺得有些奇怪。「為何顧公子能如此迅速地查出這麼多細節？」有些不能理解啊！要真那麼容易順藤摸瓜，這事不早曝光了？

「呃……說來慚愧，這些並不是光靠我一人之力就調查到的，實在是因為有貴人相助。」

素年一愣，貴人？又是劉炎梓嗎？他才剛剛入翰林院，就這麼有本事了？

素年發愣的時候，顧斐也有些走神。調查佟府的事情順利到他自己都不敢相信，太簡單了，簡單得好似一個圈套一樣，所以他哪敢那麼輕易地相信查到的東西？卻不想，竟遇見了一個神秘的人。那是真正的貴人，是朝廷中新生的力量，注定要站在未來君主的身側，而那個人竟然對素年的事那麼關心，讓顧斐很是不可思議。不過，這也讓他打消了心中的懷疑，若是那人襄助的，那麼這些必然都是事情的真相。

知道了來龍去脈之後的素年，並沒立刻想著報仇，她的能力太弱了，又沒打算兩敗俱傷，因此只有等著合適的機會再一舉擊潰佟府，當然，還有那個逍遙自在去了的監御史。

「小翠啊，師父多久沒有回來了？」

素年忽然覺得，師父已經有段時間沒有出現在她的這個小院子了。怎麼回事？以前也沒離開過這麼長時間啊！

「小姐，柳老十六天沒有回來了。」小翠認真地算了算日子後，很肯定地回答。

這都半個多月了，柳老怎麼還沒回來呢？柳老以前離開，每隔一段時間就會給素年送來點消息，有時候是沒什麼內容的閒聊，有時候則是福至心靈想到的醫術靈感。但不管是什麼，都能讓素年知道他過得挺滋潤的，讓她不要擔心自己。

素年忽然有些慌了，她一直都將這裡的政治想得很簡單，她習慣性地將問題簡化，本能地不喜歡複雜的狀況。師父他老人家……不會出事了吧？素年趕緊搖搖頭，不行不行，不能亂想，師父吉人天相，一定不會有事的！

第六十九章　蜀王囚禁

又等了兩日，柳老依然沒有任何消息，素年坐不住了，這種心焦的感覺實在不好受。

素年咬了咬牙，打算求助。讓玄毅給劉炎梓和顧斐各帶了消息，希望他們能夠幫忙打探出哪怕一絲絲情況，只要能知道師父還安好，她就可以放心，劉炎梓和顧斐都答應了下來。

素年在家裡急得團團轉，但除了等，卻無計可施，因為打探消息也是需要時間的。

兩天後，兩人的消息差不多同時送來——

柳老被囚禁起來了！

素年被這個消息震驚得完全失去了反應。囚禁？為什麼？難道師父醫治的那個貴人死了？可這跟師父有什麼關係？師父如果能救，還可能眼睜睜地看著人死去嗎？

想到師父這把年紀了竟然遭受劫難，素年就心急如焚。囚禁起來會遭到什麼對待？這麼多天下來，還不知道師父被折磨成什麼樣了！

素年再也坐不住了，直接找上劉炎梓，在她看來，這已經是她認識的最厲害的人了。

「妳別急，先坐下來慢慢說。」

劉炎梓這也是第一次見到素年這麼焦急，急忙將人安撫下來。

素年如何能淡定？直接便將來意說明。

「妳想要去大牢裡探視？」素年是以為，囚禁就是關在牢裡嗎？

「是的。我知道事情的嚴重性，要是開口請劉公子將人救出來就太過分了，所以我只想見師父一面，看看他老人家是否還安好？牢裡陰氣重，師父年紀又大了……」說著說著，素年的眼淚就掉下來了。她這個師父，最開始並不是她自願拜的，可現在，柳老就好像她的父親一樣，素年只要一想到師父被關押在大牢裡，心裡就一陣陣地抽疼。

劉炎梓將隨身的帕子遞過去，素年順手接過來，將眼淚拭去。

「沈姑娘放心，我會盡力安排。只是，柳老與許並不在獄中，恐怕沒那麼簡單。」

素年點點頭，如果劉炎梓都不能做到的話，她真的不知道該去求誰了。

劉炎梓並沒有危言聳聽，柳老的事情果真沒那麼簡單，再加上他不過剛剛才入翰林院，就算深得聖上眷顧，大家都肯給他面子，但涉及不到的地方，他還是無能為力的。

劉炎梓不是個喜歡托大的人，他在做了多番嘗試卻始終失敗之後，迅速找到了素年，將情況如實地告訴她。

「……多謝劉公子，小女子感激不盡。」素年雖然著急，卻沒有被沖昏頭腦，她知道劉炎梓是真心想幫自己，無奈卻沒有通天的本事。

與劉炎梓分開後，素年站在偌大的京城裡，第一次產生了濃濃的無助。

之前被人冤枉栽贓，素年更多的是憤怒、委屈，而現在，她就好似被人遺棄的幼獸，只能眼睜睜看著事態發展，無能為力。

素年的眼睛蒙了一層層的水霧，視線慢慢地模糊。怎麼辦？多一天，師父受到的痛苦就多一天，他是個老人啊，怎麼能承受得住？

束手無策的悲憤，讓素年禁受不住地蹲下，抱著膝蓋開始哭。

小翠和巧兒也站在一邊偷偷抹眼淚，她們沒法兒將小姐拉起來，跟她說這樣不合禮數。小姐這段時間一直努力地壓抑著情緒，所有人都能看出來，而現在，終於崩潰了。若是丟掉所有禮數就能讓事情有轉機，小翠和巧兒一定會第一個那麼做的。

素年就在京城的街道旁，抱著膝蓋埋著頭，毫不遮掩地痛哭，她必須將這些情緒釋放出來，否則的話，她會先崩潰。

周圍不少人都對她側目，畢竟一個女子當街哭泣，並不是一道好看的風景。

顧斐在離她們一條街的地方站著，他本想走過來，腳步卻在瞧見一個人影之後停住。劉炎梓做不到的事，顧斐同樣也做不到，他走過去，也只能沒有意義地安慰她兩句，可那人不同。那人能夠很輕易地將深藏其中的隱秘挖出來，能夠輕鬆地將找到的證據丟到自己面前，如果是那人，是不是就能夠讓沈姑娘不再哭泣了呢？

素年哭了一陣子後就自己將眼淚擦乾淨，她只是在發洩鬱悶的情緒而已，哭並不能解決問題。她想好了，不管如何，師父也不能被這麼不聲不響地抓住，她要去敲登聞鼓、去告御狀，反正她豁出去了，不管是死是活，她都要試上一試！豪情萬丈地站起來，素年腫著兩隻眼睛，卻發現自己面前站了一個人，因為站得很近，兩人身高差距又大，素年必須仰起頭才能看清那人的面容。等她看清了，素年也不知道自己心裡是一種什麼樣的情緒，只覺得剛剛被絲帕摁乾的眼眶，又開始有了熱意。

素年閉了閉眼睛，默默往後退了一步。「蕭大人。」

來人正是蕭戈。有段時間不見，這人是不是又長高了？不僅如此，他周身散發出來的凌厲感更加的強烈了，彷彿稍有不慎就可能被刺傷一樣。

小翠和巧兒是一早就見到蕭戈的，她們也想提醒一下小姐的，因為小姐蹲著身、埋著頭，根本看不到，可蕭戈身後的月松卻偷偷地朝她們兩個比了一個噤聲的手勢。

好在素年的哭泣也已經到了尾聲，直接站起來就跟蕭戈打了個照面。

「走吧。」蕭戈掃了一眼素年狼狽的樣子後，轉身示意她跟上。

素年沒有動，她還要回去打聽登聞鼓在哪兒呢！

蕭戈走了兩步，轉過頭。「怎麼？不想見妳師父了？」

素年全身一震，疾步跟了上去。「蕭大人能讓我見到師父？那真是太感謝了，小女子無以為報……」

蕭戈也不知怎麼的，渾身肌肉忽然就一僵，然後又聽到素年接著說——

「以後大人要是有個頭疼腦熱的，儘管開口，小女子定當隨傳隨到！」

肌肉又放鬆下來。

蕭戈的臉看似沒有任何情緒波動，但跟在他身側的月松注意到了。他抿了抿嘴角，低下頭來，心想：大人也真是的，難不成還真指望沈姑娘會說出「只有以身相許」這種話？別逗了！

在他們離開後，劉炎梓慢慢地從門口走出來，他不是沒有聽到素年從心底散發出來的求救聲音，但他沒辦法，他只能一遍一遍地做著無意義的安慰。原來還不夠，他還沒有成長到能將這個女子納入羽翼之下……

蕭戈帶著素年來到一個小胡同裡，那裡已經有一頂灰撲撲的小轎子在等著。

「若是想見妳的師父，妳只能一個人前去。我已經安排了一下，時間不會很長，這當中也會有危險，如何？」

素年點點頭，轉身對著小翠和巧兒說：「妳們倆先回去，跟玄毅和魏大哥說一下，若是我跟師父一樣失去了蹤跡，你們也不用找了，直接將家裡的銀子分了，妳們倆找個人嫁了，好好過日子。」

素年說得太隨意，兩個小丫頭的眼淚瞬間就落了下來。「小姐妳在說什麼呀！」

「我是說真的。」素年用絲帕輕輕擦拭她們臉上的淚水。「我要真有不測，妳們倆的日子還長著呢，得先讓妳們倆心裡有個底。」

小翠死拽著素年不撒手，哭得一抽一抽的。小姐怎麼能這樣說？什麼叫她會有不測？這個時候，怎麼能說這麼不吉利的話！

「哎呀，我也就這麼一說，妳們就算不相信我，也要相信蕭大人啊！蕭大人不是都說了嘛，給安排好了，我就是先做了最壞的打算嘛，也許我一會兒就出來了。」素年趕緊挽回一下，然後將巧兒攬到一旁。「小翠這孩子就拜託妳了，她比較死腦筋，要是我真的死了，妳可千萬看住了她啊！嗯……大不了以後妳生的孩子裡面選一個姓沈，巧兒長得這麼漂亮，我也不虧——」

「小姐！」小翠大聲吼了出來。她都聽到了好不好？小姐剛剛還在街邊哭得要死要活的，這會兒怎麼又變回這個樣子！

素年轉過身，臉上的表情恢復了平日裡的樣子，淡淡的懶散、微微的閒適。「我如果不去，這一輩子都不會原諒自己的。」

巧兒和小翠的手慢慢放開，兩個小丫頭強忍著心裡的恐慌，嘴角都憋得變了形，可她們也知道，如果不去，就不是小姐了，哪怕知道會有危險，哪怕知道有可能落得跟柳老一樣的下場……

素年坐上了小轎子，裡面只能看見四四方方，一個小小的空間，她的心出奇的平靜。真是太好了，比她自己想的方法要好上一百倍，有危險又怎麼樣？關鍵是能夠見到師父的機率提升了，這就足夠了。

小翠和巧兒站在原地，目送著小轎子慢慢遠去，小丫頭覺得不能哭，太不吉利了。

巧兒想起自己給小姐做的那身用金線細細勾勒出枝蔓的衣裙還沒有完工呢，她要趕緊回去做完了，小姐不知道什麼時候就要穿的！

還有小翠，小姐前些日子一直唸叨著那道做過一次的雙味烤鱖魚卷，因為工序複雜，所以做起來不是很方便，不知道現在還有沒有賣新鮮的鱖魚？對了，還要買火腿、冬筍……小姐還愛吃芙蓉干貝，她要做好一桌子菜，等小姐回來！

小轎子抬得還算平穩，兩邊的小窗都被封閉起來，素年覺得裡面的空氣越來越稀薄，但她神奇得竟然沒有立刻就暈。手指尖扣著身旁的轎壁，素年強迫自己保持清醒。

也不知道過了多久，小轎子落地了，轎簾被掀開，素年從裡面走了出來。在她的面前，並不是她想像中的牢獄大門，而是一處院子，並不大，裡面就光禿禿的一間屋子。

素年心裡有著異常強烈的質疑，但她沒有人可以問，轎夫已經消失不見了，周圍就剩下素年一個人。

忽然，從院子裡傳來細微的聲響，素年想都沒想，立刻抬腳往裡走。

推開屋子的門，裡面光線很暗，門竟然是唯一滲入光線的渠道，素年甚至能看到在這道光線中，無數灰塵飄揚其中。

「誰？」在屋子的最裡面，有人出了聲。

這個聲音那麼熟悉，又沙啞到陌生。

「師父……」素年輕輕地開口，聲音都不敢用力，她害怕稍微大聲點，就能加重柳老的痛苦一樣。

嘩啦嘩啦的一陣響動，素年聽到鎖鏈的聲音，隨即，一個身影慢慢地從黑暗的角落裡走出來。

素年的瞳孔放大，無法再忍耐，眼淚瞬間潰堤。

柳老的腳踝上都被鎖了鎖鏈，已經將皮膚磨破，周圍都是乾涸的血跡。柳老原本身形就消瘦，但此刻素年眼前的柳老，幾乎瘦脫了形。嘴唇乾裂、眼眶凹陷、老態畢露的柳老，讓素年一直強忍著的淡定消失了。「怎麼會這樣？怎麼會這樣？」

柳老倒是還想笑笑，但剛牽了牽嘴角，嘴唇又迸裂開一道血口。「我就怕妳這樣。妳怎麼能進來的？」

素年用袖子將臉擦乾淨，含著眼淚將柳老扶坐下。「蕭大人幫的忙。師父您別擔心，我去求蕭大人，求他將您救出去！我怎麼這麼笨啊，居然沒想著帶點東西……」素年一邊哭、一邊說，眼淚怎麼擦都擦不乾淨。

「別忙了，能讓妳見我一面，蕭大人也算盡心了。」柳老低低地開口。「行了，妳走吧，別再來了。我這一輩子，也算夠本了。」

「我帶您出去！」素年根本不管，站起身就想將柳老往外拖。

柳老搖搖手。「出不去的，妳以為這裡是什麼地方？」

素年看著門口，那裡一個人都沒有，可她相信，一旦她想做些什麼，就會有無數人從各個角落裡跳出來。外面陽光明媚，屋子裡卻陰森潮濕，一道門，隔出兩個天地。

素年的心忽然鎮定了下來，師父說，蕭大人能讓她進來已經是盡了心了，她不能傻乎乎地如同韓劇裡的女主角般，生生地浪費了蕭大人的好意。素年轉過身，在柳老面前坐下，強迫自己看著師父憔悴的臉。「師父，您為什麼會被關在這裡？」

看到素年能夠這麼快平靜下來，柳老不禁在心裡點頭，自己這個徒弟很好，非常好。她或許還有些天真幼稚，但那只是因為經驗不足而已，能那麼快就控制住情緒，單單這份心性，以後就算自己不在了，小丫頭也可以勇敢地生活下去的。只是可惜，自己可能看不到了……」

「這個妳就別問了。」

「師父您不說，我也會知道的，只不過是從誰那裡知道的區別罷了。」

「……」柳老無奈地笑了笑，素年的脾氣他也知道，真是會說到做到的。

柳老之前秘密進宮，實則是為了幫一個人治病，這個人就是現在影響了政局的蜀王。

蜀王在京城的呼聲並不比太子殿下低多少，又因為他年長，行事穩重、仁愛慈善，之前立太子的時候，一度引起了不小的波折。然而就算現在大局已定，但支持蜀王的力量仍舊沒有消散，而是暗中蟄伏著。陛下聖體欠安，一旦駕崩，現在太子的實力還不成熟，而蜀王又因為身體不適並未離京，這一切的一切，都充滿了未知的變數。

然而，蜀王的身體不適並不只是幌子，他的身體確確實實有不妥的地方，而這個不妥，很大程度上會影響到支持他的力量，所以蜀王的身子必須要治好，且不能洩漏出去究竟病成了什麼樣，因此柳老這個不屬於太醫院、又醫術高超的大夫，就成了最好的選擇。

面對蜀王的要求，柳老不能夠說不，這個蜀王表面和善慈祥，但實際上會如何，誰都不知道。柳老只知道，在數個有封地的王爺裡面，只有這個蜀王順利地留在了京城；在數個同樣起點的儲君候選人裡，只有他的呼聲能跟當朝的太子媲美。

於是柳老只能以醫治參領大人的名義，偷偷地去蜀王那裡。柳老不想讓素年參與其中，所以騙她是進了宮裡，那是他們這些不屬於太醫院的大夫不能踏足的禁地。可柳老沒想到，蜀王的病情竟然那麼棘手，他一次又一次地努力，也只能稍微控制住病情。

就在前段時間，蜀王的病情加重了，一怒之下，便將他囚禁於此。

柳老知道，他的命是保不了的，不管有沒有將蜀王醫治好，他都會隨著這個秘密消失。他不想讓素年知道，可沒想到蕭戈竟然會出現，而且將人送到了自己面前。柳老心下不安，難道說蕭戈跟蜀王之間有什麼牽連？一想到這裡，柳老就下定了決心，用簡潔的話將來龍去脈跟素年解釋清楚。有準備總比沒準備要好，如果素年在蕭戈那裡得到了不真實的消息，這丫頭不知道會做出什麼事來。

「蜀王的病狀是什麼樣的？」素年聽完了以後，只問了這麼一句。

「丫頭啊，妳別再摻和進來了，事已至此，沒有任何可以回轉的餘地。我也一把年紀了，還有了醫聖的名號，也不虛此生了，但妳不一樣，丫頭，妳才多大？妳還沒有嫁人呢！」這可是柳老最糾結的一件事，在他看來，好好的一個女孩子，不嫁人像什麼樣子？

素年的笑容比哭還難看，眼睛卻執著地盯著柳老。「蜀王的病狀是什麼樣的？」

柳老不語。

素年慢慢垂下眼。「師父，您在一開始的時候，就知道蜀王是什麼樣的人了吧？也知道自己不論有沒有為他治病，都會是一樣的下場，對嗎？可您還是接診了。就算知道這人事後一定會殺了自己，您也必然是竭盡所能地想要將他治好，對嗎？」

柳老忽然又笑了，嘴唇上的裂縫裡有血珠滲出來。誰會拿自己的命不當一回事？柳老也是人，在知道自己事後必死的時候，他不是沒有恨過，他還有想要做的事，還想看著素年成親，看著她一步一步接替自己醫聖的稱號。因此，看著在自己面前被病痛折磨的蜀王，柳老真想動點手腳，跟他同歸於盡算了。可是，他總想起那時，在青善縣，有一個年紀小小的姑娘站在自己的面前，脆生生地跟他說——醫者，凡有請召，不以晝夜寒暑，遠近親疏，富貴貧賤，聞命即赴。視彼之疾，舉切吾身，藥必用真，財無過望，推誠拯救，勿憚其勞，冥冥之中，自有神佑。那清澈的聲音，彷彿刻在他腦子裡一般。

自己成為了素年的師父，殊不知，在他們剛見面的時候，素年就給他上了一課，讓他想起自己因為醫聖的名頭所漸漸淡忘的東西。自己現在也能夠算是個合格的大夫了吧？可以讓小丫頭為自己驕傲了吧？

「蜀王的病，已是沒有辦法了。起初只是吞嚥硬物時有梗噎感，胸骨後有燒灼樣的疼痛，症狀時輕時重；而後漸漸地，食物難以下嚥，甚至連飲水都出現困難，胸背疼痛，固定不移，泛吐黏痰，形體消瘦，肌膚甲錯，舌有瘀斑，脈象細澀。」

素年心中一驚，這種症狀，幾乎可以確認為食道癌！

所以他們才不讓師父吃東西嗎？師父的面色明顯是餓出來的！這個蜀王，竟是如此殘暴不仁、是非不分的人嗎？

「我給他開了化痰軟堅、活血化瘀的方子，也只是能有一陣子好轉而已。蜀王日漸消瘦無力，持續胸痛，有段時間水腫暫時消退，以為病情好轉了，卻沒想到之後更加嚴重，吞嚥的時候會劇烈嗆咳，呼吸受阻，並且出現昏迷。」

蜀王的症狀，已經是晚期的現象了，他很快便將什麼都不能嚥下，疼痛、噁心、嘔吐、呼吸困難、大小便失禁、脫水、全身衰竭……這是惡性腫瘤中比較痛苦的一種，但素年居然同情不起來。

因為自己的痛苦，所以便要讓別人跟著一同痛苦，這樣的人，不值得同情！

但，素年慢慢地起身，對著柳老展露出一個自己拿手的笑容。「師父，徒兒先走了。您放心，您要對您的徒弟有信心，我不會做出讓您擔心的舉動的。」

門又闔上，柳老看著漸漸消失的光線，心想：妳這句話就說得我不放心啊……

素年沈著地走到院子門口，那裡的小轎子已經不見了，她聽到有人走到自己的身邊，但她並沒有動作，只是低低地說了一句話——

「我能救蜀王。」

第七十章 義無反顧

小翠和巧兒在院子裡準備了豐盛的晚飯，都是素年愛吃的、工序複雜的東西。

小翠從回到家裡開始，就一刻不停地忙活，一刻都不讓自己停歇下來。

巧兒也是一樣，針線都沒有離開過手裡。

兩人的反常讓玄毅和魏西摸不著頭腦，素年呢？她們怎麼自己回來了？素年在哪裡？

晚上，四人圍著一桌子的菜，靜靜地坐在那裡，巧兒已經將情況說出來，按照素年說的，一個字都不差。

天色漸黑，桌上的菜一點一點涼透，院子門口那裡但凡有一點聲音，小翠都會飛奔過去，卻又失望地回來。

沒有人說話，小翠的眼淚滴落在她攥得緊緊的手背上，小姑娘終於忍不住，伏在桌上慟哭。

小小的院子裡，只剩下小翠的哭聲，四人坐在那裡，誰都沒有動。

素年說，如果她也跟柳老一樣不回來了，就讓他們分分錢，過自己的小日子去。

但素年真的沒有回來，卻沒有任何一個人去提這件事。

小翠和巧兒決計是不會離開這個院子的，小姐只是暫時沒有回來，但她一定會回來的！

她不是經常說「小丫頭天真成這樣，要是沒有我，妳們早被人拐走了」？所以小姐不會放著她們不管，一定會回來的！

魏西的神情倒看不出什麼，凶悍的臉上面無表情，不瞭解他的人看著一定覺得非常的可怕。

還有玄毅，低著頭不知道在想什麼，只能從他緊握在膝上的拳頭窺探到他內心的情緒。忽然，玄毅猛地站起來，臉色堅毅，像是下了什麼決心，轉身往門口走去。

其他人不知道他要幹什麼，是想到了什麼方法，還是打算要離去？但沒有人阻止他，他們現在無論想要做什麼，都沒人會有意見。

誰知，玄毅才離開沒多久，又回來了，不只回來了，臉上堅毅的表情還有了不小的變化，他手裡攥著一張紙，「啪」地一聲拍到桌上。「小姐有消息了！」

小翠的眼睛已經腫成了桃子，聽到玄毅的話立刻收了眼淚，奮力地將眼睛睜大，往紙條上看。

四雙眼睛，齊齊地盯著玄毅放在桌上的紙，上面只有四個字：安好，勿念。

「是小姐的字！」巧兒立刻喜形於色。她和小翠經常看小姐寫字，很容易就能辨認得出來。小姐還安好，還能傳消息出來讓他們勿念！小姐沒事！

院子裡壓抑的氣氛開始消散，小翠呆呆地坐在那裡，半晌後豪邁地將眼淚一擦。「吃飯吃飯，都冷了！」小姐沒事，她還惦記著將平安的消息送回來，自己也不能這麼沒用！他們能夠做的，只是在這個小院子裡等著，等到小姐回來了，他們可以以最好的狀態來迎接。

素年在說出她能夠救蜀王之後，就被人蒙了眼睛，塞到一個小轎子裡給抬走了。前途未卜，素年的心卻異常的冷靜。她知道自己將要面對的蜀王是什麼樣的人，她也知道師父不願意自己也攪和進來，但素年自己都覺得不可思議，她為何能夠如此的淡定？

轎子停了下來，素年從裡面被人拽出來，眼睛上的黑布被拿開，她有些不適應地眨了眨眼睛，發現自己又來到了另一個小院子。

院子門口站著兩名護衛，看著並不壯實，但全身散發著肅戾的氣息，腰間都帶著劍。素年知道，她只要稍微有什麼不妥的舉動，他們的劍就會閃著寒光送入自己的身體。

將蒙住自己眼睛的布條拿開的，是一名穿著月牙白色衣袍的男子，個子很高，人也長得斯文，眼睛一直在笑的樣子，看得素年莫名的緊張。

「沈娘子，我們王爺的脾氣不大好，特別是不喜歡有人說大話，沈娘子說能夠救王爺，確定是真的吧？」白衣男子眯著眼睛，態度似很溫和。

素年低頭想了想。「那，要不我再考慮考慮，你先送我回去？」

那男子一愣，似是沒想到素年會這麼說，硬是冷場了好幾秒，素年才重新堆起笑容。「我說笑的。若是沒有把握，小女子也不敢大言不慚。」

白衣男子閒適的笑容有些僵硬。「既如此，沈娘子裡面請。」

素年的心態已調整好，她現在死都不怕了，還有什麼好怕的？當即對那人展露出一個甜美無比的笑容，然後慢吞吞地往院子裡走。

兩人進了院子後，在門口守護的護衛隱秘地對看一眼。能讓簡大人笑容僵硬，這小姑娘不簡單吶……

院子裡很安靜，飄著淡淡的藥味，門是開著的，素年走進去，在床榻上，看到了蜀王。

蜀王的年紀並不大，雖然比太子年長，也長不了多少，看著差不多二十多歲、快三十的樣子，但卻消瘦得已經沒有了任何王族的貴氣。

這是蜀王？就是他將自己的師父關在那個小院子中，用微薄的食物吊著命，是想讓師父也嚐到跟他一樣無法下嚥的飢餓？素年趕緊閉眼，將上升到胸口的怒氣壓回去。她是醫者，師父親自給她解釋了何為仁心，她不能夠辜負師父的期望。

不過很可惜，食道癌，還是末期，又已經到了這種地步，素年並不是神仙。

蜀王扭過頭，看到了站在床榻面前的素年，眼睛裡迸發出強烈的情緒。「妳能救本王？若是治不好，妳師父就是妳的榜樣。」

素年反而笑了笑，她隨意地在一旁椅子上坐下。「蜀王殿下，能見到您，是小女子的榮幸。我的師父柳老之所以被稱為醫聖，憑藉的便是他那一手精湛的醫術，他都治不好您，您卻對我那麼有信心？」

「……治不好，殺了妳……」

蜀王的聲音嘶啞，是癌腫壓迫喉返神經所致，但他的目光如炬，素年覺得自己像是被一頭野獸死死地盯住。

「蜀王殿下，您知道師父他老人家有多少次機會能讓您再也醒不過來嗎？」噌噌噌！素年的頸子、胸口處，立即被架上幾把明晃晃的劍，寒光四射，但她眼睛只盯著床榻上虛弱到不停喘息的蜀王，甚至還笑著歪了歪腦袋，鬢旁一綹髮絲碰觸到劍刃，瞬間飄散到地上。

「但是師父沒有，他老人家哪怕是知道自己最後會不得善終，也還是盡到了做大夫的職責，我的師父就是那樣的人。所以您可以讓他們將劍收起來了，我沈素年，必然不會做出抹黑我師父的事。」

沈素年笑得雲淡風輕，在蜀王眼裡，竟然耀眼到不可方物。小小年紀，在被劍指著腦袋的情況下，還能如此鎮定自若，這份氣度，就算是他最器重的幕僚簡玨，可能都無法做到。

揮了揮手，沈素年身旁的劍撤去，護衛們回到了他們原本的位置。

素年從頭到尾都不為所動，這時才站起身，緩緩走到蜀王的面前，帶著涼意的手在護衛的嚴密監視下慢慢地摸上了蜀王的咽喉。身體高熱，鎖骨上已有增大淋巴結，看樣子已經淋巴擴散了，時日無多。素年正想著，手腕忽然被一個火熱的東西抓住，她眼神下移，看到自己手腕上，蜀王那隻乾瘦卻熱度驚人的手。

「治好我……」

即便是對別人再輕率的人，對自己的命都是無比珍惜的。素年在他眼睛裡看到了熟悉的情緒，求生的慾望，曾經她也在鏡子裡見到過，非常非常想活下來，多一天也好，多一秒也好。素年嘴邊輕笑，慢慢地，讓手腕從蜀王的掌心掙脫開。

早已有人將針灸包呈上來，那是師父的東西，素年接過來的時候手都在顫抖，但她讓自己鎮靜下來，一定要鎮靜下來。

蜀王的喉部不斷地有吞嚥的動作，偶爾還會反嘔，只是他胃裡什麼都沒有，什麼都吐不出來，徒增劇痛和難受。

素年取針內關穴，針尖向上，強烈刺激用瀉法，蜀王開始劇烈咳嗽，疼痛讓他生不如死，卻無法停止劇咳。

簡玨在一旁皺著眉頭，手動了幾下，正要上前時，只見蜀王扶著床邊，嘔出了大量的痰液。

喉嚨似乎舒服了一些，蜀王跌回床上。

有侍女輕手輕腳地進來處理，素年卻已經繼續選針了。

簡玨在一旁看著尊貴的蜀王被扎成一隻刺蝟，觸目驚心。

素年收手之後，就站到一邊，雙手交叉相握，垂在胸前，眼睛直直地盯著蜀王。

沈素年的眼光讓簡玨心驚肉跳，太冰冷了，冰冷得好似在看一個死人一樣……難道她動了什麼手腳？打算為她的師父報仇而將蜀王弄死了？簡玨感覺自己的心在狂跳，自從他成為蜀王的幕僚之後，前後經歷了多少事情，他都能面不改色，從來沒有像現在一樣，因為看不透，所以拿不準。

留針的時間很快就到了，簡玨卻好似禁受了長時間的折磨，身心疲憊。

素年上前將銀針起出，蜀王的面色稍微好了一些。

「果然名師出高徒……」

「王爺過獎。」素年微笑著將頭低下來，嘴邊有一絲嘲諷的笑意。

蜀王看不到，可站在她身側的簡玨，將之完全收入眼底。

蜀王的情況需要靜養，素年很快就被帶出了屋子，帶到了簡玨那裡。

「說，妳有什麼目的？」簡玨乾脆挑明，他慣常用來迷惑人的笑容已經消失不見。若是蜀王有什麼不測，他這個親近的幕僚必然沒有好下場。

素年揉了揉已經被抓出青紫的手腕，走到一邊坐下。「公子如何稱呼？」

「簡玨。」

「簡公子，您想知道什麼？我不過一個落在你們手裡、毫無反抗可能的弱女子，您覺得我會有什麼目的？」

「哼！」簡玨冷笑一聲。「別以為我不敢將妳怎麼樣，看到了妳師父的樣子沒有？」

素年眼神一冷，眼皮微抬看向簡玨。「你試試。我們師徒兩人的命，換一個尊貴的蜀王，值了。」

簡玨的嘴唇抿成一條直線，他知道沈素年心裡是有恃無恐。蜀王的病，除了柳老，也暗中找來不少大夫瞧過，都說沒有好轉的可能，而現在，素年卻說她能救，剛剛更是讓蜀王好受了一些，自己還真沒有辦法動手。

「不只是我，還有我師父，要是照顧不好，我一個不小心，蜀王就會多遭罪。簡公子，小女子知道您是個聰明人，應該曉得怎麼做才對。」

沈素年的表情近乎妖豔，這跟她的容貌氣質完全不符，卻讓簡玨看得心驚。這個女子，這個女子！究竟擁有什麼樣的心性，才能在自己面前、在蜀王面前絲毫不怯弱？

簡玨無話可說，在蜀王沒有好轉之前，他不能夠拿沈素年怎麼樣，還有柳老……這是他們唯一的機會，斷斷不可放棄。

房門被用力甩上，素年一個人留在了屋裡，她坐在那裡，慢慢地將膝蓋縮起，用力抱住，將頭，深深地埋在腿間。蜀王的情況，頂多堅持三個月，而自己給他施針治療，最多能將時間延長一倍。六個半月，這已經是極限了，之後，蜀王必死。

素年不知道還能有什麼辦法，她毫無頭緒，這在前世都是無法控制得住的病，她怎麼可能救活？時間越拖，蜀王的狀況就會越糟糕，中間還有可能出現致命性出血……素年的腦袋很亂。先這樣吧，走一步算一步吧。就算她是穿越來的，她也沒那麼神奇的能力打破僵局，她所仰仗的，從來只有醫術而已……

柳老的待遇得到了改善，這個老人家立刻就想到了素年，一定是她做了什麼！柳老的經歷讓他迅速得出蜀王情況好轉的結論，他很誠懇地看著自己面前的簡玨。

「大人，可否讓老夫見見素年丫頭？您放心，我們怎麼樣也逃不了的。老夫好歹也是醫聖，我們兩個人商量商量，蜀王的病說不定會好得更快。」

柳老的請求對簡玨來說完全沒有影響，更何況他說的也對，只要能夠讓蜀王的病好得更快，讓他們見面也無所謂。

素年看見柳老出現的時候，又是好一頓哭，她覺得自己將這麼多年積攢下來的眼淚都流乾了，哭完之後，素年便開始繼續做她的藥餅。

素年打算盡可能地延長蜀王的生命，只要他還活著，自己和師父也能活著。她不知道自己能夠等到什麼轉機，但除了等，她別無他法。

專注地將白附子、乳香、沒藥、丁香、細辛、小茴香、蒼朮、川烏、草烏各等分，共研成細粉，加蜂蜜、蔥水調和捏成藥餅，比銅錢小幾圈，二分厚，中間穿了數個小孔，這些藥餅用來給蜀王進行藥餅灸法。

另外，素年還製了許多純艾柱，只有麥粒大小，用來做化膿灸法。

但凡素年能夠想起來的方法，她都開始著手行動，只要能跟死神搶時間，多微小的可能她都要試一試。

素年的舉動讓簡玨放心了不少，她看起來當真是盡力在救治蜀王的樣子，不管她的目的是什麼，只要能將蜀王救回來，簡玨都沒有意見。

等簡玨離開之後，柳老才不可思議地問道：「丫頭，妳真能將蜀王治好？」

素年手下一頓，然後繼續忙活。「師父，您徒弟是人，不是神，沒有回天的本事。」

「那他們……」

「他們自己理解錯了而已。」素年說得毫不在乎。「我會拖著蜀王的命，不管他有多痛苦，我都會拖著。我不想死，也不想師父您死，憑什麼？」一滴眼淚滴在素年手裡正在搓著的艾柱上，她隨手將其丟棄，抬起袖子將眼淚拭掉。「這不公平，就算要我們為他陪葬，我也要他禁受所有的痛苦！我還有很多事沒有做……還想著要讓小翠和巧兒嫁人，給玄毅和魏大哥娶媳婦，還想著給師父也找個師娘……憑什麼因為他一個人，我們統統都要……死？」

柳老吸了一口氣，伸手將淚流滿面的素年攬在懷裡。太殘忍了，對於一個才剛剛及笄不久、還擁有無限可能的小女孩來說，真的太殘忍了，所以他才不願意牽扯到素年。

對於素年的想法，柳老不置可否。讓病人活著，這本來就是身為醫者的義務，儘管有時候，活著其實比死了還要來得痛苦。

第七十一章 盡心照顧

素年在哭過那一次之後，變得十分積極，見到蜀王的時候，臉上都是甜蜜的笑容，說話溫言軟語，態度和藹可親。

「王爺您放心，不會痛的。」素年笑咪咪地在穴位上塗上蒜汁，將麥粒大小的艾柱黏上去，施灸。

艾灸的疼痛讓蜀王的脾氣開始暴躁，素年始終笑咪咪地在一旁安撫，直到接連灸完九次，她才用調製好的鹽水將灰燼擦淨，並貼上藥膏，使其化膿。

然後在其他的穴位繼續施針，中等幅度提插約三十次，直接起針。

這樣治療了一段時間，蜀王竟然可以吃一些半流質的食物了。素年知道，這是因為癌細胞暫時脫落，但病區並無縮小，然而這一改變，卻讓蜀王和簡玨信心大增。

「沈娘子，王爺之後也拜託妳了。」簡玨的臉上恢復了笑容。蜀王是他選擇的未來，他會站在蜀王的身邊，輔佐他一步一步登上最高的位置。

素年低調地點點頭，她要求的獎賞，依然是給那個小院子裡帶一封「安好，勿念」的信息。素年甚至不知道那個院子裡還有沒有人，但萬一有人呢？她只希望這四個字，能夠安撫可能還等著自己的人。

小翠打開門，門縫裡飄下一張紙條，她的眼睛猛然睜大，將紙條拿起來細看，果然是小姐的信息。小翠死咬著下唇，用力地看著這四個字，然後才拿著它跑回了院子裡。

巧兒、玄毅、魏西和小翠，他們四人一個都沒有離開，就好似素年還在的時候，每天該幹什麼還幹什麼。

但巧兒知道，支撐他們四個到現在的力量，就是這張每隔一段時間就會出現的紙條。讓他們知道，小姐還在，還在擔心他們是不是安好？還在怕他們有沒有依靠？

安好，勿念。

巧兒將這張紙，如同珍寶一樣地收在一方匣子裡，鄭重其事地用一把小銅鎖鎖好。

蜀王想要獲得一些支持，就必須要遊走在一些場合裡，而在他身子開始出現問題的時候，簡玨就已經做好了對策。

一開始是對外稱病，以此留在京城中，畢竟身體有恙的蜀王理所當然需要靜養。可這段時間裡，簡玨正在訓練一名足以代替蜀王出現在眾人面前的傀儡。

素年第一次在蜀王屋子裡見到的時候，嚇了一大跳，還以為是迴光返照了。

結果去裡間一看，蜀王還好好地坐在床上呢！

「莫非……是雙胞胎？」素年大著膽子猜測，被柳老瞪了一下。

冒牌蜀王跪倒在真身面前，剛剛臉上酷似蜀王的表情已經消失了，只剩下深深的畏懼。

「沈娘子，覺得如何？」

這是蜀王的聲音，嘶啞、刺耳。

這段時間，素年的努力沒有白費，她每一個無害的笑容、每一句安撫的語言，竟讓蜀王對她產生了信任感。這種感覺素年自己就有過，在她前世被判定為絕症的時候，只要有人告訴她，她還有得救，她就會無條件地相信，不管有沒有科學依據。那個時候，醫生成了她精神世界裡的救世主，被她信任、被她依賴，成為除了她父母以外的另一個依靠。

現在的蜀王就好像那個時候的自己一樣，被所有的大夫都判了死刑，而她卻說可以救，並且也確實讓他似乎好了一些。

蜀王在徵求素年的意見，素年便走過去，圍著冒牌蜀王轉了兩圈，然後將人拉起來，帶到一邊。

在眾人不明所以的眼光下，素年用她手邊熟悉的材料，做了一些改動。

這個冒牌的蜀王也不知道他們是如何發現的，跟蜀王竟然有八、九分相像，髮型什麼的已經調整到最好了，素年用艾灸完畢的灰燼，給他打了一點點鼻側影和兩頷處的暗影。

等冒牌的轉過身時，竟然更像蜀王了，簡玨驚嘆地拍拍手。「沈娘子好本事！」

「過獎過獎。」素年笑得謙虛。這人能更像一點最好，越是沒有人發覺蜀王的情況，他們才越安全。

回頭想想，素年來到這裡已經快兩個月了，時間過得真快，每天她都在絞盡腦汁地想著怎麼控制蜀王的病情，每天都在祈禱他不要更加的嚴重，每天……都心驚膽戰。

然而，她什麼都沒有等到，沒有人能夠來救他們，沒有人能帶給她一點點，哪怕一點點的希望。素年整晚整晚地睡不著覺，盯著漆黑的屋頂，在心底給自己催眠，要堅持下去，只有堅持，才有可能出現變數。

然而首先出現問題的，還是蜀王。

食道癌晚期的痛苦，是無法想像的巨大，情況反反覆覆，如今連水都喝不進去，劇烈的疼痛讓蜀王一次次昏厥，素年額上冒著汗，開始用針灸，給他止痛。

止痛四穴法，是素年掌握得很好的一套針灸止痛法，在已經無力回天的時候，至少可以讓人不用忍受痛苦的煎熬。

三間、後溪、太白、束骨，左右兩側共八穴，直刺，針入一寸深，傍骨緣下方進針，以雀啄刺與上下提插相交替，留針半個時辰，每一刻鐘提插雀啄一小會兒。

蜀王的面色舒緩下來了，饒是錚錚硬漢，持續的疼痛也會將人折磨得不成人形。

素年繼續按照原先的步驟給蜀王針灸，等食管再次細胞脫落，蜀王的狀況才稍有好轉。

「這是怎麼回事？」簡玨闖進素年的屋子，臉上充滿了憤怒。不是已經好轉了嗎？不是慢慢就要沒事了嗎？為什麼蜀王還會出現那樣子的反應？

揮手讓師父不要開口，素年毫不怯弱地站在簡玨的面前。「簡公子，這是正常現象。」

「正常現象?!王爺痛苦不堪成那樣也能叫做正常？」

「簡公子不是大夫，自然不能理解。」素年無所謂地笑笑。「若是簡公子不相信小女子，大可以換您信任的大夫來醫治，小女子毫無怨言。」

「妳！……好，若是王爺有個不測，我必定會將妳大卸八塊、千刀萬剮！」

「呵呵，拭目以待。」

簡玨甩袖子離去。

素年嘖了一下嘴。「真不知道這麼容易暴躁的人，怎麼能做人家幕僚的？」

柳老的臉上是一副不贊同的表情，但他還沒來得及開口，素年就搶在他之前說——

「師父，您什麼都別說，已經走到這一步，沒有回頭的可能了。左右我們都逃不過給王爺陪葬的命運，那幹麼還要委屈自己？」說著，素年將桌上放著的三醉雞食盒打開，跟師父一人一隻，開始吃了起來，這是望仙樓最有名的招牌菜。她才不要可憐兮兮地求饒，就算得死，她也要珍惜暫時活著的每一天。

「沈娘子，唱歌吧，重重的殼的那個……」蜀王躺在床上，身上留著不少針，他看著頭頂的床幔，輕聲地要求。

唱歌，這是素年剛提供出來不久的福利，可以讓蜀王分散注意力，稍微緩解疼痛。

「該不該擱下重重的殼，

尋找到底哪裡有藍天，

隨著輕輕的風輕輕地飄，

歷經的傷都不感覺疼……」

素年的聲音輕柔飄渺，帶著蜀王的心，隨著蝸牛慢慢一步一步往上爬，身體感覺變輕，似乎傷痛都隨之飄散了一樣。

「任風吹乾流過的淚和汗，

總有一天，我有屬於我的天……」

蜀王從第一次聽開始，就非常喜歡這首歌，有一種蛻變的激盪，讓他對自己都有了期待。「等本王好了以後，一定重重獎賞沈娘子。等本王凌駕於萬人之上的時候，一定不會忘記沈娘子的救命之恩。」

蜀王對素年的態度，已經改變了很多很多，不再是一開始剛見面時「治不好就殺了妳」那種高高在上的命令，而是真的將她當成自己最依賴的人。當他在夜裡被疼痛折磨得無法入眠時，第一個想到的，仍舊是素年。於是，素年便在他屋內的外間放了一張榻，自己就睡那兒，以便蜀王召喚的時候，能夠更快地出現。

柳老不止一次看到素年待在屋子裡，呆呆地看著自己的兩隻手，一看，就是好久。

小丫頭心裡開始出現迷茫了，她明明說過要讓蜀王飽嘗痛苦地離世，這樣他們隨後被殺的話，心裡也會好受一些。可每當蜀王痛苦地在床上呻吟的時候，素年都會不假思索地想盡辦法為他止疼、為他療傷，之後就開始發呆。

這個小丫頭，果然還是當年那個脹紅著臉、站在自己面前斥責他為什麼見死不救的女孩，從頭到尾，她都沒有改變過，哪怕是下了決心想要讓蜀王生不如死，卻終究做不到袖手旁觀。這就是自己的徒弟，一個純粹的、真正擁有憐憫之心的醫者！

素年如同柳老想的那樣在迷茫著，她一邊痛恨蜀王的殘暴自私、草菅人命，一邊又無法看著他瘦成一把骨頭的身子因為疼痛劇烈顫抖而什麼都不做。她自己都不明白，自己究竟想要怎麼樣？不是說好了要報復他折磨師父的仇嗎？不是寧願自己也跳進來，只為了讓他嘗受到什麼才叫極致的痛苦嗎？可為什麼，自己的身子卻自動地動起來，第一時間為他止疼，第一時間為他舒緩症狀？她究竟打算做什麼？

看到躺在床上的蜀王用充滿信任的眼神看著自己施針，素年的手幾乎都想要發抖。曾幾何時，這種眼光也出現在自己的眼裡，出現在每一個深受病痛折磨，卻無比渴望想要活下去的人眼裡。

素年穩住發抖的手，堅定地將針扎下去，去緩解他的痛苦，緩解這個一定會讓他們師徒喪命的人的痛苦。

以後會有誰來救他們，素年完全想不到，誰有那麼大的本事？劉炎梓？顧斐？蕭戈？素年不知道。終究，她最拿手的，也不過是治病救人而已，僅此而已。

素年在茫然了一段時間以後，忽然想通了。她會的只有治病，儘管她無力回天，儘管她和師父也許都要陪葬，她也不能辜負了自己掌握的這一手醫術。

就算是要殺了自己的蜀王好了，現在，也只是一個被病痛折磨的可憐病人。

「王爺，吃點東西吧？我知道很疼、很難受，但只有吃東西，您的身子才能好起來。」

素年端著一個小碗，裡面是半流質的食物，是她精心搭配的，可以最大限度地從中攝取營養的食譜。有素年在一旁針灸輔助，蜀王才能夠將食物吃下去，這是延長他壽命最好的方法，但能吃，並不意味著吃得舒服。之前蜀王因為難受，脾氣又暴躁起來，接連將兩碗食物打翻，潑得素年一裙子，素年只是下去換了衣服，又端上來了一碗，臉上沒有一絲不耐煩，也不是懼怕被懲罰的討好奉承。

蜀王看著素年臉上的笑容，就好像是在哄小孩子一樣，耐心、容忍。

蜀王終於張開了嘴，他每吞嚥一口，食管裡都會劇烈地疼痛，有梗阻的時候，素年需要以銀針刺激，將食物和痰液引導出來。

一頓飯吃得無比艱難，素年卻始終耐著性子在一旁鼓勵。

「不錯不錯，再吃一口。」

「也沒有那麼難對不對？反正對王爺來說，是沒有問題的。」

「沒事了，吐出來就好了，我們再吃幾口吧……」

素年笑著將碗裡的東西都讓王爺吃下去，除了吐出去的小半碗，這頓飯還算成功。

簡玨在一旁站著，因蜀王倒下了，很多事都需要他這個得力助手去做，他待在這裡的時間並不多。原本簡玨並不放心素年，第一次跟王爺見面時，素年掩藏起來的嘲諷笑容，他到現在都記得，他安排了不少人盯著，自己也時不時敲打著，就算她有什麼想法，自己也不會讓她有任何機會。可眾人的彙報，越來越讓簡玨疑惑，這沈素年，究竟打的什麼主意？

蜀王進食困難也不是一天、兩天的事，但現在，只有沈素年才能讓他吃下東西，就這樣沈素年還覺得不滿意，皺著眉頭，聲音輕柔地在蜀王身邊說著什麼，遠遠地能夠聽到幾個辭彙，像是「乖乖地」、「真棒」……簡玨簡直都不知道自己應該擺出什麼表情才好。再看蜀王，竟然沒有任何發怒的跡象，似乎已經習以為常了，只安靜地躺在那裡，表情平和。

這還是他認識的那個蜀王嗎？還是那個一直隱忍著，暗中將競爭者一一擊潰的蜀王嗎？還是那個不惜任何手段，想要達到目的的王爺嗎？簡玨不知道。他直覺沈素年是個威脅，但現在，這個威脅卻不能剷除，這讓他十分焦急。

安撫好蜀王後，素年將空碗放到一旁，起身往外走，看到簡玨之後低身行禮，從他身邊擦身而過。

簡玨放著蜀王不管，竟然追了出去。

「站住！」

素年停下腳步，轉過身看著簡玨。

「我不知道妳心裡有什麼主意，但我勸妳最好放聰明點！事到如今，妳只能期望王爺的身體好起來，這樣妳和妳的師父才能安然無恙！」

素年笑笑，這種話她聽得太多了，簡玨沒事就會這樣提點他們，深怕自己不盡心救治蜀王，但若是蜀王的病好了，他們就真的可以脫身了嗎？

「多謝簡大人提點，小女子記下了。」

沈素年如平常一樣感謝，如平常一樣地離開，讓簡玨只覺得心中的焦躁絲毫沒有緩解，反而更加的嚴重起來，但簡玨也沒有辦法。他立刻轉身回去蜀王身邊，現在外面的情況有些棘手，已經不是他能夠處理的範圍了。

讓簡玨稍稍安心的是，蜀王在面對自己的時候，仍舊是從前自己所熟悉的那個人，眼神銳利而隱忍，神色清明。

「你是說，太子那裡開始有動作了？」

簡玨點點頭，將最近太子手裡力量的動向彙報出來。

「不應該呀……太子此人，應該不會犯這種錯誤。」

「王爺，太子會不會就是知道我們的想法，才會兵行險招？」

蜀王略略思考了下，沈吟道：「不是不可能，但，風險太大……」

第七十二章 大限將至

「師父，您看看這個方子，可能用？」素年將手裡新寫的藥方送到柳老的手裡。

「丹砂、硝石、明礬……這都是有毒的東西。」

素年點點頭，她要用這些東西提煉出粉末，也就是氧化汞、硝酸汞、硫酸鉀、硫酸鋁及硫酸汞等，有一定的毒性，但對於現在的蜀王來說，正適用。

「控制好用量就行。有提毒、化腐、生新的功效。」

素年已經將她需要的東西都讓蜀王的人著手去辦，然後又低下頭，開始考慮其他的方法。什麼「敵癌丸」、「勝利丹」……但凡她腦子裡有印象的藥劑、丹藥、方子，素年都打算嘗試一下。

日常的料理，素年甚至寫了長長的一張單子，上面有如何護理蜀王的方法、食物的搭配、溫度和細軟度、如何料理蜀王的個人衛生、如何清潔口腔及擦拭身子、如何做穴位按摩、處理化膿炙法之後的傷口……林林總總，素年寫了許多，但到最後她發現，怎麼這些事都落到自己的身上了呢？她寫出來的目的，不就是為了能夠讓其他人正確地護理嗎？

那些訓練有素的侍女們，接二連三地從蜀王的屋子裡跑出來，有的被罰杖責，有的直接被趕了出去。從來都訓練有素的侍女們，以哀求的眼神看著素年，素年實在沒有辦法，只能親力親為了。

「王爺，今日感覺如何？這是我剛剛在來的路上摘的，很漂亮吧？」素年抱著一捧鮮嫩的花走進屋子，笑語嫣然地找了一只梅瓶插上，放在蜀王視線能夠看到的地方。

有侍女輕手輕腳地端上水盆，裡面是溫度適宜的清水，素年淨了手，投了柔軟的帕子，開始給蜀王清理，動作輕柔緩慢，沒有一絲一毫的懈怠，認真得好似在做一件非常重要的事情。蜀王的面容，已經被折磨得相當難看，但素年並不覺得，擦完了臉和身子後，還點了點頭。「似乎……有肉了一些。」

蜀王牽起笑容。有肉了？他已經瘦成了一把骨頭，哪裡還能看出來有肉？

小廝心驚肉跳地站在一旁，深怕蜀王忽然暴躁起來責罰沈娘子，但沒有，他只是動了動嘴，笑了一下而已。

讓小廝將蜀王的下半身也清理好後，素年便開始餵他吃東西。

這是一項大工程，如今除了素年，誰也不能勝任，有人心裡甚至覺得，只有沈娘子在，王爺才能活下去。

簡玨出現的時間開始增多，一般若是素年在王爺的身側，他都會耐心地等待，等她下去以後，自己才會彙報那些機密的消息。但漸漸地，素年在王爺身邊的時間越來越長了，而事態緊急，容不得半點耽誤，於是他只能開口讓素年離開。

「無妨，你直接說吧。」

素年很識相地打算退出去時，卻聽見蜀王的聲音沙啞地響起。

簡玨一驚，王爺已經信任沈素年如斯了嗎？

素年比較自覺，她覺得自己還是不在的好，只是她打算走到旁邊的時候，卻發現王爺的手抓著她的裙角不鬆開。骨節突出、指節修長，原本應該是一雙漂亮寬厚的手掌，如今卻只剩下皮包骨頭一樣的乾枯模樣。素年試著拽了拽，發現蜀王並沒有鬆手的意思，面對這樣的一隻手，她也真沒辦法掰開，只能對著簡玨「呵呵呵」地裝傻，然後當自己不存在。

簡玨自然也看到了，他心底無奈，卻也無可奈何，只能如實地稟報。

太子殿下那股力量，行動得十分讓人摸不著頭緒，處處都在針對蜀王，明明不是發力的時機，卻不管不顧地動作，讓聖上都有些詫異。太子向來待人寬厚、雍容大度，忽然間處處針對身子尚未恢復康泰的蜀王，哪怕他們之間有什麼，兩人也是兄弟，如此一來，反倒落了把柄。

這對蜀王來說是件可以利用的事情，但太子並不是無的放矢，抓住的都是他的痛腳，都是事實，儘管太子會招致一些質疑，但招受到更多質疑的，還是蜀王。

「不能讓太子繼續挖下去，你帶人應付一下，必要的時候，將手裡的東西拿出來。」

蜀王簡潔明瞭地下達指示，細緻地部署情況。

素年拍了拍蜀王的手，對著他笑了笑，蜀王的手自然地鬆開了。

等屋內的話談完了，素年剛好端著一只小碗進來，裡面是她用五種榨出來的菜汁混合後燒開，放入了一點小米麵煮成的薄粥。蜀王喜鹹，裡面放了淡淡的鹽和香油，可養陰生津，又有清熱利尿降壓的作用，好消化又利於吸收。

粥的溫度剛剛好，蜀王說了一會子的話，嘴裡確實有些乾渴。

一勺一勺地將粥餵過去，素年順便問了晚上有什麼想吃的東西？

簡玨就站在一旁，目光在沈素年身上打轉。他總覺得有哪裡出了問題，沈素年怎麼可能會這麼盡心盡力地照顧蜀王？

這個問題，素年到了蜀王的屋外後，想都沒有想就做了回答。「您不是說，如果我不盡心，您就要殺了我和師父嗎？」

簡玨的眉頭依然沒有放下來，不對，還是不對，這話是自己說的沒錯，可……

這樣的日子，又持續了好長時間。蜀王的身子如同預想的一樣，一天一天地衰弱下去，他已經很努力了，每頓也只能吃得下小半碗稀薄的食物，這已是極限了。但他暴躁的次數減少了許多，讓在這裡服侍的侍女們都鬆了一口氣。

相反地，簡玨彷彿吸收了蜀王的暴躁情緒一樣，從前一直掛在臉上的笑容已經很久沒有浮現了。

素年每日大部分的時間都待在蜀王身邊，只要離開一小會兒，侍女們都會在蜀王的示意下到處找她。

「丫頭……」柳老欲言又止，他不知道應該說什麼，蜀王的狀況所剩下的日子不多了，到那個時候，素年怎麼辦？

素年放下手中的艾柱，抬頭看屋頂。能怎麼辦？該怎麼辦……就怎麼辦吧……

「師父，我盡力了，這種明明用盡全力，卻依然留不住生命的感覺，真的一點都不好。」素年閉了閉眼睛。是不甘心吧？跟自己前世的感覺並不一樣，是一種極度無力的不甘心。她明明那麼受病人的依賴，卻什麼都做不了……

「傻丫頭……」柳老摸了摸素年的腦袋。盡人事，聽天命吧。

「沈娘子？沈娘子在嗎？王爺找您！」

素年放下手裡的東西。「師父，我先去了。就算……到那個時候，我至少問心無愧。」

「去哪兒了？」現在的蜀王，能不說話就盡量不說話，說了，也有些含混不清。

「去給您做艾柱了，明日又到了艾灸的日子。」素年輕快地走過去，臉上笑容明媚。

「不做了吧。」

「這可不行，對您的身子有幫助呢！沒事的，不會疼的。」

蜀王嘆了口氣。「做了，也好不了……」

素年心裡「咯噔」一下，她慢慢地轉過頭，盯著躺在床上的蜀王看。不管他的面容憔悴消瘦成什麼樣，那雙眼睛，始終都透著清明的光澤。

「來，坐過來。」蜀王以目光示意素年坐到他的身邊。

素年走過去，依言坐下，她面色看不出情緒，甚至笑容還在臉上，可素年的心中，卻已經起了軒然大波。知道了嗎？蜀王知道自己已經沒救了？那為什麼他還能這麼淡定？為什麼沒有立刻叫人將她和師父拖下去千刀萬剮，以洩心頭之恨？

蜀王看到素年端坐著，放在膝蓋上的手握成了兩隻白皙的小拳頭，攥得緊緊的，指尖，已經嵌到肉裡了吧？

「我早就知道了，早在所有的大夫都宣布沒有醫治的可能，早在妳師父醫聖柳老跟我挑明我只剩下不多的時日時，就知道了……」每說一句話，蜀王的喉嚨就在受著酷刑。

他的額頭上滲出細密的汗珠，素年下意識地想用帕子將它們擦掉。

「妳知道我有多恨嗎？明明想要的東西就快要到手了，明明忍耐了那麼久，可到頭來，卻有人告訴我，我沒多少日子可以活了……我恨不得讓所有人都陪葬，讓他們跟我一起墜入地獄中，卻都不足以消除我心頭的怨念。我將那些大夫都給殺了，讓他們先一步去地獄等著，妳的師父柳老因為還要靠他控制我的病症，所以暫時留著，但也沒有讓他好受，我吃不下東西的時候，他也沒有東西可以吃……」蜀王的話說得很慢，眼睛並沒有看著素年，而是盯著嫩黃的床幔，這是素年特意換的，說是可以讓他看了以後心情舒暢。

不只是床幔，窗紗、桌布也都換成了鮮豔明亮、積極的顏色。這間屋子，在素年的手中變得越來越有活力，每日新鮮的花、養在透明器皿中的小魚，蜀王一睜開眼，就等著素年帶著一身陽光，笑著出現。

「呵呵呵……那個時候，妳很恨我吧？」他歪過頭，看到素年臉上的笑容已經消失了。是啊，自己那麼對待她的師父，會恨自己，真是太正常了。「可那個時候，我一點都不在乎，多一個人為我陪葬也好，多一個人跟我一起感受絕望，這實在是太好了……」蜀王忽然劇烈咳嗽起來，咳得喘不過氣，臉色脹紅，好像要將肺都咳出來一樣。

這樣不行，有可能會出血的，那樣就完了！動啊，她的身子快動啊！素年僵硬的身子終於有了反應，她熟練地用銀針，針尖向上猛地扎入內關，強烈刺激。嘩！一口帶著血絲的痰液嘔了出來，蜀王的劇咳終於平息下來。

「呼、呼……」他喘著氣，還有力氣笑兩下。「就是這樣，明明我在說著殘忍的話，妳卻仍然無法放著我不管……」

素年默然，她不知道蜀王想要說什麼，也不知道自己接下來應該做什麼，跪下來求他放過師父嗎？

蜀王安靜下來，看著低著頭、手裡仍舊拿著一根銀針的素年，看著她坐在那裡的輪廓，眼睛一眨也不眨，像是要將這個姿勢刻入心底才好。

是什麼時候開始，自己變得喜歡看著素年呢？蜀王也不知道，只是等他發現的時候，自己的目光已經總是跟著素年的身子轉了。低著頭給他針灸、認真地給他擦拭、端著碗輕輕地吹涼食物……每一個動作，蜀王都不想要錯過。

從什麼時候開始，就算自己的身體嚴重抗議著，他也強忍著吞下素年餵過來的粥？從什麼時候開始，自己就算疼到聲音都發不出來，聽到素年輕聲的安撫時，就真的好像不疼了一樣？從什麼時候開始，只要看不到素年，自己就好像不知道要幹什麼了，一定要找到她人才能安心一樣？簡玨帶回來的消息越來越重要，可蜀王卻發現自己竟然會開始走神，想著不知道素年這會兒在幹什麼？不知道她又想出什麼點子給自己做吃的？他一直追求的東西，竟然都不能讓他集中注意力，這到底是怎麼了？

蜀王是有妻室的，為了獲得更強力的支持，他娶了朝中重臣的女兒。為了不讓自己身子的情況暴露，他將妻子和府裡所有人都控制住了，那對他來說，只是個棋子。

從來沒有想過，自己會對女人感興趣，而且是在他病入膏肓的時候。所以他經常暴躁，他恨上天對他不公，他打翻食物，拒絕吃任何東西，就算是素年親手拿來的也一樣。但素年只是換了衣裙，又端來一碗，再打翻，就再端來一碗，直到自己肯張口為止。

明明自己沒有救了啊！明明自己那麼對待她的師父、明明知道他們的處境，為什麼素年還能這麼盡心盡力地對待自己？難道是因為害怕？可如果是害怕，她為什麼還要自投羅網？

可能人之將死，感受到的世界都不一樣，蜀王開始平靜下來了。他越來越意識到自己身體的衰弱，越來越珍惜跟素年待在一起的時間。多可笑，這個時候了，他居然改變了自己一直以來的堅持。

「妳……別再做那些艾柱了。」

素年抬頭，看到蜀王的目光，裡面如幽潭一般深邃。

「這是……什麼意思？」

蜀王將眼睛挪開，有些不自在地又看向床幔。「妳做那些東西，就會從這裡離開，我會找不到的。」

「……好。」

素年有沒有感受到他的心意，蜀王不知道，他只知道，素年在他身邊的時間會變長了，那就足夠了。

簡玨發覺，蜀王和沈素年之間的關係彷彿變了，變得好像……自己就像是個多餘的一樣。只要他來，必然能看到素年陪在蜀王的身邊，或說話、或唱歌、或不厭其煩地勸他吃東西……簡玨覺得這樣不行，於是他趁著素年出去的時候，跪在蜀王的床前。

「王爺，太子的爪牙開始往軍力方面搜查了，聖上那裡下了通牒，若是時限內查不出個所以然，他們必然會被責罰，但如果查到了……王爺，您看，我們是不是先稍微避一避？」

蜀王點點頭。「按你說的做吧。」

簡玨沒有起身。「王爺，還有這個沈娘子……」

「怎麼了嗎？」

「呃……小人是想，王爺的身子每況愈下，是不是沈娘子並沒有盡心？要不要……提點她一下？她的師父還在我們手裡呢！」

「沈娘子的事，你不用再管了。」蜀王揮了揮手。「若是……我真的命該如此，栽在太子的手裡，沈娘子他們，就隨他們去吧。」

「王爺！您怎麼能說這種話！」

「好了，我累了，下去吧，一切就交給你了。」蜀王閉上了眼睛，明顯不想再談的樣子。

簡玨起身時，素年剛好進門，端著一小碟什麼東西。

蜀王聽見聲音立刻睜開眼，卻在看到小碟子的時候，臉上有些許彆扭的表情。「……我不想吃……」

素年抿著嘴笑，將小碟子放在床頭。「這些吃了對您有好處的，聽話啊！」

剛剛還說累了的蜀王，竟然會用如此撒……撒嬌的語氣說話?!簡玨覺得自己見鬼了！

一直醉心於皇位的蜀王，計謀策略都勝人一籌，才能從地位比自己高出許多的太子手裡搶到現在這般對等的局面，簡玨堅信自己的選擇，蜀王必然能夠君臨天下。這樣的人，什麼時候竟有了兒女情長的情緒？怎麼能出現這種態度？果然，這個沈素年很礙眼！

簡玨這麼想著，慢慢地退了下去，看著素年的後背，眼神極冰冷。但是只一瞬間，簡玨卻看到蜀王的眼睛越過素年的身影，正看著自己，裡面是熟悉的、洞悉一切的清明。

不許對她動手，否則，你知道的。

這是蜀王對他的警告，對自己這麼一個親信的幕僚的警告……

第七十三章　痛徹心肺

「王爺您睡了嗎？」素年正講著笑話呢，卻發現蜀王已經閉上了眼睛，臉色安詳。

蜀王如今的狀態，也許昏迷睡著的時候，會更幸福一些。但蜀王跟她說，如果自己昏迷了，一定要將他弄醒，因為他的時間本就不多了，怎麼能浪費在這種事情上面？

素年輕手輕腳地站起來，沒有去吵醒他。讓病人得到最舒適的照顧，是她的職責。輕輕推開門，素年準備回自己的屋子一趟，她在蜀王這裡的時間太長了，倒是師父沒怎麼陪著。

門外，素年看見了簡玨，他筆直地站在那裡，臉上透著寒意。

「王爺睡了？」

素年點點頭。「大人若有事，等王爺醒了再說吧，現在能夠睡著，對王爺來說是很不容易的。」

「不錯嘛，居然懂得籠絡王爺！以為這樣，你們師徒就能夠保住性命了？」簡玨臉上浮現出笑容，嘲笑的意味十足。在他看來，沈素年所做的一切都是為了能夠活命，才會這麼細心地照料，可她想錯了！王爺只是一時心軟而已，等王爺身子好起來，不能夠留有任何把柄的時候，他們師徒二人便都必須永遠地消失！

素年嘆出一口氣，她很少遇到這樣的人，自負、自以為是，以為所有人都擁有跟他一樣變態的心性。因為經驗不足，素年也不知道該怎麼做才能讓這種人改變想法，或許是不可能的吧？「簡大人，您要是沒事，就去做您的事情吧，或是等王爺醒了後多陪他說說話，至於您的警告和威脅，說實話，小女子真的聽膩了。」

簡玨皺著眉頭，看著面前絲毫不慌亂的沈素年，她怎麼能做到這麼沈穩的？

「這麼跟您說吧，我覺得我一直以來表現都很好，又識相、又聽話，您幹麼一次又一次地針對我？我礙著您什麼事了？」素年越想越覺得委屈。

讓她治病，她就治了，雖然這種病吧，她確實治不好；讓她乖乖的，不要想什麼么蛾子，她也照做了，一心一意照料王爺的身子。憑良心說，這裡任何一個人都沒有她辛苦，對吧？可這個簡大人，每次看到她都要挑三揀四的，什麼玩意兒！

「要不這樣，大人您說，您希望我怎麼做，小女子就怎麼做，成不？」

簡玨臉上的寒意加深，面前的沈素年是毫不在意的表情，彷彿自己對她一點都構不成威脅一樣。簡玨認為，是王爺對她的態度才讓她這麼囂張，只因為王爺對她稍微好一些，她就敢不把自己放在眼裡了嗎？

「希望妳不要後悔……」簡玨留下一句意味深長的話後，甩了甩袖子轉身離去。

「莫名其妙！」素年朝他離開的方向翻了個白眼，她有什麼好後悔的？那麼糾結的心理難關都過去了，她還有什麼可以後悔的？

接下來的一段時間，從簡玨每次來彙報的情況看來，蜀王勢力的境況並不大好。素年其實不想聽這麼複雜的事情，無奈蜀王每次都不讓她走開，就算不陪在身邊，也要在屋子裡待著，她想不聽都不行。

在簡玨的口中，太子殿下的勢力不知道為什麼，竟如同瘋狗一樣地追著蜀王跑，這種傷敵一千、自損八百的方式，簡玨非常不看好，也覺得非常莫名其妙，他想不出太子有什麼理由這麼做？

「呵呵呵，可能急了吧？太子也不過如此，若是他能再沈穩一些，時機會更好……」蜀王倒是覺得很有意思，對手總那麼聰明，他也很累的。

「可是王爺，這麼一來，在太子還沒失去聖心之前，我們就很有可能先潰敗，這……」

「讓他鬧吧，鬧到最後，你就想辦法將那個盒子呈到父皇的面前，這麼一來，我們就贏定了。」蜀王倒是很淡定，只不過他在心底偷偷地加了一句：若是本王還活著的話，那才算是真正的贏……

蜀王抬眼看向窗邊，正好看到素年的眼睛也望了過來，兩人的眼神交會，素年習慣性地瞇了瞇眼睛，彎彎的，好似月亮一樣好看。

簡玨因為蜀王堅定的語氣注入了一劑強心藥，正要抒發一下自己的忠心和感想，不料一抬頭，卻發現蜀王的注意力壓根兒不在自己的身上！還能在哪兒？這屋子裡還有什麼是比這種機密更加吸引蜀王注意力的存在？簡玨咬牙暗恨，早知如此，他壓根兒不應該將沈素年帶來的！也不對，若是不帶來，誰來治療蜀王的病呢？說到這個，簡玨又抬眼看去。蜀王的臉色灰敗，比之前又憔悴了不少，但他自己卻說已在好轉，真的是在好轉嗎？怎麼看起來不像呢？

蜀王現在跟素年沒有什麼話是不能說的，沒事的時候，他還會慢慢地將朝政上面的事情說給她聽。蜀王也想說些有趣的，但他思來想去，發現自己的世界裡除了這些，竟然幾乎沒有別的東西，更別說是有趣的了。

素年則會跟他分享一些好玩的事情，比如說她的兩個呆萌丫鬟、喜歡搶護院工作的管家、大家一起玩一種名為「撲克」的東西，輸了的人要完成各種「有失禮數」的懲罰……這些都是蜀王從來沒有接觸過的，往往聽著聽著，睏到了極致，他也會強打著精神，忍著疼痛聽下去。

蜀王也想讓素年知道一些關於他的事情，但對於他說的這個王侯、那個將軍、這個御史、那個侍郎……素年只能僵著嘴傻笑，然後統統在腦子裡攪成了一團，因此蜀王便挑一些簡單易理解的說。

「太子這個人，從小就跟我鬥著長大，我們在父皇面前是兄友弟恭的兄弟，在背後卻是可以互相捅刀子的仇人。妳知道我握在手裡的最終籌碼是什麼嗎？這可是我花費了好幾年的時間，好不容易才拿到手的。呵呵呵，若是父皇知道，當初那個他十分器重的兒子、我們的弟弟，並不是夭折，而是被太子的母妃給殺了的話，不知道父皇會不會因此而遷怒？我賭他會，因為他就是這麼一個人啊！在做我們的父親之前，他首先是君王。」

蜀王和太子之間的鬥爭，素年其實不感興趣，她都鬧不懂哪兒的勢力明面上是蜀王的，暗地裡卻跟太子勾搭著，但實際上還是蜀王的陣營，只不過在太子面前表現出忠心，其實是個臥底……素年更關心的，是蜀王的狀態又惡化了。

這次，是貨真價實的不好了。整日整日地昏迷，嗓子一句話也說不出來，呼吸困難到需要素年不斷幫忙才能維持。

柳老在一旁施針，素年則緊緊盯著蜀王的生命體徵，一有不對勁就需要心肺復甦，可這太難了……因為癌細胞已經侵蝕了整個喉管，素年……無力回天。

簡玨那裡也出了狀況，似乎是太子真的抓到了他們的關鍵之處，聖上震怒，竟奪了蜀王的爵位，就連那個太子的母妃暗中使計謀殺皇子的證據，都沒能讓聖上轉移注意力。

果然皇上就是皇上，心中總是分得清什麼才是他最忌諱的，謀劃皇位，當他已經死了嗎？他可是當今天子！侵犯到龍威，就連親生骨肉他也不能容忍！

簡玨如同無頭蒼蠅一樣焦頭爛額，第一時間來找蜀王，卻看到一個躺在床上、形容枯槁的人！這是蜀王？這怎麼會是蜀王？簡玨遲疑了。前些日子明明還能跟沈素年討價還價說吃不下東西的王爺，怎麼一轉眼就躺在那裡，悄無聲息得如同死人一樣？

簡玨兩步衝到蜀王的床前，抓起沈素年就往旁邊甩。「是不是妳！是不是妳將王爺毒害成這樣的?!」

素年驚呼一聲，柳老趕緊將她接住，兩人一同撞在牆上，肩膀生疼。

素年將柳老扶起，檢查了一下後才轉過來面對簡玨。「你發什麼瘋？沒看見我們正在給蜀王醫治嗎？」

「醫治？誰相信！不是說蜀王的身子會好的嗎？可妳看看，這個樣子……這個樣子！」簡玨看著蜀王，竟然說不下去。這不是他一直跟隨崇敬的蜀王！這怎麼會是？「我要殺了妳陪葬！」

「嗯，行，你等會兒。」素年面無表情地點點頭，然後又走回床邊開始急救。蜀王的臉色已經開始變紫，她解開他的衣衫，精準地將銀針一根一根插進去。

簡玨不知道自己應該怎麼辦才好，他要現在將沈素年殺了洩憤嗎？可萬一蜀王又活過來了呢？那他應該放任嗎？可如果沈素年是在讓蜀王的情況變得更糟糕呢？好在，在他還沒有糾結完以前，蜀王再次睜開了眼睛。

素年知道，這或許，就是他最後一次清醒了……

蜀王的眼睛轉得很慢，他躺在那裡，絲毫不能夠移動，看到了素年以後，表情明顯放鬆了下來，然後又看向簡玨。

簡玨就在沈素年的身邊，他也看到蜀王醒了，可不知道為什麼，簡玨竟然無法說話，他無法將當前的事態說出來。明明需要王爺親自決斷，但話在嘴裡滾了滾，卻一個字都說不出來。

辛苦了……

王爺的嘴動了動，沒有發出聲音，只虛弱地做了嘴型，但簡玨卻看懂了。那一瞬間，簡玨的心裡似乎什麼都消失了，只剩下這三個字，辛苦了……王爺的眼睛卻已經轉回到沈素年的身上，他的嘴唇顫了顫，卻終究什麼都沒有說出來。

自己的身子，自己最清楚，能夠再看到這個身影的時間，就只剩下現在了，因此蜀王看著素年，一直看，一直看。若是能早點遇到該多好？若能再有更多的時間該多好？哪怕只多一刻、多一瞬。原本以為，自己降生的使命，就是成為萬人之上的君主，他為此而不懈努力著，然後在生命的最後，蜀王的心裡卻只剩下對眼前人兒的渴望。自己這一遭走得可真冤，最後的最後，才明白能填補他心底的，究竟是什麼……

若是來生早些遇上的話，妳能教我「撲克」嗎？

若是來生早些遇上的話，能跟妳一起度過那麼有趣的時光嗎？

若有來生，我願用所有的野心，換取跟妳能早早遇上的緣分……

蜀王沒有說一個字，素年卻奇異地點了一下頭，輕輕的，轉眼即逝。

蜀王的眼睛猛然間亮起，燦若星眸，好似所有的生命力都爆發出來了一樣，卻終究，還是慢慢地暗了下去……

「王爺！」

簡玨看著蜀王的身子癱軟在床上，緊閉著眼睛，臉上卻奇異地沒有痛苦之色。簡玨覺得，蜀王一定會再睜開眼睛的，就像之前那麼多次一樣，會告訴自己應該怎麼做，最終會帶著他踏上最高的那個位置。可為什麼王爺的身體動都不動了呢？為什麼沈素年的臉上滿是悲傷？這是為什麼？

「救啊……」簡玨聽見自己的聲音在說話。「快救啊……」

素年將蜀王的手放好，站起身。這就是生命，頑強，卻無比脆弱。只是少了一口氣，就再也不能夠說話，再也不能夠做出任何反應了。

素年想走到旁邊去，這是她一早便預料到的結局，然而後來可能是因為蜀王強烈的求生慾望，他的生命生生又延長了近兩個月，不得不說，也算是奇跡。

手腕忽然被緊緊地抓住，素年扭過頭，看見簡玨正用力地扯著自己。「為什麼不救？蜀王都這樣了為什麼不救？」

「王爺已經歸天了。」

「這不可能！救啊，趕緊救他啊！否則的話……我殺了妳，殺了妳師父！」

素年看著簡玨赤紅的眼睛，忽然覺得這個人有些可悲。他執著的，究竟是蜀王這個人，還是蜀王身後的皇位？她無從得知，但不管是什麼，素年都為他感到悲傷，因為他注定什麼都得不到。

「妳以為我是說笑的嗎？」簡玨的表情陰森，他不能接受蜀王已經死去的事實，他花了那麼多的心思，將自己所有的一切都奉獻給了蜀王，怎麼能忽然就什麼都沒了？不可以，絕對不可以……

素年趁著簡玨開始不對勁的時候，拚命給師父打眼色。這人瘋了，師父趕緊離遠些呀……

「王爺死了？」

簡玨眼中的迷亂已經複雜到素年無法從中辨認出情緒。

「我說過的吧？若是王爺有個什麼不測，你們統統都要去陪葬，現在，就請你們跟著上路吧！」

素年心裡那個遺憾啊，心想他就不能多混亂混亂嗎？這麼快想那麼清楚幹什麼？

但是，簡玨竟然沒有喊人，而是自己從一旁的牆壁上摘下一柄劍，深情地摸了摸。「這劍，是王爺心愛之物，現在用它送你們上路，王爺想必會很高興吧……」

素年瞥了一眼床上的蜀王遺體，用力閉了閉眼睛，然後動作迅速地衝向了門口。

素年打算先將仇恨拉在自己身上，從簡玨的狀態來看，他對自己的憤怒應該要多上許多才是，先將人引出屋子，反正也逃不掉了。要不，她趕緊找個鋒利點的兵器，自我了斷算了，好過當真被簡玨千刀萬剮，這人可真做得出來的！

簡玨當然不會放過她，現在他的眼裡只剩下沈素年了。他將所有的悲憤都集中到了這個人的身上，他情願相信是沈素年做的手腳，而非天意如此。

素年的算盤打得再好，預斷得再準確，也無法改變她只是一個手無縛雞之力的弱女子，反應及動作哪兒能比得上簡玨？所以，當屋門出現在素年面前的時候，她能聽到腦後有兵器銳利破空的聲音傳來！

就到這裡了吧，素年心想。她彷彿已經想像得到劍會以何種角度刺進她的身體，血管破裂，內臟都有可能隨著傷口流出來，應該會很疼吧？嘖，她最怕疼了……「噗哧」的沈悶聲音傳進了素年的耳朵，她低頭看了看自己的身子，卻發現並沒有多出一小截劍尖，素年忽然意識到了什麼，猛地轉頭，卻看到她的身前，站著師父的身影！

衣袍周圍迅速漫紅，柳老背對著自己，兩隻手舉在胸前，似乎抓著什麼，簡玨就站在他的面前，跟自己近在咫尺。

「師父！」素年聽見自己的聲音都破了音，她撲過去，正好趕上簡玨抽劍的動作，血花隨著劍拔出而落了一地，淅淅瀝瀝的，彷彿澆在素年的心上。地上瞬間染滿了紅色，在素年眼睛裡加深、發黑，讓她頭暈目眩，喘不過氣來。

柳老嘴裡冒著血紅色的泡泡，這一劍傷到了肺部，他想說什麼，卻什麼也說不出來，呼吸出現了障礙，肺部積血……只是很短的時間，柳老就已經停止了動作，只有血還在不停地流著，將素年的衣袍染成鮮紅……

「呵呵呵呵……」看著跪在地上抱著柳老屍體、一動也不動的素年，簡玨的心情忽然很好。「我一直都說會殺了妳的師父，現在終於兌現了，開不開心啊？別急，下一個就是妳了，呵呵呵呵……」

素年什麼都聽不到了，她只能感受得到浸透了她衣裙的液體，溫熱、鮮活，而她懷裡的師父，卻漸漸冰冷。素年的牙齒咬得「咯吱咯吱」響，顫抖到無法動彈。她知道簡玨不會放過他們師徒二人，知道他們最後也難逃一死，可怎麼會是這樣？師父為什麼要衝過來為自己擋劍？就算暫時救了自己，又能如何？

簡玨提著劍，站在素年身後不遠的地方，無比享受地閉上眼睛。就是這樣，這種絕望的感覺，大家一起來感受吧……

素年不知道自己坐了多久，也不知道為什麼簡玨的劍沒有再次落下來，只知道她的衣裙沾滿了黏稠的液體，身子如同雕塑一樣，木然地凝固著，直到有人將她抱起來，強硬地將柳老的屍體從她的懷中挪走，素年才一瞬間復活了一樣。她看著自己死活不鬆手，聽著自己破碎的聲音。有人在她耳邊說話，可說了什麼，她完全聽不清楚，她只知道，師父要離開了，要永遠地離開自己了，這個好像她父親一樣的老人，從此，自己就要看不見了！

身體被人強制性地抱住，有寬厚的手掌一遍又一遍地撫摸著她僵直的背部，終於，她似乎能夠聽見聲音了，那個聲音在說——

「哭吧，哭出來。對不起，我還是來遲了……」

素年想抬頭看看這人是誰，但腦子裡的嗡嗡聲卻不停地干擾她，越來越大聲、越來越強烈，最終，占據了她全部的世界……

第七十四章 遵師遺願

醒過來的時候，素年覺得自己作了一個很長很長的夢，她皺著眉頭，身體有些虛弱。

小翠立刻上前將她扶起來。「小姐，妳醒了？」

素年看看窗外，天色十分的明亮，她不敢相信今日自己這麼遲才起床，小翠竟然什麼都沒有說？她昏昏沈沈地在小翠的服侍下起身。「怎麼不見巧兒？」

「巧兒她……還有事情要做。」小翠低著頭回答，手裡的動作有些顫抖。

「妳怎麼了？眼睛怎麼這麼腫？昨晚上又沒睡好？嘖嘖，都跟妳說了，小女孩睡眠很重要的，妳怎麼都不聽呢？」只見小翠的頭埋得更低了，素年完全看不到她的眼睛。這麼反常？呵呵呵，平時不是至少會跟自己辯駁兩句嗎？今天怎麼這麼老實呢？

素年的腦子有些遲鈍，但她拒絕深想。腦裡閃過無數的片段，可她執意認為那些只是一個夢而已，是一個她連想都不願想起的夢。有些頭重腳輕地走出屋子，素年在院子裡看到了不少人，玄毅、魏西，還有小翠說是正在忙的巧兒，也站在那裡。

院子當中坐著一個人，看到這人的一瞬間，素年只覺得有無數的碎片在她的腦海裡翻攪，將她不願意想起的事情慢慢地拼湊起來。鼻尖似乎還嗅得到濃重的血腥氣，手裡彷彿還感受得到黏稠的觸覺，素年毫無反應地站在原地。

「小姐……」小翠哭了出來，擔心地看著素年的面容。

小姐足足昏迷了兩日，蕭大人將小姐送回來的時候，他們差點崩潰了，因為小姐身上浸滿了鮮血，小翠當時就差點暈過去。然而那些血不是小姐的，給小姐淨身的時候，她的身上並沒有傷口，這讓小翠暫時鬆了口氣。但是，等她知道這些血來自何人的時候，她又要暈了。對小姐來說，她可能寧願這些都是自己流的血，那可是小姐的師父啊！等小姐醒過來後，她要怎麼才能承受得住？果然，小姐現在的樣子，讓小翠極度緊張，生怕她會做出什麼不受控制的事情。

蕭戈慢慢地走過來，看著素年毫無血色的臉，她呆滯的眼中黯淡無光。

「多謝蕭大人救命之恩。」素年木然地抬眼，木然地行禮，身子因為長時間沒有進食，有些晃了晃，被小翠扶住了。「……師父他老人家呢？」素年總算能將這句話問出來了。

「柳老的後事，我已妥善處理，妳最好恢復一下再去看望他。」

素年點點頭，執意又給蕭戈行了禮。她記得那時蕭戈在她耳邊說「對不起」、「來遲了」，素年知道自己沒有立場去責怪誰，蕭大人能出現，能將她救出來，一定很不容易，可是……可是……眼淚順著臉頰落在地上，素年不知自己從什麼時候開始變得這麼愛哭了。為什麼不早來一點點？只要一點點，那樣的話，師父是不是……就不會死了？

素年花了不少時間才勉強調整過來，她的承受能力並沒有那麼弱，好歹也是死過一次的人了，只是這卻是她第一次感受親人的離世。

跪在柳老的墳前，素年認認真真地磕了三個頭。柳老為她將那一劍擋下來，是希望自己能夠好好地活著，只要有一線希望，也要好好地活下去。

看到素年恢復了原來的樣子，小翠等人的心才慢慢地放下來。小姐這一離開，就是大半年，這段時間，他們是如何支撐過來的，小翠都不想回憶了。起先是那些報平安的小紙條，可是到後來，便漸漸沒有了，沒有消息，就是最好的消息，因此幾人耐著性子等著，一天天、一月月，終於等來了小姐的消息。柳老過世了，是為了救小姐才中劍身亡的，小姐心裡會有多自責、多內疚，小翠在心裡想一想就難受得緊。

可她能做的不多，首先是要照顧好小姐的身子。跟著小姐這麼久，小翠也耳濡目染學會了一些藥粥，她每日變著法兒給小姐煮來吃，小姐都很給面子地全吃掉。

巧兒則是默默地將她這大半年來縫製的一堆衣服都搬出來，輕手輕腳地一件件在素年身上比劃著，然後又統統抱下去修改。

玄毅和魏西、小翠和巧兒，他們誰也沒有問素年這大半年去哪兒了？在做什麼？他們恨不得素年能將這些事情全部忘記才好，就這麼如常地過著日子。他們默默地表示著他們還在，會一直待在素年的身邊。

稀奇的是，蕭戈時不時會來素年這裡坐坐，什麼事也沒有，就只是單純地坐坐，然後又靜靜地離開。素年一開始沒覺出味道，後來醒悟了，蕭大人……這該不是怕她想不開，才來這兒瞧瞧的？

除了蕭戈，劉炎梓和顧斐沒事也會過來，他們對整件事情知道多少，素年不清楚，但這兩人也是沒什麼具體的事。劉炎梓會帶著一些好茶，兩人在院子中靜靜地品茗；而顧斐，則是搜羅了許多奇特的美食，不管什麼檔次的，統統帶過來找素年分享。

素年知道他們的好意，是希望能夠轉移自己的注意力，省得她整天窩在小院子裡鑽牛角尖，素年很感謝，但當她發現這幾人簡直是輪著班來的時候，她有些不能接受了。

自己在他們的眼裡，莫非非常脆弱，以至於讓他們覺得自己沒人陪一定會崩潰？

師父的事情，素年確實痛心無比，只要想一想她就能痛哭一場，但她也從未想過要辜負師父而不珍惜自己的生命，相反地，素年覺得如果她不珍惜了，才是枉費了師父的救命之恩。所以，要不要這麼頻繁地來「開導」她啊？這些人不都應該挺忙的嗎？

蕭戈首先表示，他不忙。

「最近朝廷有些亂，蜀王的事情和太子殿下的事情，聖上心中自有決斷，我們這些人反而不需要操心。」

「我們這些人」，蕭戈說得很隨意，但素年現在才知道，蕭戈如今的職位，是什麼什麼大將軍。是她對歷史不夠瞭解嗎？她記得蕭戈之前的職位是文官來著，怎麼忽然又成為了大將軍呢？升職能這麼升嗎？而且能升得這麼快嗎？

「呵呵呵，蕭大人自謙了。」素年笑得很無力

然後劉大人也表示，他只不過是來跟素年談茶道的。

這個素年就更加不在行了，她只能喝得出茶是不是好喝，至於為什麼好喝？是哪兒產的？有多稀有？用什麼水泡的？她統統不知道。就這種水準，劉炎梓居然要跟她談茶道？

「沈姑娘，劉某說的茶道，只是一種心境，而在沈姑娘這裡，恰巧就容易達到這種心

境。」

素年明白了，合著是劉炎梓單方面提升境界來了，她只是提供一個地方，可真是榮幸。

至於顧斐，他的理由更簡單了。

「一個人吃東西沒意思！」

她沈素年在顧斐的眼裡他媽就是個吃貨嗎？素年含恨地將面前一塊用荷葉包著的紅燜肘子放進嘴裡狠狠地嚼著，異常委屈。

蜀王的事情，素年知道的甚少，也就是從蕭戈的口中知道一星半點，據說勢力被太子殿下瓦解了，可太子殿下自己也沒落了好。素年想起蜀王說過的，那個被太子殿下的母妃害死的小皇子，想起蜀王最後的樣子，興許出生在皇族，並不是一件多麼幸運的事情。

柳老過世一事，並沒有太多的人知道，之後有人找到素年這裡，想要請柳老診治的時候，素年都只說他老人家雲遊去了。沒有醫聖，醫聖的傳人也是好的，大家心裡這麼想著，便都會在得知柳老不在的情況下，轉而請素年上門行醫。一般情況下，素年都不會拒絕，好在能請得動柳老的也不多，所以素年也不是很忙。

「蜀王的那個幕僚，擇日問斬。」蕭戈淡淡地說著，面前的桌上擺著水淋淋的鮮果。

素年低著頭。簡玨，這個骨子裡便狂熱的人，終究落得這樣一個下場……

「蕭大人，您真不忙嗎？」素年覺得蕭戈閒得有些過分了，而且他不覺得經常出入自己這裡，有些不合適嗎？怎麼說自己也是個黃花大閨女吧？雖然她這閨女的思想挺開放的，但架不住別人的眼光啊！

「多謝關心。」蕭戈扔了一顆果子在嘴裡嚼。

我真不是關心你啊……素年的嘴角有抽動的跡象。她不明白蕭戈來她這裡，還跟她沒事就說說朝政方面的事情是什麼意思？這種事情不應該是機密的嗎？能這麼隨隨便便就跟她說了？

「沈娘子，妳覺得我這個小廝如何？」蕭戈忽然沒頭沒腦地開口。

素年和站在蕭戈身後的月松同時一愣，不明所以。

「甚好。」

「是嗎？那沈娘子是否願意跟蕭某交換一下？我瞧著妳的管家挺不錯的。」

玄毅此時正在院子中，聽見這話抬起了頭，正好看見蕭戈瞧過來的眼神。

還沒等素年想清楚他的意思，月松就先爆發了。

「大人！大人您不要小的了？為什麼呀？是不是小的哪兒做得不好？小的哪兒做錯了大人您說呀！小的一定改！大人您別不要小的呀！嗚嗚嗚嗚……」

素年只能傻笑，「呵呵呵呵」地偷偷揮手讓玄毅趕緊離開。

蕭戈之後就沒再提這事，可從那以後，但凡玄毅出現在月松面前，月松的表情都是哀怨的，上上下下地掃視玄毅，像是要找出他比自己強的證據。

「小姐！小姐，不好了——」某日，小翠從前院回來，一路大呼小叫，氣喘吁吁地來到素年面前。巧兒趕緊倒了杯水，小翠一口氣喝了大半才放下杯子。「小姐，有人來替妳說媒了！」

「說什麼？」

「說媒！」

「……」素年想從小翠的臉上找到開玩笑的痕跡，卻根本沒有。說媒？在她師父剛過世沒多久的時候？誰這麼不開眼找抽呢？素年的臉板了下來，讓小翠去將人請來，她倒要看看，這打算給她說哪家的媒！

「哎喲，沈娘子，大喜呀……」一陣濃郁的香味率先飄了進來，味道有些嗆人，隨後，一個穿著紅色衣服的婦人甩著帕子、扭著腰，走了進來。

「這位大嬸，素年何喜之有？」

「這位就是沈娘子吧？哎呀，真真是貌美如花、國色天香，我這還是第一次見到這麼標緻的小娘子呢！」

素年不說話，端著茶盞裝深沈。

「沈娘子，今日白嬸來這裡，可是有一樁極好的姻緣！兵馬司吏目李家瞧中了沈娘子，原本不該這麼貿然上門的，但沈娘子既無長輩，又無親人，所以白嬸這才來問問娘子的意思。」

「兵馬司吏目？」素年轉過頭，看著巧兒。「什麼品級？」

巧兒對這些的瞭解竟然比素年要多，她皺著眉頭想了想。「……好像……沒品？」

白嬸子的臉黑了一層，兵馬司吏目雖然確實是不入流的官職，但素年不過是個小醫娘，再怎麼樣，也是有資格迎娶的吧？

素年點了點頭，再看向白嬸子的時候，臉上竟然堆滿了笑容。「嬸子，勞煩您跑這一趟，您也知道，素年父母雙亡，身邊也沒個長輩，這種事情沒有人能為素年謀劃，素年自己也拿不定主意。」

「可不就是這麼個理！」白嬸子的情緒又高漲起來，忽然覺得沈娘子也沒那麼難纏，聽聽，說的話多有禮數！「這李家，雖然暫時只是個兵馬司吏目，但這李公子人長得是一表人才，沈娘子嫁過去，那就是享少奶奶的福啊！」

素年笑得含蓄。「可素年不明白，李家是如何知道小女子的呢？我跟李家素未謀面，他們家為何會請嬸子來給我說媒？」

白嬸子笑咪咪地說：「我的小娘子喲，現在京城裡誰人不知妳是柳老的傳人？況且，李家說他們也找人打聽了小娘子妳的情況，溫良賢淑，李家一聽，可不就動心了？」

「不知找的是哪家人打聽的？」

「這……好像是佟家吧……」

「佟府啊……說起來，佟家妹妹那裡，我還有點事要找她呢。」素年笑了出來，微微低下頭，恬淡，安逸。

但這種模樣卻讓白嬸子莫名地打了一個寒顫，怎麼回事？

小翠和巧兒對望一眼。小姐自從回來以後，就有些不一樣了，她們也說不上來，只是覺得，小姐變得更加讓人敬畏了。有時候就算小姐臉上在笑，也能讓人不敢去看她的眼睛；就算她輕柔地慢聲細語，也讓人不敢輕慢。小姐在她們反應了這種情況之後，曾對著鏡子照了半天，才幽幽地說：「長大了呀……」

現在，白嬸子就有這種感覺，她忽然覺得自己今天不應該來！說起來，李家也沒給自己多少好處啊，她幹麼跑這一趟？但人都已經來了，白嬸子只得硬著頭皮追問了一句。「沈娘子，您看這樁親事……」

「自然是不成的。」素年說得很果斷，對著巧兒使了個眼色，巧兒立刻走回屋裡。

「嬸子，我家小姐的意思是，這種婚姻大事，自當由她的長輩來操持，雖然小姐的親人都已經不在了，但小姐如今是柳老的傳人，理應由柳老來決定，您這樣貿然地來徵求我家小姐的意思，說句不好聽的，就是將您打出去，也是在情理當中，您說是也不是？」小翠走上前一步，將理由說得無比充足。

白嬸子的臉色一白，戒備地左右看看，還真怕有人會突然動手打人。

這時，巧兒出來了，手裡拿著一只精巧的荷包，笑語嫣然地走上前，將荷包塞進白嬸子的手裡，雙手握著她的手說：「嬸子，我家小姐是個可憐的，承蒙嬸子惦記。一點小小心意，還望嬸子不要嫌棄。」

荷包入手，沈甸甸的，讓白嬸子心花怒放，就是李家，給的也不足這的一半呢！

「哎呀，妳們家小姐一看以後就是官太太的命，這兵馬司吏目，確實有些那什麼呢……呵呵呵，姑娘放心，嬸子知道回去以後怎麼說的。柳老如今雲遊四海，這婚事，當然得等他老人家回來再說啊！」

白嬸子歡歡喜喜地走了，素年的情緒卻低落了下來。雲遊四海……她仰頭看著蔚藍的天空，飄著一絲絲棉絮似的雲朵。

佟家，佟蓓蓓。這是怕自己將他們忘了，特地來提醒的嗎？其實不用這麼麻煩，她怎麼會忘了呢？知道了佟家就是讓沈素年變成孤兒的罪魁禍首，素年可是在心裡記著呢！

「小姐……」白嬸子走後，小翠忽然有些吞吐猶豫了，幾番欲言又止之後，終於忍不住開了口。

「打住。妳放心，佟家給我物色的，絕對不會是什麼好人家。」

小翠訕訕地閉了嘴。小姐怎麼知道自己在想什麼呢？

「妳知道的吧，我跟顧家是有婚約的，雖然我不想履行，但佟府他們會不知道我有婚約的事？知道了還給我說哪門子的媒啊？這分明是想害我，所以妳就別想那些有的沒的了。」

素年想徹底打消小翠心底不切實際的指望。她是沒打算嫁人的，別說今日是個沒有品級的兵馬司吏目，就算來的是顧家，她也會找理由推掉。

不過這佟家打的主意，她就有些看不懂了，是希望自己能看上李家嗎？他們莫非還不知道自己已經曉得了和顧家的親事？

第七十五章　愛恨糾葛

在京城裡，一發生些什麼事情就傳得很快，今日誰家娶媳婦、明日誰家婆媳不和，那都可以成為人們茶餘飯後的談資。

素年聽到小翠跟她描述的，關於佟家和顧府的糾葛時，都覺得有些不可思議……

沈素年消失的這大半年，佟府得到的消息和大家都一樣——素年跟著她的師父柳老出去瞧病了。

不管是真是假，反正沈素年不在京城，這是個好機會啊！佟太太急不可耐地想乘機讓佟蓓蓓和顧斐完婚，可是，顧夫人卻一直稱病，還一病就沒有打算好起來的態勢！佟太太急了，這顧府，明擺著就是想要耍賴的意思啊！

佟太太暗暗惱怒，她也不是個吃素的，來京城的時間雖短，但佟家大房在京城也積攢了一些人脈，自己並不想去跟大房太太爭奪什麼，所以大房太太也樂得妯娌和睦，帶著她慢慢踏入京城的社交圈子。佟太太待人處事的手段了得，很快便融入其中。

這些貴婦之間說得最多的話題，無非是拉關係、攀親戚了。官員之間靠著聯姻，盤根錯節，鞏固著在京城的地位，佟家二房因為有幾個待嫁的姑娘，不免有人會問過來。

佟太太笑著將自己的嫡女蓓蓓已經有了親事的事情透露出去，並且不著痕跡地讓大家知道，是顧家的公子。顧斐在京城可是很有名聲的，也早在之前就有人上門談了口風，確實是有一門早已訂下的親事，如此一來，也能對得上。慢慢地，大家都知道有這麼一回事，羨慕也好，嫉妒也罷，就這麼著了。

這個消息傳到顧夫人那裡，她真真是目瞪口呆，就沒見過這麼不講究的，哪有人在男方家沒有開口之前，就將女兒的親事傳出來的？顧夫人沒了主意，又去求助於老夫人。

顧老夫人頓著龍頭手杖。「早讓妳去沈府提親，妳為什麼不去？這下讓別人搶了先，妳倒來問我怎麼辦了！」

「娘……早先那會兒，我不是顧慮著佟府嗎？斐兒讓我裝病，我就想著，一直不見佟家太太的話，她是不是就會甘休了？誰知道……」

顧老夫人的表情格外的不可思議，她一直覺得自己的這個媳婦有些不著調，卻沒想到竟然神奇成這個樣子！她居然寄望佟家自動放棄親事，他們佟家是腦子壞了嗎？要是不想結親，當初為何要說謊啊？老夫人扶著頭，覺得頭真疼啊……

「妳去，將斐兒要娶的姑娘是沈家娘子的事情傳出去，就說這才是顧家老爺子親口應下的親事。」

「娘……這會不會……不大好啊？」顧夫人又猶豫了，這根本就是直接打佟家的臉，斐兒要娶佟蓓蓓的事情已經傳得沸沸揚揚的了，現在他們直接否定，這……

「妳若是不願意，那妳乾脆就讓斐兒娶了這媳婦算了！」顧老夫人冷哼一聲，看也不去看自己的這個兒媳。

顧夫人無法，只得退出去。

顧夫人是個軟弱的，耳根子軟，又承擔不起什麼責任，她多希望這件事就這麼平平靜靜地解決才好，有那麼一瞬間，她甚至想，若是沈素年沒有出現的話，是不是就不會有這麼多麻煩的事了？顧斐衙門裡事務繁忙，老爺也不管這些事情，顧夫人一個頭兩個大。但除了顧老夫人的支招外，顧夫人真心沒有別的方法，於是，只能咬著牙，將消息放出去……

「所以，現在的情況是……顧家和佟家……鬧上了？」

「小姐，妳能不笑嗎？」小翠糾結了，那顧少爺怎麼說也是小姐未來的夫君呢，怎麼小姐聽了一點感覺都沒有？

「不笑，我不笑……」素年咧著嘴，趕忙保證。

哎呀，她之前還在愁要怎麼才能順水推舟、無波無痕地將自己身上的親事推掉呢，這下好了，壓根兒都不用她出手！

「小姐妳還笑！」小翠都要愁死了。

素年揉了揉臉，許久沒有這麼愉快了。「真不笑了！不過小翠啊，妳在這兒著急也沒用呀！佟府說我當初是詐死，他們也是受了騙，我們若站出去說不是這麼回事兒，誰肯聽呢？妳聽我的，這輿論啊，就讓它隨風飄去，左右我們又不少塊肉，讓那些人說去就是了。」

小翠不贊同，大大不贊同！小姐的名聲都要被佟府敗壞光了，她怎麼能忍得下這口氣？

自己當初是眼瞎呀還是心瞎啊，竟還挺高興小姐能回佟府的，幸好小姐比自己聰明，要不然，現在還不知道會怎麼樣呢！

顧斐那個整日裡冷冰冰的小廝木聰，忽然有一天，獨自一人上門，說要見素年小姐。

小翠插著腰，站在院子門口橫眉冷對。「你家少爺呢？怎麼就你一個人？」

「少爺公事繁忙。」

「那就請顧少爺繼續繁忙吧！」小翠被小姐打擊得多了，便想要轉移一下怒火。

木聰沒說話，只是在心裡詫異。少爺整天說自己沒個做下人的樣，他怎麼不說沈姑娘這裡呢？跟她們一比，自己真是聽話到慘絕人寰了！

還是巧兒聽到了動靜出來，將氣呼呼的小翠拉到一旁安撫，然後將木聰請進去。

素年在屋子裡，巧兒讓木聰在屋外稍等片刻，不一會兒，就見一個少年從屋子裡走出來，是沈姑娘這裡的管家，可他邊走邊整理腰帶是什麼意思？木聰平日裡不愛說話，也不愛表露情緒，但這會兒，他也忍不住驚詫起來，這……

「進來吧。」素年的聲音從屋內傳來。

巧兒衝著木聰笑笑，示意他可以進去了。

素年背對著門，正在整理東西，原來剛剛是在針灸嗎？木聰也不知為什麼，忽然鬆了一口氣。

「玄毅這小子，現在讓他脫衣服越來越困難了，有什麼好遮遮掩掩的？又不是沒見過！」素年一邊收拾銀針，一邊嫌棄地嘀嘀咕咕。

木聽覺得空氣突然間又稀薄起來，剛鬆了的一口氣，竟然吸不進去了……

「小姐……」巧兒無奈地開口。

素年轉過身，看見了木聽，態度頓時和藹起來。「來了？坐吧。」

木聽不敢，只站到一旁，他的頭有些暈，昏昏沈沈的。「沈姑娘，我家少爺最近公務纏身，但也聽聞了京城的傳聞，所以特意讓小的前來，希望沈姑娘千萬相信少爺的心意。」

「來來來，喝茶喝茶！跑這一趟累壞了吧？」素年裝沒聽到，熱情地招呼木聽用茶。

「呵呵呵呵，聽說你家少爺最近喜事不斷呢！」素年端著茶盞，笑得端莊，完全是一副不介意的樣子。

「少爺得貴人提拔，現在升了職，所以才沒時間來看望沈姑娘，還望沈姑娘海涵。」木聽都不知道自己在說什麼，顧斐交給他的任務是——確實地讓沈素年感受到他的誠意。

木聽覺得，這難度太高了。可顧斐說了，他只相信木聽，只有他能夠替自己完成心願，木聽這才深吸了一口氣，來到了沈府。但真見到沈素年後，木聽覺得自己之前想的法子都白搭了，沈姑娘既沒有在家裡鬱鬱寡歡地等待少爺的真心保證，也沒有極為憤怒到想要跳出去證明清白。京城裡大家聊得火熱的事情，在她這裡彷彿完全聽不到一樣。

素年點點頭。「恭喜顧公子，不僅官場平步青雲，姻緣也是和和滿滿，真是讓人羨慕呢！呵呵呵……」

木聽一愣，沈娘子果然還是介意的嗎？難道她只是隱藏得比較深？木聽抬頭，看到沈素年的表情，一時間又摸不準了，沈娘子看上去分明就是相當真心誠意地恭賀啊！

「小姐。」巧兒覺得自己再不開口，事後一定會被小翠給撕了的。「顧公子百忙之中還抽空讓木聰小哥來見小姐，可真是體貼呢！」

素年轉頭看向巧兒，就見巧兒眼睛都快眨抽筋了。好吧，素年笑了笑。「幫我謝謝你家少爺，讓他費心了。」

木聰茫然了，比任何時候都要茫然。他忽然覺得自家少爺太讓人省心了，他應該知足的，回去就要對少爺更好一些！

懵懵地從沈府裡出來，木聰煩惱著如何跟少爺交代呢？他來這裡到底幹什麼來了？不是來安撫沈娘子，讓她放心的嗎？不是為了幫少爺「含蓄」地表明心意的嗎？但他怎麼似乎……什麼也沒能做到呢？

巧兒嘆了口氣，跟小翠攤了攤手，她盡力了。

小翠也學乖了，她不再跟小姐正面談論關於婚嫁的事情，因為每次她正兒八經地開口，打算從人倫談到禮數，讓小姐不要有那麼離經叛道的想法時，不過幾句話，就能被小姐將話題給帶到稀奇古怪的地方，還一點都不突兀。於是小翠改採取敲邊鼓的方法，時不時地點一句，她想著，這樣潛移默化的方式，是不是會讓小姐鬆動呢？

「顧公子人真不錯，這麼忙還想著小姐妳呢！」

「嗯，是挺不錯的，二女爭夫，這種戲碼中要男方是個端不上檯面的，那可就是瞎了眼了！」素年很認同小翠的看法，只是稍微想偏了一些。

小翠在心裡淚流滿面，決定還是先不管了吧……

隔日，顧斐親自登門，主要是木聽昨日傳話傳得語焉不詳，顧斐從他的話裡完全揣摩不出素年的任何想法。「少爺，你還是自己去吧。」這是木聽最誠懇的建議。於是顧公子只得自己跑一趟。

巧兒死活不進去伺候，她還有好多事沒做呢，還是小翠姊姊比較撐得住場面。木聽提心弔膽地看著屋子的門，深怕裡面又跑出個衣衫不整的男人，不過幸好，這種情況並沒有出現。

素年十分有禮地出來，在院子裡一個小小的涼亭中接待了顧公子。茶是上好的茶，點心則是顧斐自帶的、素年十分愛吃的鴛鴦卷。

顧斐不是個喜歡繞圈的人，直接就開門見山地說：「沈姑娘，恕在下唐突，不知如今京城裡的傳聞，姑娘可否聽說？」

素年點點頭。

「那麼，沈姑娘可願意相信顧某？」

素年捧著茶盞的手一僵，她很想也「呵呵呵」地裝傻忽悠過去，可她發現不行，顧斐的眼睛明明白白地看著自己，容不得她半點忽視。

「顧公子。」素年抬起頭，明眸清澈動人，似乎是沈澱了無數年的一汪泉水。「若是素年說，小女子並不在意，公子可會生氣？」

顧斐定定地看著她，搖了搖頭。「若不是真話，我才會生氣。」

「那就好。」素年一下子笑開了。「顧公子，你是那麼優秀，前途無量，而小女子只是個地位卑微的醫娘，顧公子娶了小女子，不會覺得委屈嗎？」

「我說了，我喜歡聽真話。」

素年撇了撇嘴，真是個不好糊弄的，既然如此，她也豁出去了。說話之前，還特意看了一眼小翠，心想，這可不是她願意的啊！

「顧公子，小女子並不打算嫁人。」

哐噹！小翠手裡的水壺撞到了桌上，茶水灑了出來，她手忙腳亂地收拾，結果一不小心又沾到了木聰的身上。

木聰直接善解人意地往門外走，心裡挺可惜自己的這身衣服，想讓他迴避直說嘛……

「沈娘子這話……是何意？」顧斐覺得他的思維混亂了，他想過千百種可能，就這一種，從沒想過。

話說出來了，素年一下子歡脫起來，她用手指在桌面上輕敲。「就是不想嫁人而已。但顧公子的性格其實十分合小女子的意，不如咱們結拜吧？我特想有個哥哥，你覺得如何？」

小翠覺得顧公子特可憐，看吧，都驚呆了……

結拜？誰跟誰？結什麼結？顧斐混亂的思緒更加混亂了。沈娘子跟別的女子不一樣，這他一早便知道了，但特別成這樣……

素年後面又說了些什麼，顧斐完全沒有聽進去，他努力想讓自己回神，卻有些徒勞。

從沈府出來後，木聰有些同情少爺，他明白少爺現在的狀態，太明白了，只是沒想到，就是少爺，也沒能逃得了。

顧府和佟府之間還在互相糾纏著，有人站在顧府這邊，說是老爺子的心願才是最重要的，當然得娶他定下的沈家姑娘；也有人站在佟府這邊，認為顧府沒見到沈姑娘跟佟府有什麼關係？定下佟家姑娘的書信可是實實在在的，就這麼輕易地反悔，佟家姑娘的臉面往哪裡放？更多的人則表示，這都不是個事，顧公子就都娶了唄，坐享齊人之福，豈不美哉？

仔細一想，的確是個好辦法，至少顧夫人當真了。對呀，都娶回來不就完了？沈娘子雖是老爺子親口定下的，但她現在也不過是個醫娘；佟姑娘自己也見過，佟府又一門心思想將女兒塞過來，那就接著唄！越想越覺得這個主意甚好，似乎這麼做以後，什麼事情都能迎刃而解了！顧夫人忽然覺得自己變聰明了，趕忙去徵求兒子的意見。

顧斐無精打采地聽了娘的話，眼神呆滯。還都娶呢，人家沈姑娘壓根兒就不願意嫁給他！喔不對，不是不願意嫁給他，是誰都不願意嫁！

看到兒子的心思不在這裡，顧母有些急了。「到底怎麼樣，你說話呀！」

「娘，別白費心機了，這事啊，我覺得沒那麼容易解決。」顧斐想要讓娘打消這個主意。

但顧夫人如何肯？她怎麼想都覺得可行，且又是自己好不容易動腦子想出來的，怎麼願意放棄？婚姻大事，向來是父母之命、媒妁之言嘛，就這麼定了！

顧夫人沒有去問一聲老夫人的意思，就直接給佟太太寫了封信，將她的想法說了出來……

作為這個事件中的女主角之一，素年受到了大家廣泛的關注，代表人物就是劉炎梓和蕭戈。

劉炎梓一如既往地走溫情路線，關心她的情緒是否安定，天南地北都聊了以後，才旁敲側擊地問了問外面傳的是否屬實？

「傳言不可信！」素年痛心疾首地說。

這大概就是素年的態度了吧？劉炎梓笑了笑，便有禮地告辭了。

至於蕭大人，素年每次見到他，眼角都在跳，這人還能不能有點譜？這個時候不安慰她也就算了，反正人家性格就是那樣的，但到她的院子裡比在他家都要來得隨意，喝著茶、吹著風，無比愜意，他到底是幹什麼來了？素年坐在一旁，抱著一碟蜜漬櫻桃恨恨地吃著。難不成……他就是為了送這櫻桃來的？默默無言地待了好一陣子，蕭戈才有離開的跡象，素年一喜，眼睛瞬間亮起來，十分乖巧地站起來打算送客。

走到門口的時候，蕭戈才像忽然想起來一樣，說：「顧家小子，妳就別想了，那人不好玩。」

素年站在門口呆了半天，直到都看不見蕭戈了以後，她都沒有反應過來。他這是在誹謗吧？不好玩？什麼叫不好玩？他什麼意思啊?!

第七十六章　安寧公主

顧母的信，佟太太壓根兒就沒放在眼裡。都娶？憑什麼？那個低賤的沈素年憑什麼跟她的蓓蓓平起平坐？不過，呵呵，這個顧夫人還是原來那個樣子，說得好聽叫幼稚，在自己看來根本就是弱智！以為凡事都能夠順順當當、自然而然地解決，沒有一點心機和城府，這種人，她最看不上眼了！佟太太回了信，約了顧夫人一起去拓隱寺上香，說是他們佟家答應了。

顧夫人收到了信，心已是穩妥。佟家都已經答應了，沈素年那裡就更加不是問題了！自己嫁到顧家這麼些年，凡是有事情都只能靠著老夫人和兒子來出主意，顧夫人這會兒忽然滿心暢快，看，她不是做不到，這件棘手的事情，被她處理得多麼妥貼啊！

顧夫人發覺顧斐這段日子有些異常，經常自己話說著說著，他就已經走神得不知道去了哪裡。斐兒從來都沒這樣過，是發生了什麼事嗎？顧夫人將木聰叫到身前來詢問。

木聰服侍在顧斐的身邊已經好些年頭了，當初就是顧夫人給顧斐選的，從那麼多賣身為奴的孩子當中選擇了他，讓他一定要好好照顧顧斐，因此，木聰對顧夫人有一份感恩的心，他知道這個婦人本心不壞，只是過於軟弱了些。

「木聽，斐兒這段時間怎麼魂不守舍的？是不是出了什麼事？」

木聽掙扎著搖了搖頭。不過去了一趟沈府，少爺應該不會這麼脆弱吧？

「真的嗎？如果有什麼事，一定要告訴我，斐兒這孩子一向讓人省心，怎麼這幾日怪怪的……」

木聽想起那一日，從素年屋裡走出來的管家，他並沒有對少爺說，也不是覺得沈姑娘跟那個管家有什麼，畢竟只是針灸而已。可木聽有些難受，他為少爺難受。少爺很明顯為沈姑娘動了情，所以這幾日才會如此煩悶，而沈姑娘是個醫娘，木聽並不是覺得醫娘的身分低賤，但他總覺得，少爺若是看到了那天的情況，心裡一定會不好受的。如果少爺跟沈娘子成了親，以沈娘子的性子，她會願意放棄醫娘的身分，在家裡相夫教子嗎？

只要這麼想一想，木聽都覺得自己有些可笑。沈娘子怎麼會？她在自己眼裡是個不拘小節的奇女子，有豁達的心性，有出眾的醫術，又是醫聖的傳人，她怎麼會願意從此回歸成一個平凡的妻子？可那樣的話，少爺就必須一次又一次地忍耐沈娘子為別人醫治，脫去衣衫的針灸、摸上肌膚的診斷，這若只是大夫的話，並不突兀，可換成是成了親的沈娘子……木聽真的無法接受。自己都無法接受的話，那麼少爺呢？

「木聽？」顧夫人見木聽自顧自地發了呆，不禁拉高了聲音。「你在想什麼？真的有事情嗎？還不趕緊說出來！」

「夫人……」

素年這裡，正在接待一位客人，一位讓他們完全不敢怠慢的客人。是一位嬤嬤，穿著得體的宮裝，梳著一絲不苟的髮式，每一根髮絲都服服貼貼地盤好，臉上雖有笑紋，卻讓人覺得異常疏遠。她的一舉一動都透著無比的莊重，一看，就知是從宮裡出來的。

「沈娘子，老身姓許，多有打擾，請沈娘子恕罪。」許嬤嬤恭敬地行禮，動作規範到位。

素年趕緊回禮。「許嬤嬤客氣了。」

落坐，奉茶。素年有些奇怪，宮裡的人怎麼會找到她這裡？

許嬤嬤也在暗自觀察沈素年，並在心底暗暗稱讚，是個穩重的。

「不知許嬤嬤前來所為何事？」

「沈姑娘，有一位貴人身子有些不適，想請您去瞧瞧。」

素年心裡猛跳了一下，又是貴人？她能不能拒絕啊？難不成……是聖上？也不對呀，聖上身邊要是來人，不應該是公公嗎？「不知這位貴人是……」

「是安寧小公主。」許嬤嬤也不瞞著，直接就將貴人的身分說出來。

素年記得師父曾經說過，宮裡的貴人們，都會有太醫院的御醫們服侍著，每月定期的平安脈、瞭若指掌的身體狀況，讓他們能夠更快、更迅速地診治貴人的身子，這就是御醫和他們普通大夫的不同之處。一般沒有特殊情況，普通大夫是不能夠私自為宮中之人診斷的，因為他們沒有這個資格，那是逾越的大罪。

事實上，宮中的貴人們也不會放著御醫不找，卻去找不入流的大夫瞧病，除非是自己師父有著醫聖的名號，或是當真救不了、沒招了，才會去做各種嘗試。

安寧小公主，素年不知道這是哪一位小公主，她甚至不知道麗朝到底有幾位公主？但身為公主，這麼尊貴的身分，怎麼會想到來找自己？

「許嬤嬤，小女子能問問原因嗎？」

許嬤嬤心中閃過一絲不喜，沈素年這話就有些沒分寸了，安寧小公主紆尊降貴想讓她去診治，她竟然還敢問原因？可這絲不喜，許嬤嬤並沒有表現在臉上，她只是淡淡地笑了笑。

「主子的心思，我們做下人的，豈可私自揣度？」

這話，素年怎麼覺得有些傷及無辜呢？她問問原因怎麼了？進宮治病，那要冒著多大的風險啊，說不定就是要掉腦袋的，還不能讓人問問了？素年有心不想去，她又不是召喚獸，人家說要她去，她就得乖乖地過去？可似乎，不去也不行，這個許嬤嬤，自己問句話都要含沙射影一下，她要真說了不去，說不定將她活吃了都有可能……

這時，玄毅忽然出現在院子門口。「小姐，蕭大人來了。」

蕭戈？這個時候？素年覺得有些稀奇，他平日裡都很忙的，最近也就來過自己這裡一、兩次而已，這會兒他怎麼會來？素年還沒有想出個所以然來，蕭戈挺拔的身影已經出現在院子門口了。院子裡的光線頓時有些暗，這人的身材太突出，素年之前就覺得他做文官有些違和，嗯，還是現在的將軍比較適合他。

蕭戈站在院子門口不遠的地方，眼睛落在許嬤嬤的身上。

剛剛在素年面前優越感十足的許嬤嬤，氣勢立刻退得無隱無蹤。

「許嬤嬤。」蕭戈的語速很慢。「妳怎麼會在這裡？」

許嬤嬤屈身跪下。「老身見過蕭大人！安寧小公主偶感不適，所以派老身來請沈娘子進宮去瞧瞧。」

「安寧這小丫頭，一直是孫太醫瞧著的，怎麼，孫太醫死了不成？」

許嬤嬤的身體微微顫抖，但她並未失態，只是說不出話來。

「行了，妳回去吧，安寧那裡我會去說的。」蕭戈很隨意地揮了揮手。

許嬤嬤還想說什麼，抬頭看見蕭戈的表情，又將話吞了回去，然後默默地離開了。

素年似乎有些頭緒了，但卻不明朗。她跟蕭戈相識，也有好幾年了，如果說一開始她並不能分辨出蕭戈此人是好是壞，那麼現在，素年已能肯定，蕭大人對她是沒有惡意的。可能行事的方法有些問題，獨斷專橫，但他從來沒有傷害過自己。所以，蕭戈現在將許嬤嬤趕走，這裡面一定有自己不知道的原因。

「多謝蕭大人。」素年雖不明所以，但還是乖乖地道謝。說實話，她也真心不想去，見識過了皇家的處事手段，素年對皇宮一點好感都沒有。

蕭戈面對素年的道謝，只挑了挑眉毛，就逕自找了張椅子坐下來，蹺著個二郎腿。

素年嘴角抽動，這人的表情怎麼那麼……那麼討厭呢？

素年跟蕭戈認識的時間不短，正因為不短，素年更能看出蕭戈的變化。

曾經黑面冷情、唯我獨尊的蕭大人，是怎麼變成現在這個有一點機會都不放過，想要看自己笑話的人？這其中的心路歷程，素年真想好好研究研究。

但這次的事確實是應該感謝蕭戈的，因此素年便如他所願，親自倒了一杯茶捧過去。這足夠有誠意了吧？

這杯茶，蕭戈喝得十分愜意，不光愜意，還喝了好久，久到素年都想伸頭過去看看了，她似乎沒倒多少啊……

素年不敢質疑蕭戈，可小翠那裡，眼刀卻是一刀一刀地往月松面前甩，甩得月松都不敢抬頭了，大人平時真不是這樣的啊……

出了沈府的門，蕭戈臉上的輕鬆表情全部收了起來，臉上恢復了慣常的冰寒。

月松敏感地察覺到，大人散發出來的寒冷，比平日裡更加強盛。

月松都想哭了，大人不帶這樣區別對待的，對沈娘子就是如沐春風——雖然沈娘子可能不這麼認為——對他就是寒風瑟瑟，嗚嗚，自己可真可憐啊……

素年覺得，這事應該就這麼過去了，什麼安寧小公主，皇家的公主個個都是嬌寵出來的，那脾氣是一個賽一個差，素年可不想去招惹。

可是沒想到，隔日，蕭戈又上門了，隨行而來的，還有那個不苟言笑的許嬤嬤。

「……」素年以眼神詢問，這是啥意思？

許嬤嬤跟在蕭戈的身後，垂著腦袋不敢說話。

蕭戈往素年跟前一站。「安寧那裡，妳還是去一趟吧，確實有些不妥的情況。不過妳放心，沒人會為難妳的。」

素年呆呆地站在那裡，她的餘光瞧見許嬤嬤臉上的表情特別不自然，像被人敲了悶棍一樣。

沒人會為難妳的。

素年忽然想起自己在蜀王那裡最後的記憶，也是蕭戈在跟她說話，語氣，彷彿重疊起來了。他是擔心自己會害怕吧？怕跟去蜀王那裡一樣，所以用並不符合他平日的說話語氣，提前保證沒人會為難自己。

素年忽然就豪氣萬千起來了，怕毛怕？有什麼可怕的？不就是進宮嗎？不就是治病嗎？師父都不怕的事情，她有什麼理由害怕？

「好，我知道了。」素年聽見自己的聲音異常堅定，心裡甚是欣慰。

眼前的小姑娘，她可能都沒發現，剛剛那一瞬間，她眼睛裡閃出的光有多麼的攝人心魄，美不勝收。

素年帶了小翠前往，跟著許嬤嬤，緩緩地離開了。

在她的身後，蕭戈卻在椅子上坐了下來，盯著院門開始發呆。

最先吧，是覺得這個小姑娘挺有意思的，明明懼怕自己，卻因為知道差距而妥協，是個心裡十分清楚的姑娘。

在青善縣的三年裡，自己每次見到沈素年，過後的心情都非常好，他一開始以為是巧合，後來才發現，待在素年的身邊，自己有多麼放鬆。

小姑娘似乎有一種魅力，能讓周圍人緊繃的心緒鬆懈下來。她沒有過分拘謹的敬畏，沒有刻意做出的奉承，沒有唯唯諾諾的懼怕。

那個時候，自己正處在最焦心的時刻，他需要神不知鬼不覺地擴展自己的勢力，不著痕跡地招兵買馬，埋下支持太子殿下最基層的力量。說起來容易，其實很難，蕭戈卻必須在有限的時間內完成，他的壓力可想而知。那三年，不誇張地說，只有在見到素年的時候，自己似乎才能得到休息。

所以當他任務完成後，他多麼想將素年也帶到渭城去，無關情愛，只是希望這個能讓自己時刻放鬆下來的小姑娘，可以繼續陪在他的身邊。

可素年拒絕了，並且笑盈盈地送了他一個小靴子，還一本正經地祝他平步青雲，蕭戈真是哭笑不得。

其實如果他願意，他大可以用同樣的方法將素年帶走，哪怕她已經成了醫聖的傳人，對自己來說仍然易如反掌。但不知道為什麼，蕭戈沒那麼做。他知道素年不喜歡被強迫著做事，哪怕是為她好的事。在青善縣，自己沒少因為強行將她留在那裡而遭受忽視。

蕭戈都不知道自己怎麼就那麼在意一個小醫娘的感受，他獨自一人去了渭城，繼續去為太子殿下這個他認同的未來君王做事。

可是，素年又出現了，知道她來的那一瞬間，蕭戈覺得自己的心輕快了起來，為什麼會有這種感覺他不知道，也不想追究。只要能見到素年就好，只是這樣就好……

「魏大哥……這怎麼辦啊？」巧兒惴惴不安地湊到魏西身邊，隱蔽地指了指坐在他們院子裡不肯走的蕭戈。這都多長時間了，蕭大人難不成想留下來吃飯？

魏西聳聳肩，他怎麼會知道？蕭戈這人吧，經常能讓魏西想起另一個人……他的手無意識地摸了摸腰側，在那裡，有一道每次素年為他針灸時都想要刨根問底的傷疤，由於傷疤太猙獰，素年對他怎麼還能活著十分好奇。

和這條傷疤有關的那個人，就跟這個蕭大人的感覺很像，決斷、冷靜、有爆發力。

玄毅不知道為什麼，一直在前院沒有出現，後面就魏西跟巧兒兩人，大眼瞪小眼地等著蕭戈什麼時候會自己離開。

月松被兩人的目光看得渾身不自在，但大人正在沈思啊，這種時候，就算是他也不敢上前打擾的。

忽然，蕭戈站起了身，徑直往院子外面走。

巧兒呼出了一口氣，還好還好，這位爺總算意識到這裡不是他家了！

玄毅在前院守著，看到蕭戈走出來，下意識就想往旁邊避一避，卻不料蕭戈大步地走到他的面前，將他的路給堵住。

玄毅抬起頭，是一貫面無表情的臉。「蕭大人。」

蕭戈盯著玄毅的臉看，一句話都不說，就這麼直勾勾地看著。

從院子裡跟出來的巧兒看到這麼詭異的場面，只覺得毛骨悚然。巧兒想起蕭戈曾經還打算用月松將玄毅換走的，難道說……蕭大人真的「看上」玄毅了？哎喲媽呀，巧兒只覺得頭皮發麻，原來蕭大人是「那個」？那還搞得像喜歡小姐一樣……

巧兒離得遠，她看到蕭大人似乎開口說了一句話，接著玄毅的臉色突變，猛然煞白煞白的，蕭戈卻已經飄然離去。

「怎麼了？蕭大人說什麼了？」巧兒走過去問。

玄毅的臉色漸漸恢復正常，搖了搖頭。「沒什麼。」說完，便往門外走。

玄毅的手腳冰涼，背對著巧兒的時候，臉色冰寒得猶如臘月的冰霜。

你的病好了吧？

這是蕭戈跟他說的話，就好像是閒談的口吻一樣，卻將他心底的波瀾完全地掀起……

第七十七章 針灸瘦身

透過巍峨的朱紅色宮門，能看到遠方不真切的宮殿，深紅色，好似一團火紅。

素年在這裡換了軟轎，有許嬤嬤的腰牌放行，她們順利地入了宮。

一路左轉右繞，素年在轎內隔著紗簾看不真切，只能隱約地看到兩旁高聳的宮牆，威嚴，卻無比單調。

走了很久，轎子才落了地，這一處宮殿，正是安寧小公主的住處，甯馨宮。

宮女們見到許嬤嬤都自覺地行禮。

小翠上前將轎簾掀開，素年慢慢地從裡面走出來。

朱紅色的殿柱，金黃色的琉璃瓦，在素年面前構建出大氣磅礡的架勢。

站在殿廳門口等待通傳，小翠的臉上有掩不住的興奮，她雖然知道此行也許很危險，但仍然忍不住心中的激動，這裡可是皇宮吶！

「小姐，公主……都長什麼樣啊？」小翠偷偷地在素年身後低聲地問。

素年被難住了，長什麼樣？還不就是兩隻眼睛、一個鼻子的樣子？不過，不是說皇族裡美人多嘛，皇上的妃子都是選秀選進去的，那都是越漂亮越好，基因在那裡呢，肯定醜不到哪裡去。

很快地，有人出來通傳，請素年主僕進去。

慢慢地踏入殿廳，周圍有鮮嫩的鵝黃色紗幔在輕輕飄動，紗質輕薄，好似煙氣一般，飄渺夢幻。隱隱約約地，素年似乎瞧見了人影，那應該就是安寧小公主了吧？素年很守禮地低著頭，慢慢地走近。

「民女沈素年，給安寧公主請安。」

「平身。」

安寧公主的聲音非常的清脆，一聽就知道還是個小女孩。素年起身，微微抬眼，看到人了以後，卻驀地愣在原地。原來皇室公主，都長得這麼……圓潤嗎？

說是圓潤，已經是很含蓄了。素年自問不是個刻薄的人，但也沒法兒昧著良心將這種胖說成豐滿，因為這已經超出豐滿的界限了呀！這個小胖丫頭就是安寧公主？

素年覺得有些幻滅，她甚至想扶著頭深思一下，是不是哪裡搞錯了？

安寧一直注視著素年的表情，身為一個小胖子，還是個皇族的小胖子，安寧的自尊心不允許他人嘲笑，可她又知道，自己的胖是事實，這是一件很苦惱的事情。

還好，這個沈娘子似乎沒有嘲笑自己的意思，她的表情動都沒動，也沒有驚訝或嘲笑，安寧放了心，舒出一口氣。

但素年的淡定，沒法兒讓小翠也跟著淡定，小丫頭此刻微張著嘴巴，不可思議的表情還定格在臉上。

「大膽奴才！妳是在嘲笑本宮嗎？」安寧剛鬆了口氣，就看到站在沈素年身後一臉白癡樣的丫鬟，立刻怒火叢生，拍著椅子扶手就高聲喝斥。

小翠被嚇得立刻跪下來，埋著頭，抖著聲音。「奴婢不敢、奴婢不敢！請公主恕罪！」

還是言論自由的時代好啊……素年嘆了口氣。她花了那麼久的時間才讓小翠和巧兒不再自稱奴婢，不再隨意跪下，安寧公主只花了一分鐘，就又回去了。

儘管小翠道歉了，可安寧公主哪能忍得下這口氣？立刻叫人要將小翠拖下去打板子。

小翠嚇得臉色慘白，渾身抖成了篩子，伏在地上大氣都不敢出一下。

「公主恕罪，民女的丫鬟惹您生氣了，是民女沒有教好，這責罰，理應由民女來承擔。」素年很及時地開口，面帶笑容，自己承認錯誤。

小翠嚇了一大跳，趕忙抬起頭，急著就要將過錯攬過來，卻發現小姐在朝她使眼色。

安寧覺得，這個沈素年還滿有擔當的嘛！既然她想要受罰，那就罰她好了！安寧立刻就使人要將素年拖下去。

許嬤嬤這時迅速湊到了安寧公主的耳邊，嘀嘀咕咕地說了幾句話，眼神不時地往素年這裡飄過來。

安寧胖乎乎的臉上充滿了遺憾的神色，太討厭了，這個女人有什麼特別的？不就長得好看了點、有氣質了那麼一點點嗎？自己要是瘦下來，一定比她還好看！

素年鬆了口氣，她似乎賭贏了，蕭戈……沒有騙她。

不過這個小胖公主，難道是想找自己治療肥胖？她怎麼知道針灸減肥效果好的？

安寧那裡卻忽然有些不妥了，不知道是不是剛剛動作大了些，又或者是聲音高了些，安寧的臉色突然發白，整個人搖搖欲墜的，幾欲暈倒的樣子。

「沈娘子！沈娘子快來瞧瞧！」許嬤嬤緊張地扶著安寧的身子，語氣急促了起來。

素年走上前，察看了安寧的脈象，又左右仔細瞧了臉色，最後讓她張開嘴看了看。

四肢發冷、面色蒼白、有冷汗、頭暈……「這是……低血糖？」

「糖？什麼糖？甯馨宮裡有不少，都拿來讓您看一下？」

「嗯，去拿，果汁、甜水、糖塊都可以。」

「不要……」安寧氣息不穩，卻在聽到沈素年的話以後掙扎著抗議。「這些……這些吃了會胖的……」

她就知道。素年搖了搖頭，朝著許嬤嬤看了一眼。

許嬤嬤立刻朝著宮女使眼色，讓她趕緊將沈素年需要的東西拿來。

「公主殿下，您這段日子都沒怎麼吃東西吧？」

安寧小公主沒有回答，一旁的許嬤嬤卻點了點頭。她會去請沈素年，一方面是因為公主要求的，她想見見這個從哥哥口中說出名字的醫娘；另一方面，則是公主的身子確實有些問題。這也是蕭大人同意沈素年進宮的原因。

安寧公主因為自己長得胖，十分地困擾，之前年歲尚小還不覺得，這會兒大了，便卯足了勁想要讓這一身的肉消失，於是公主開始不吃飯，每頓都餓著自己，結果身子越來越虛弱，體型卻沒怎麼消瘦。像現在這種狀況，每日都會出現幾次，太醫也來瞧過，說是正氣暴脫，陽不斂陰，如此長久下去，必將危及到公主殿下的身體。太醫也勸公主不能進食過少，可公主不聽啊！所以許嬤嬤希望素年能有辦法，不是說醫聖的傳人嗎？能不能將這種狀況治好？

「公主殿下，您這麼餓著肚子，是否並沒有什麼成效？您知道是為什麼嗎？」素年笑咪咪地站在旁邊，不去管安寧頭暈目眩、虛汗顫抖的症狀，而是跟她探討起這肥胖為什麼這麼頑固呢？

素年的話讓安寧十分感興趣，她努力集中注意力，眼睛望向素年。「為什麼？」

「殿下，人的身體是需要吃東西才能有力氣的，您一頓不吃，胃部就會飢餓，身體沒有東西可以吸收，這種狀態下，當您後面吃一點點東西的時候，身體就會迫不及待地全部吸收掉，您總不能永遠不吃東西的，對吧？」素年用很淺顯的方法讓安寧有個基本概念。「而且，殿下現在正是長身體的時候，若總不吃東西，身體就沒有足夠的營養，到時候，殿下雖然會消瘦下來，卻會長不高，而且身材也會受影響喔！」

安寧公主認真地聽著。

「公主殿下是否覺得自己的身子比往常更加容易生病，隨便走走都會氣喘吁吁？這就是因為您用錯了方式。不吃東西雖然會讓身體消瘦，但同時也會有非常不好的後果。我不是亂說的喔，我可是醫聖的傳人呢！不吃東西，您的骨頭得不到養分，就會變得脆脆的，以後您如果有個什麼磕磕碰碰的，那可就要當心了，很容易斷手斷腳的。」

安寧公主的臉色非常不對勁，白得好似一張紙一樣。

許嬤嬤連忙扶住公主，心想，沈娘子這說得有些過了吧？

但素年臉上的表情十分的認真。「不僅如此，公主以後會越來越記不住東西，因為缺乏養分而變得容易忘記，細嫩的皮膚也會變得沒有光澤，還會長出斑痕，很難看的。最最關鍵的是，不吃東西，很有可能會越來越胖，並沒有什麼效果。」

安寧公主的嘴唇微微顫抖，飢餓感讓她有些無力。沈素年是醫聖的弟子，她說的話應該不是危言聳聽，自己也確實覺得身體一直在虛弱。雖然那些太醫們也跟她說了，可都是她聽不明白的辭彙，但素年說的，安寧聽得清清楚楚。會斷手斷腳嗎？會變得更胖嗎？皮膚會長斑嗎？會整天生病嗎？

「……我要吃東西……」安寧低著頭，聲音弱不可聞。

「哎，老奴這就去準備！」許嬤嬤笑著應了一聲，趕緊讓人去取一直備著的食物。

安寧公主喝了一些甜水，稍微舒服了一些。

許嬤嬤也是個有經驗的老嬤嬤，端上來的食物是容易消化的粥點。

肚子裡有了東西後，安寧連神態都滿足了不少，心情也轉好了許多，但很快地，她又注意到自己肉肉的身子……

素年看著比自己還要稍微小一些的安寧公主又開始對著一身的肉憂愁，她這個年紀，胖一點確實沒有什麼關係，只是，公主稍微胖多了一些。

安寧憂傷地揮揮手，她人也見到了，沈素年可以離開了，她要找個沒人的地方偷偷哭一哭。嗚嗚嗚嗚，她不要做個胖公主……

這就讓自己走了？素年有些詫異，那喊她到這裡做什麼來了？不是讓自己幫忙減肥呀？她似乎……什麼都還沒做的樣子啊！

許嬤嬤卻是朝著沈素年投去感激的一瞥，能讓安寧公主不再拒絕吃東西，自己真的是十分感激，公主其他人說的話都不聽，竟然被沈素年給嚇到了。

素年低頭行禮，這個小公主還挺有意思的，雖然一開始脾氣有些不好，但皇家的公主嘛，也能夠理解。

「公主殿下，您若是真想改善體型，民女或許能夠幫得上忙。」素年淡淡地說了一句，沒有任何想要邀功的語氣。願不願意都無所謂，她只是覺得，小公主這麼拚命節食減肥，挺讓她有親切感的，前世那麼多女孩子間，減肥都是亙久不變的話題啊！

安寧還在憂傷的臉瞬間因為這句話定格了，然後頭緩緩扭過來，臉上是又期待、又有些擔憂的不確定表情，搭配上她肉嘟嘟的小臉，害素年有種想要上前捏一把的衝動。

人家好歹是公主，貨真價實的公主！素年克制了一下，迎著安寧的目光十分淡定。

安寧從椅子上蹦下來，好似一顆球一樣，一跳一跳地來到素年面前，一把握住她的手。「沈娘子，就拜託妳了！」

許嬤嬤跟在後面追過來。「殿下，您這樣不合規矩的……」

「什麼規矩？能讓我瘦下來，別說是規矩了，要什麼我都給！」安寧可不管許嬤嬤那套，拉著素年的手不鬆開。

果然是個本質挺可愛的小姑娘，素年很相信自己的眼光。先給安寧制定了一份適合她的食譜，力求營養均衡，分量也不會太多，有酥酪、雞蛋、脂肪少的魚和肉、豆類、蔬菜、水果等……

有些東西許嬤嬤看得愣住，實在不會做，小翠便默默地站出去，說她可以做出來讓她們瞧瞧。

「除了食物，公主殿下每日還要做適量的運動。」

安寧滿臉好奇，急切地等著素年開口。只要讓她不再這麼胖，不再讓其他人偷偷地在暗地裡嘲笑，做什麼她都是願意的！

安寧這個胖胖的樣子，在小時候十分的討喜，當今聖上，也就是安寧的父皇，十分地喜歡她，動不動就會抱在懷裡，讓別的小皇子、小公主們相當眼饞。

那個時候，安寧沒少因為這個被他們嫉妒，但是後來，大家慢慢長大了，這種胖乎乎的狀態卻逐漸成為了大家嘲笑她的理由。

皇室裡出生的孩子，確實沒有長得難看的，正因為如此，跟安寧一般大的孩子，這個年歲都抽了個子，身體變了模樣，出落成亭亭玉立、俊秀挺拔的樣子。只有她，還是原來那樣圓乎乎、胖嘟嘟的模樣。

雖然父皇安慰她，說她這個樣子很有福相，可安寧卻寧可不要這種福相。

看著姊姊們一個接一個被指婚嫁人，安寧心中的惶恐越來越強烈。她長成這樣，以後誰會願意要她？

素年進宮，針灸包都是隨身帶著的，便打算直接為安寧公主針灸，目的主要是改善腸胃，調整身體的各種代謝功能，讓安寧公主的身體慢慢地瘦下來。

進到內室，安寧扭扭捏捏地將衣服脫了。她非常不喜歡讓陌生人看到自己的身體，雖然她是皇家尊貴的公主，但安寧始終有種自卑感，就是因為胖，肉多。

「許嬤嬤，要不，您迴避一下？」素年好心地建議著。

許嬤嬤堅決地搖頭，公主可是千金之軀，怎麼能沒有人陪在旁邊看著呢！

那好吧。素年笑了笑，讓安寧在床上躺好，開始取穴。

臍下三寸關元穴、小腿內側三陰交，配內關、水分、天樞、豐隆、列缺、脾俞。三陰交和列缺穴用補發，其餘的用平補平瀉法，提插補瀉的手法，略小幅度撚轉，然後留針兩刻鐘。

素年在下手的時候，摸了摸安寧的腰側，嘴裡還唸叨著。「看看這皮膚好的，嘖嘖……」

安寧因此石化了，怎麼這神態、這動作……那麼像個流氓呢？可她是女的呀！這……因為石化得厲害，安寧壓根兒都沒有感覺到進針有什麼疼痛感，等她反應過來，身上已經扎了十來根銀針了。

許嬤嬤在一旁看得驚心動魄，公主可是尊貴之體，如何、如何能扎成個刺蝟？

這種體驗，安寧也是第一次體會，她正是處在什麼都覺得有趣的年紀，反而沒覺得怎麼樣，倒是只要一想到如此一來她就有可能瘦下來，心中便十分期待。

素年又從一旁取了一根一尺來長的針，這叫芒針，可從一個穴位透到另一穴，這種技術有些考驗人。

肩俞透曲池，梁丘透髀關，梁門透歸來。素年右手持針，使針尖抵觸穴位，然後左手配合，壓撚結合，快速進針，緩緩直透另一穴。

撚轉運針，幅度超過半圈，直到安寧直呼瘓脹，素年才收手，同樣留針兩刻鐘。

許嬤嬤這會兒才明白，素年問她要不要迴避，那真是為了她好才說的。看著長長的銀針在公主殿下身體中鑽，饒是見多了大場面的自己，也免不了心中一陣一陣抽搐。

「有些疼吧？」素年坐到一邊，笑著跟安寧說話。

是有些疼，不過，這些她都能夠忍受。安寧撇撇嘴，道：「這有什麼！」

「嗯，公主殿下真棒。」

「……真的嗎？妳那個管家就真的跑到大街上脫衣服了?!」

素年點點頭，她說的，是某一次他們玩撲克的時候，輸了的人要遵照贏家的指示去做一件事或說一個秘密。

玄毅很悲摧地栽到了素年的手上，以他的經驗，說秘密是完全不能選擇的，畢竟只要是素年想要知道的秘密，那基本上就是說不出口的東西，於是玄毅就選擇了做一件事。但他沒有想到，素年竟然讓他去街上脫衣服！雖然只是一件外衣，但，是脫衣服啊！玄毅差點掀桌子走人。

所有人都是一樣石化的表情，並慶幸不是自己，劫後餘生。只有素年在一旁歪著腦袋，滿臉鄙視的神情說：「嘖嘖嘖，所以說你選擇說秘密不就結了嗎？非要挑戰極限，看吧！」

還看吧？搞得像不是她提出的要求一樣！玄毅抖了半天，做了無數心理建設，才邁著沈重的步子走出了院門……

從那以後，玄毅有好長一段時間，任憑素年怎麼邀請，死活都不再跟她一起玩撲克了，連看都不想看到！

「啊哈哈哈哈哈……」安寧笑得渾身直顫，想想那個畫面就覺得有意思，太有意思了！

素年起身，開始為安寧起針，芒針起出之後，會有血珠滲出，素年用準備好的乾淨棉布壓住，靜置片刻，等血液停止溢出了，才換另一處。

將銀針全部起出後，素年看著安寧滿臉期待的表情，不禁嘆了口氣。「公主殿下，針灸不是神力，不可能做到立刻讓您的身形發生變化。您需要做的，就是按照我給您開的食譜吃東西，並按照我之前說的適量運動，如此一來，方能夠有成效。」

安寧用力地點了點頭，一邊讓許嬤嬤整理衣服，一邊嚴肅地保證。

安寧的年紀小，針灸不用很頻繁地進行，素年決定兩天以後再入宮一次。這時去傳授廚藝的小翠也已經回來了，素年便打算出宮了。

可沒想到，這還沒有走呢，甯馨宮裡又來了一位客人。

「太子殿下到——」小太監略顯尖銳的聲音在門口通傳。

安寧十分開心地迎了出去。

太子殿下……素年對這個稱呼並不陌生，在蜀王那裡，她經常能夠聽到太子殿下如何如何。在簡玨的口中，太子完全是一個只擁有尊貴的地位，而沒有君臨天下能力的廢物；然而，當簡玨不在的時候，蜀王提起自己這個尊貴的弟弟時，眼中卻是複雜到無法解讀的情緒。

「太子此人……深不可測。我每每以為掌握了最好的時機，卻都能讓他化為烏有，這樣的人，天生就是個做天子的料……」

蜀王的話裡，有著一絲羨慕，更多的，是無奈。他什麼都比不上太子，母妃的地位也好、父皇的榮寵也好，他從來都比不上，所以，蜀王想證明給自己看，只要他願意，他也可以做得很好……

小翠在素年身後輕輕地拉了拉她的衣裙，素年回過神，這才發現甯馨宮裡的人都跪了下來，只有她因為發呆還站著，十分的突兀。

太子殿下踏入宮殿時，正好看到素年行跪拜禮的身姿。她就是沈素年？

「都起來吧。」太子坐定，虛抬了抬手。

安寧看起來跟太子的關係很好，一點都不拘謹，圍在太子身邊不斷地說話，太子則是帶著微笑聽著，很是疼寵的樣子。皇宮裡，這樣一份兄妹之情真是不容易，素年心想。

那邊，安寧已經將素年介紹出去了。「皇兄，這就是你上次提過的沈娘子，我特意讓許嬤嬤去請來的，嘿嘿嘿嘿……」

太子的眼光移了過去，看到沈素年不卑不亢、安安靜靜地站在那裡。

「妳就是沈素年？」

「回太子殿下，民女正是。」

「這麼說，柳老是妳的師父……節哀吧。」

素年微微抬頭，卻又聽見太子說——

「下去吧。來人，送沈娘子出宮。進來這麼久，想必有人要著急了，嘖嘖，真是的……」

立刻有人走到素年的身邊，有禮地請她跟著走出去。

素年往外走了兩步，就聽到身後安寧公主清脆的聲音——

「兩天以後我會派人去接妳的啊！」

素年回首，看到安寧圓胖胖的小臉上滿是急切，臉上不禁漾出一個笑容，一顆小梨渦若隱若現，然後轉過頭，慢慢地離開了。

太子坐在那裡，一隻手摸了摸下巴。「果然頗具姿色，怪不得蕭戈這傢伙會為了美人鋌而走險啊……」

第七十八章　打抱不平

出宮的路，仍舊是單調卻恢弘，素年和小翠被送到宮門口的時候，再回頭望去，似乎都有一些不真實的感覺。

「小姐，我們真的進過宮了？」小翠睜大了眼睛。她還在宮裡的小廚房裡做了幾道菜，天哪天哪，她剛剛怎麼沒有對著那些宮裡的鍋暈過去的？

素年自己都沒有真實感，她還想著太子最後說的話，太子知道自己的師父已經不在了，還有那個「有人要著急了」，指的是蕭戈嗎？這麼說，蕭戈是太子殿下的人？

素年正低著頭想事情，小翠又輕輕扯了扯她的袖子。

「小姐、小姐！」

「嗯？」素年抬起頭。

「那裡。」小翠抬手指了一個方向。「剛剛小翠好像看到蕭大人了。」

素年順著小翠指的方向看過去，空無一人。

「……」小翠摸了摸頭。「也有可能是我看錯了，離那麼遠，反正有些像。」

素年看了一會兒，確定看不到任何人，便直接找了一輛小馬車回府了。

兩天後，果然安寧小公主的人一早就出現在素年府裡，說是公主等急了，讓素年趕緊隨他們走。

有了前一次的經驗，素年對進宮並沒有太大的恐懼，而且，能進宮啊，雖然走的是不知偏到哪裡的偏門，但好歹也進去了不是？難得穿越一次，見識了古代皇宮，也不虧了。

甯馨宮裡，安寧公主早已等著了，她見到素年，直接免了她的禮數，然後衝過去，神秘兮兮地說：「沈娘子，本宮覺得，自己好像清減了些……」

素年退後兩步，嗯……可能吧，她有些看不出來。

「沈娘子妳好厲害啊！不僅如此，本宮這兩天晚上睡得也好，父皇還誇本宮精神不錯呢！而且呀，吃一點點肚子就不餓了，妳是怎麼做到的？」

安寧攢了兩天的疑問想要問素年，見到人趕緊噼哩啪啦地說了一通。

素年笑笑，其實未必就有安寧說的那麼神奇，畢竟才針灸過一次，但是小丫頭感覺到了改善，哪怕就是一點，她也充滿了信心。

走到內間，安寧二話不說立刻脫衣服，脫到一半忽然笑了起來，格格格地停不下來。

素年不明所以，安寧卻笑了好一陣。

「本宮想到，沈娘子家的那位管家，是不是也在街上這麼脫來著？」

「……」素年黑線，好在玄毅這輩子可能都不會跟安寧公主碰面，否則，自己絕對會被他的眼神殺到死的。

這次，素年除了施針，還給安寧做了艾灸，用點燃的艾條，在足三里、中極、天樞、太溪處懸著，以安寧能忍受的溫度，用雀啄法，穴位皮膚產生紅暈為度。

本來，素年打算用耳針效果會更好，但安寧是公主，素年考慮到這點，還是用了能夠被衣服遮住的艾灸。

安寧公主十分配合，她的毅力相當大，以至於素年的艾條都離很近了，她還沒有呼痛。

「公主殿下……不燙嗎？」素年不敢再靠近了，她覺得這個距離應該已經是極限了呀，再近的話，會燙傷的。

安寧抬起頭，臉色有些緊繃，咬著嘴點點頭。「燙。」

「燙您就說呀！」素年無奈了，趕緊將艾條拿開，散了散熱氣。這孩子，不是說了讓她燙就說的嗎？

「不是越燙越有效嗎？沒事，本宮忍得住。」

素年哭笑不得，真不是這樣的，小丫頭有決心是好，但這決心用在這方面，就有些浪費了。再次強調了一定不要強忍著疼痛，素年才又慢慢地將艾條移過去。

本次治療結束之後，安寧並沒有立刻讓素年離開，而是很開心地找她聊天。

說實話，素年覺得吧，做皇家的公主也挺沒意思的，每日只能在皇宮裡跑一跑，雖說是錦衣玉食、綾羅綢緞地伺候著，可也是會無聊的，再加上一直都要牢記的禮數，素年反正是不願意。

還不如她呢，沒事在家裡待煩了，就去逛逛街，茶樓酒肆飯莊、布坊戲園賭坊、胭脂鋪首飾鋪……可以說，除了勾欄院那兒人不讓進，能去的地方素年都會去玩玩，放鬆放鬆心情。可公主殿下，就沒那麼多自由了。

素年從善如流地坐下來，陪著安寧說了會兒話，然後在她依依不捨的眼光中，被許嬤嬤送出了宮。

一般針灸減肥的療程是一個月，素年就這麼陸陸續續地在宮裡進出了一個多月，其間，偶遇太子殿下三次，次次都以很感興趣的研究目光打量自己。

素年守禮地低頭任他看，反正她是不會自作多情地以為太子殿下看上自己了，況且那眼神也不對啊，明顯是覺得她很有趣。

而這一個多月的成效十分顯著，顯著到安寧後來看著她的眼光已經變成赤裸裸的崇拜。之前的小胖子瘦得十分明顯，精神卻很好，苗條下來的安寧公主，果然是個小美人，臉上胖乎乎的肉減少了一些，臉型是耐看的鵝蛋臉。

大眼睛、秀氣挺拔的鼻子、小巧鮮潤的嘴唇，加上一直養得白皙細嫩的皮膚，十足的美人胚子。

安寧跟太子殿下的關係很好，雖然不是同母兄妹，但在這些兄弟姊妹中，太子對她的感情最深。再加上安寧也很受聖上的寵愛，於是私底下，就有不少兄弟姊妹看她不順眼。

安寧不是個會告狀的孩子，她若是生氣，必然要當面出氣，而不會跟太子或父皇抱怨，這就讓那些人更加肆無忌憚地欺負她，反正說她胖是事實，這種事情，她有本事改變看看？結果，安寧還真的變了！變得那麼迅速、那麼真實，從一個因為自卑而不願意走出甯馨宮的小胖丫頭，一下子轉變成一個全身散發著自信，變得如此漂亮的小美人！

呱唧呱唧呱唧……安寧見到素年之後，嘴就沒有停過。

許嬤嬤將甯馨宮裡的宮女都遣出去，自己站在一邊不斷地皺眉頭。

素年笑著給安寧施針。「公主，之後需要停針十日，這段時間，可不能疏忽了。」

「好的好的，我一定不會的！不過，十日會不會長了些？我會不會再胖回去？五日如何？」安寧舉起了她的一隻爪子。

「殿下放心，只要您飲食得當，是不會有問題的。十日，是因為殿下的身子還小，需要緩一緩。」

「喔好，我記下來。」

不知道什麼時候開始，安寧公主在素年面前甚至不再自稱「本宮」了，而是直接說「我」，素年猶記得太子殿下第一次聽到的時候，眼中有一閃而過的詫異。

安寧的嘚瑟，讓皇宮裡的小夥伴們驚嘆了一陣子之後，就開始暗中打聽原因了。是什麼人、用什麼方法能將安寧糾結了這麼長時間的困擾給消除掉？安寧因為她那身肉，難受痛苦了很久，這才一個多月，怎麼就能大變樣了呢？

宮中無秘密，更何況是安寧這個沒什麼城府的公主？沈素年這名字很快便出現在眾人面前。醫聖柳老的傳人，這個身分，在眾人見識到安寧身上的成效之後，被迅速地認可。

連太醫都束手無策的問題，沈素年竟然只用了一個多月就頗見成效，這是不是說明，她的醫術要勝過太醫呢？

這種人需要拉攏……不對，不是拉攏，是收服。如果讓這種人為自己做事，那該是多讓人放心的一件事……

從安寧公主那兒回來後，素年懶懶地伸了個懶腰，心想，總算可以好好休息一段時間了，可誰想，反而更忙了。

「小姐小姐，又來人了，三皇子的人。」

「……」

「小姐，安泰公主那裡的嬤嬤求見。」

「……」

「小姐……」

「……說我病了，一律不見。」素年的膽子肥了起來。她預期的輕鬆日子怎麼能讓它們就這麼飛了？不過，這些人什麼意思？沒病沒災的，來找她幹麼啊？

「可是小姐，這些人……咱們得罪不起呀！」巧兒很冷靜，她也看出了小姐只是說說氣話。這都是身分地位高的皇子、公主，她要真不見，那就是不敬的罪。

素年的腮幫子一點一點地鼓起來，他媽的煩死了，她就是想打打醬油、撈撈錢怎麼了？怎麼就慢慢地越來越麻煩起來了呢？可就像巧兒說的，她還真不能將這些人置之不理，她只是個小人物，這些人可不是隨隨便便能敷衍得了的。

「唉……」素年嘆了口氣，她怎麼這麼命苦呢？

「小姐，太子殿下身邊來人，說是請妳去一趟。」小翠又跑回來，眼睛睜得比剛剛任何一次都要大。

太子殿下？素年更覺得神奇了，太子殿下有什麼事情要找她？在安寧那裡見過幾次，太子可是壓根兒沒跟她說過什麼話，怎麼這會兒出現了？

不過，素年此刻想要給太子點個讚，出現得太及時了，完全解決了她現在的困擾。管他什麼皇子、什麼公主呢，在太子的面前都是個渣！

有這麼一個藉口，素年從容地走了出去。順利地借著太子的名義打發了其他人，素年又再次進宮。

太子的東宮，素年只在小說裡見過，想必，應該比安寧公主的甯馨宮要更加的華麗吧？

金頂、紅門，莊重威嚴，飛簷上活靈活現的雕龍，似欲騰空而起，大殿四周，古樹參天，綠樹成蔭，襯著紅牆黃瓦，金碧輝煌。

素年心中也肅穆了不少，她時刻提醒自己，召見自己的人，是太子，是這個國家未來站在頂端的男子。

太子身邊的小太監一路小跑出來，見著素年，臉上先笑三分。「沈娘子您來了！殿下在裡面，請隨奴才這邊走。」

「多謝大人。」素年輕聲道謝，不意外地看到小太監臉上的笑容加深。

正殿內，素年低著頭，只能看見漢白玉的地面。小太監示意她行禮，素年才跪拜下去。

「起來吧。」太子的聲音響起。

素年起身，很隱秘地用餘光掃過去，卻發現今日的太子穿著十分隨興。在安寧那兒見到太子的時候，他身上穿的都是象徵身分的杏黃色四爪蟒袍，今日卻是杏黃色常服，頭髮也束得很隨意。素年心裡有些摸不準，太子叫自己來究竟是好事還是壞事？太子賜坐，有人搬了個繡墩放在素年的身後，素年坐下，又看到太子將不相干的人都遣出去迴避，心中更是忐忑。什麼意思這是？

「今日本宮找妳來，其實也沒什麼事，就是想和妳聊聊。」

「民女惶恐。」

「別這麼拘謹嘛，在安寧丫頭那兒，妳可沒這麼嚴肅。」

素年低下頭，那不一樣啊！

「妳知道本宮為何會對妳這麼有興趣嗎？」太子看見素年的動作，笑了笑。他知道素年可不是這麼容易「誠惶誠恐」的女子。

「民女愚鈍。」素年繼續無知。

太子忽然笑出聲來，「呵呵呵」地停不下來。素年疑惑，難不成皇家的人都是這種笑法？怎麼跟安寧公主的一模一樣呢？

「有趣，太有趣了！本宮一想到蕭戈那傢伙的心思都白費了，就覺得無比的暢快。」太子比安寧有自制力，很快就恢復了原狀，只是臉上仍舊有笑紋，讓他整個臉都感覺親和了不少。「沈娘子可知，蕭戈跟本宮擁有十分特別的羈絆，他永遠不會背叛本宮。但這樣的人，竟然會更改本宮的計劃，鋌而走險，妳知道這讓本宮有多驚訝嗎？」

太子得不到素年的反應，也不著急，而是自顧自地說起話來。

「本宮的皇兄，蜀王，此人善於隱忍，並且心機手段都不輸人，對本宮來說，是最大的威脅，如果他願意順從天命去封地，那麼，本宮也不是個喜歡錙銖必較的人，但很可惜，他選擇留在京城。徐徐圖之，這是對付蜀王最好的方法，本宮也是打算那麼做的，可蕭戈卻忽然來跟本宮說，他要加快對付蜀王的速度。」太子停了一下，眼神帶著深究的意味。「妳知道這一改變意味著什麼嗎？」

素年認真地搖搖頭。「民女愚鈍。」

太子又想笑了，嘴角彎起，卻又很快地收回。「意味著，本宮也必然會有風險，而這風險，原本是可以迴避的。不僅如此，這還會打亂我們一直以來的安排，也會將蜀王逼上絕路，不知道他最終會用什麼破釜沈舟的方法對付本宮，不可謂不凶險。」

素年安靜地聽著，那段時間，應該是她在蜀王那裡的日子吧。自己拚命延續著蜀王的生命，等著完全不可能存在的救援，她對外面的情況一無所知，能做的，就是讓眼前的蜀王多活一點時間。可是，原來還是有人在做同樣的努力，原來真的有人想要救她……

「本宮當然不同意。那是第一次，蕭戈在本宮面前失了態。」

太子又自己「格格格」地樂了起來，像是想到什麼有意思的畫面一樣。

「沈娘子可能不知道，蕭戈這人有多麼冷靜，他比本宮還冷靜，死心眼、木頭疙瘩、冷冰冰的……」

素年汗顏，太子殿下好像對蕭大人有諸多不滿吶……

「這樣一個人，卻跪在本宮面前，甚至用他跟本宮那麼多年的情誼做威脅……沈娘子，妳能想像得出來，本宮當時是什麼心情嗎？」太子殿下的聲音低沈，眼睛裡已經沒有一絲笑意。

素年很明顯地感受到了絲毫沒有隱藏的冰冷，直直地，籠罩著她的身體。然而，素年沒法兒有任何動作，她被自己的想像嚇住了。

蕭戈，那個始終都讓自己覺得尊貴高冷的人，會跪在太子面前懇求？素年驚出了一身的汗。為什麼？她的手籠在袖子中，緊緊地攥成一團。

「本宮從來沒見他求過人，那傢伙也不瞞著本宮，於是，那是本宮第一次聽到沈娘子的名字。」

素年緩緩地吸氣。她不知道，不知道蕭戈是冒著多大的危險做到的！明明也許自己早就慘遭毒手了，明明她是不是還活著可能都不知道，蕭戈卻逼著太子殿下改變了之前的計劃？張了張嘴，素年發現自己說不出話。她能說什麼？說感謝蕭大人的厚愛，她一定鞠躬盡瘁地報答他？

「所以本宮對妳特別有興趣。安寧派人去請沈娘子，蕭戈知道之後，還以為是本宮的主意，特意過來詢問……本宮跟他可是認識了十幾年啊，他卻這樣懷疑本宮……沈娘子，妳覺得本宮，又會是個什麼心情？」

素年啞口無言，實際上，她現在腦子裡一片混亂，只是看起來還算冷靜罷了。

太子這是想將自己除掉的意思？素年是這麼認為的。

一個心腹忠臣，卻一而再、再而三地因為一個女人而做出意外的舉動，素年想不到太子還要留著自己的意義。

果然啊，太子比公主難搞得多了！素年怔怔地盯著瑩白的地面發呆。

反正她也插翅難逃，隨便了……

第七十九章 默不作聲

驀地，一個小太監悄悄走進來，慢慢地在太子耳邊說了兩句話。

太子臉上又有了笑紋。「呵呵呵……看吧，不過找妳過來聊兩句，人就追過來了。去，將他叫進來！」

素年從繡墩上起身，退到一旁，眼光卻不自覺地看向正殿的門。

外面明媚的光線，使得殿廳裡相形之下有些暗，一個高大的身影從亮光裡緩緩走來，腳步沈穩、堅定。

「見過太子殿下。」蕭戈目不斜視地走到太子面前，單膝跪地行禮。

「有什麼事情？」

「臣有軍情稟報。」

「……起來起來，你就扯吧！」

蕭戈起身，臉上有些疑惑，似是不明白為什麼太子殿下會這麼說。

太子看得一陣扼腕，裝，接著裝！太子也不說話，眼光掃向一旁站著的素年。

蕭戈不明所以地跟著看過去，一看之下甚是驚奇。「咦？沈娘子，妳怎麼在這裡？」

素年瞥到太子殿下臉部的肌肉一陣跳動，壓了很久才壓下去……

「太子殿下傳小女子前來。」

素年給蕭戈行了禮，一句多餘的話也沒有，將問題交給太子。

蕭戈的目光因此轉向太子。「殿下莫非身子不適？」

「嗯，剛剛覺得還行，這會兒不適了，非常不適！」太子抽動的臉還沒有完全平復下來，僵著嘴角說道。

「讓沈娘子瞧了嗎？沈娘子的醫術還是不錯的。」蕭戈像是很欣慰地推薦著。

「正要瞧，蕭將軍是否迴避一下？」

「無礙，殿下的玉體臣也看過不少次了，沒什麼影響。何況，臣的軍情還沒有稟報呢！」

……你們是當我不存在嗎？素年默默在心裡想著。她雖然不是腐女，但是君臣這麼「坦然相對」，她要是一點想法都沒有，也是不可能的吧？

「行了，本宮累了，都下去都下去！沈娘子就勞煩蕭將軍送回去吧！」太子殿下覺得自己真的有頭疼的跡象了。面對蕭戈，他是真沒轍，這個從一開始就堅定地站在自己身邊的人，無論多麼艱難的任務都願意為了自己去做的人，太子無法讓他失望。

從一開始，太子就沒打算將沈素年弄死，能讓蕭戈做到那個程度的女子，自己要是真動手了，他們之間這一輩子的情誼，或許就走到盡頭了。

但是太子不樂意啊，憑什麼那傢伙拚死拚活地將人救下來，沈素年卻還一副啥都不知道的樣子？那蕭戈得多虧啊！太子為自己的好友打抱不平，蕭戈這人還從沒對哪個姑娘這麼上心過，好不容易有了一個，怎麼著自己也要出出力啊！這才是太子將人請來的目的。

不過，看著蕭戈順水推舟地帶著素年退出去，太子殿下心裡又有一些小小的失落。「不是說有軍情的嗎……」

小太監立刻上前道：「殿下，蕭大人跟小的說了，他尋到三罈上好的、用葡萄釀製的美酒，小人已經吩咐搬到後殿了。」

「好吧，算他還有點良心。走走走，今日本宮難得清閒，就去嚐嚐這美酒吧！」

素年一路沈默地被蕭戈送回家裡，一路上一句話也沒有說，是真的一句話都沒有！這種沈悶的氣氛，差點把她給憋死，這不是她的風格啊！可是，素年真不知道要說什麼……

蕭戈既沒問太子殿下跟她說了什麼，也沒問太子叫她去究竟有什麼事；既沒有給她忠告，也沒有任何安慰。

素年就納悶了，這人和太子殿下嘴裡說的是同一個人吧？不是什麼雙胞胎兄弟這種狗血的橋段吧？那怎麼自己完全看不出來呢？

回到了沈府，蕭戈掉頭就走，又是一句話都沒有。

「哎，蕭大人！」素年忍不了了，這不明不白的，算個什麼意思？

蕭戈轉過身，臉上是一如既往有些冷漠的神情。

「那什麼，大人……是要回去跟太子殿下彙報軍情嗎？」

「……」蕭戈冷漠的面具出現龜裂，她醞釀了這麼長時間，就想出這麼一句話?!

月松在蕭戈身後顫抖，心想沈娘子真是太厲害了，自己也就見過她一人只一句話就能讓大人的臉色更黑，這種才能，沈娘子以後還是少用為妙啊……

「他什麼意思呀？」素年不明所以地看著蕭戈甩了袖子走人，臉臭得好像自己欠了他多少錢一樣。這人到底是個什麼想法？太子殿下騙人的吧？是逗她玩的吧？

顧府，顧斐皺著眉頭看著面前的娘親。「娘，我不懂您的意思。」

顧夫人和藹地笑著。「斐兒，這有什麼難懂的呢？你就要成親了！」

顧斐一點反應都沒有。

「佟家小姐上次在拓隱寺時，娘也見了，是個知書達禮的好孩子，你們成了親以後，必然會和和美美地過日子。」

「娘！與我有婚約的是沈娘子！那佟家小姐再知書達禮，跟我有何干係？」顧斐覺得很是不可思議，之前娘也是非常反對佟家人進門的，所以才願意裝病拖延，怎麼這會兒，忽然就變了呢？

「斐兒啊，沈娘子她畢竟是個醫娘，整日跟病人接觸，拋頭露面的，有礙名聲。你要娶那樣一個女子，娘不同意。」

「可是娘，佟府之前欺騙了您，您就不介意？」

顧夫人瞇著眼睛笑了笑，在拓隱寺時，佟太太言辭懇切地跟她道了歉，還說是因為瞧著顧斐實在太出色了，加上又確實不知道素年去了哪裡，才萌生了那種念頭。

佟太太舌粲蓮花，顧夫人又是個耳根子軟的，再加上佟蓓蓓在一旁裝乖賣巧，很容易就讓顧夫人將這件事拋到腦後了。

最重要的是，木聰曾經跟自己說過的那些話。

顧夫人雖然性子軟弱，但骨子裡卻是十分遵守禮數，本來還不覺得素年是個醫娘的身分有什麼，現在仔細一想，確實大大的不妥。

木聰並沒有說仔細，有些語焉不詳，但也讓顧夫人聽了個大概，這就已經夠了！她覺得這種女子，不能夠進他們顧家的門。

顧斐的大好前程就在面前，他的妻子怎麼能是一個低賤的醫娘？這要說出去，以後絕對會成為被同僚抓住的把柄，顧斐的面子要往哪裡放？

而佟蓓蓓就不一樣了，佟老爺進了京，雖然現在的職位有些低，卻在六部之中，再有佟家大房的兄長從中周旋，擢升不是問題。有這樣的親家做助力，不愁惠及不到斐兒。

「……所以呀，娘覺得，還是佟家姑娘好。」顧夫人苦口婆心地給顧斐分析著。

「奶奶那裡怎麼說？」

顧夫人的一腔熱情忽然有些冷卻。「娘那裡……我還沒來得及去說。」

顧斐就知道！奶奶是絕對不會同意佟蓓蓓進門的，就是奶奶同意了，他也不同意！

「那麼，娘就先試著說動奶奶吧。」顧斐轉身出門，並未給顧夫人任何建議。

在他身後，顧夫人有些傷心。斐兒這孩子是從她肚子裡出來的，他的任何情緒自己都能感受得到，斐兒這是不願意，可，他沒有不願意的理由啊！

自己為他想了那麼多，還不就是盼著他好？那個沈素年雖然長得不錯，性子也很溫順，但佟家姑娘也是個好的，斐兒怎麼就這麼死腦筋呢？

顧夫人想起來佟太太跟她說的，沈素年慣會在人前做功夫，靠著她那張臉籠絡男人，現在看來，還是很可信的……

「顧公子？您是來找我家小姐的嗎？」巧兒正在前院跟玄毅交代事情，忽然瞧見顧斐的身影。

「沈娘子在家嗎？」

「在的，我去通報一聲。」

素年這會兒正躺在一把搖椅上，在院子中央抬頭望天，表情一片茫然。

小翠則守在旁邊，將桔子剝成一瓣一瓣的，用銀釵將上面的桔絡挑掉，然後塞進素年的嘴裡。

素年一邊吃，一邊繼續茫然。她覺得吧，感情這種東西，似乎比醫術更加的難，自己欠了蕭大人這麼大一個人情，要怎麼償還呢？

「小姐，顧斐大人來了。」

「喔。」

「……」巧兒眨了眨眼睛。

一旁的小翠攤攤手，小姐從宮裡回來後就這樣了，恍恍惚惚的，都要幾日了。小翠將手裡的桔子放下，貼到素年的耳邊。「小姐，顧斐大人來了。」

素年被突如其來的聲音嚇到，猛然間坐起身。「誰來了？」

「顧斐，顧大人。」

素年的眉毛挑起。顧斐？有段日子沒見這個人了，從自己挑明了要跟他結拜以後，他就沒再上門過，今兒是想通了，找她正式結拜來了嗎？

顧斐被請了進來，一眼就看見仍舊躺在那裡、眼神放空的素年。她穿著一身淺藕荷色的衣裙，襯得肌膚勝雪，身上沒有任何裝飾，柔順的頭髮簡單地綰成一個髮髻，用一支翠綠的簪子固定住。簡簡單單的，躺坐在搖椅上，裙襬下有繡鞋若隱若現，素白的面容仰著，那雙每每讓自己心動的眼睛，一如既往的沈靜，裡面倒映著深邃的天空。

聽見響聲，素年轉過頭，見到是自己，她嘴角揚起笑容，一顆小梨渦出現在臉頰上，好似裝滿了誘人的糖。

*自己也許是被蠱惑了吧……*顧斐心想。讓這個從未見過的、毫不矯揉造作的隨興女子給蠱惑了。

京城裡，自己也曾見過極少的擁有純粹心境的女子，但她們慢慢地就褪卻了那份令人心動的特殊，而素年不一樣，她從頭到尾都是這個樣子，淡然地站在那裡，就能夠吸引自己的眼光。

沒有任何刻意的偽裝，顧斐覺得待在素年身邊特別的舒服，一點虛偽都沒有。

另一邊，小翠和巧兒正在忙忙碌碌地從屋子裡往外拿東西，顧斐看了看，有香爐、酒碗……

「沈娘子，妳這是打算祭天嗎？在這個時候？」顧斐覺得有些稀奇，笑著走近了瞧。

素年歪了歪腦袋。「不是啊，這是用來結拜的。喔對了，顧大人你酒量還可以吧？不行一定要說喔！要不，我給你兌點水？」

顧斐笑不出來了，怎麼她還想著結拜呢？自己的臉上是寫了「結拜」二字還是什麼的？聽見自己來了居然立刻忙活起這件事了？誰要和她結拜啊！

「沈娘子……我想我們應該好好談談。」顧斐自顧自地走到一旁的椅子上坐下來，對小翠和巧兒揮揮手。「那個先別弄了，都撤了、撤了。」

小翠為難地看了一眼素年。

「行了，先擱這兒吧，妳們先去準備準備別的。」素年點了點頭，讓小翠和巧兒先迴避，自己則走到顧斐對面坐下來。

素年覺得，她最近的桃花運有些氾濫，這樣不好。

顧斐這個據說跟自己從小就訂了親的男子，素年挺喜歡的，陽光、正直、充滿正能量，這要是自己的哥哥，她會非常開心。但這會兒，顧斐要跟她談成親的事，素年覺得吧，有些違和。

「沈娘子，妳知道我們兩人之間有訂親這麼一說的吧？那這個結拜……」

素年的眼睛彎彎地瞇起來。「顧大人這麼健忘？素年記得上次好像說過這個問題了呀！」

「那妳怎麼可能一直不成親呢？一個女孩子家，不成親，如何生活？」

「顧大人，你覺得我現在有活不下去的跡象嗎？」

顧斐一愣，素年的眼中忽然有奇異的光芒閃現。

「是不是大人認為，女子，就需要依附於她們的夫君才能活下去？女子，只是為了操持家業、相夫教子而生？若不這麼做，就沒有任何生存的意義和能力了，是嗎？」

顧斐說不出話來，可……難道不是嗎？一個女子，若不相夫教子，那還想如何？即便是沈娘子，現在可以靠醫術過活，但以後呢？獨自一人慢慢老去，身邊沒有人陪著的時候，她不會覺得孤單嗎？

素年看出了顧斐的想法，慢慢垂下眼簾笑了。是了，連顧斐這麼不拘小節的人都會這麼認為，她的想法在這裡果然還是非常另類的，怪不得小翠和巧兒三天兩頭地試圖改變她。素年始終沒能讓自己融入到這個時空中，儘管她嘗試了，好像在這裡活得如魚得水，可在她的內心深處、她自己都察覺不到的地方，並沒有將自己真正當成這裡的人。

所以她才會不想成親嗎？不想讓自己更深地跟這個時空有更多的交集？

「顧大人，或許你想的對，但是，素年現在並未遇到值得將自己託付的人。」

這句話就直接得過火了，相當於明明白白地拒絕了顧斐。素年對於顧斐是真沒有任何肖想，她覺得就自己這種不可靠的性子，還是不要殘害像顧斐這樣的有志青年，那不厚道。

顧斐的肩膀塌了下來，臉上有些忿忿。「我覺得我挺好的呀，在京城還算有些美名，沈娘子居然都看不上……」

素年一下子笑了出來，連連點頭。「是的是的，是小女子眼拙，那大人就更應該去等一個能真正欣賞大人的好女子。」

顧斐的笑容中，有深深的無奈，素年看到了，卻無能為力。她沒辦法因為一樁婚約而讓自己嫁過去，更何況，顧家願不願意讓自己進門還是個問題呢！她可不會想當然地認為，顧家對自己醫娘的身分一點都不在意，要真那樣，她還覺得不正常了。

「顧大人，那這酒……」

顧斐的嘴角揚了揚。「若是另一種酒，我倒是很想陪沈娘子喝……我先走了，或許沈娘子之後會改變主意也不一定呢，這結拜的酒，不著急喝。」

顧斐笑著跟素年告辭，帶著一直守在院子門口的木聰離開了沈府。

木聰的臉冰寒依舊，自從他將自己介意的事情告訴顧夫人之後，他對顧斐總有一種歉疚感。少爺怕是喜歡上沈娘子了，自己那麼做，雖然看上去是為了少爺好，可如此一來，夫人定當不會那麼輕易地讓沈娘子進門，少爺該失望了吧？

「木聰，為什麼沈娘子不願意嫁給我呢？」沈默了半晌，顧斐背對著木聰開口。

木聰心裡一驚，下意識地以為少爺發現自己背後做的事了，可仔細一聽，不對呀，怎麼是沈娘子不願意呢？不應該是顧夫人不願意嗎？

「小人不知。」

「是啊，你怎麼會知道，連我都不知道……」

木聰感受到顧斐身上散發出來的低落和無力，他忽然有些憤怒。沈素年那樣的女子，她怎麼能拒絕少爺？她不是應該苦苦哀求顧家接受她的嗎？不是應該發誓不再行醫，求著嫁入顧家的嗎？這可是顧家啊！

然而沈素年卻什麼都沒有做，甚至都不知道顧夫人對她的不滿，直接就拒絕了少爺，她憑什麼！

木聰一瞬間忘記了自己的顧慮，他本來可是不願意少爺娶沈娘子的……

第八十章　上門炫耀

自從太子來人請素年過去之後，之前門庭若市的情況消失了，素年不知道為什麼，也許是皇子、公主們自知比不過太子，所以放棄了？那可真是一個相當好的消息。

總之，接下來的幾日，素年總算是享受到了悠閒的時光。

「小姐，妳試試這個。」小翠從廚房捧出一只盅，裡面是一個小小金黃色的南瓜，捧到素年的面前後，將上面一個小小的蓋子揭開，裡面是透著奶香的蛋羹。

用小勺子挖了一勺放進嘴裡，素年享受地瞇起了眼睛。這種日子真是快活似神仙吶！這才是她希望過上的生活，閒散、舒適，唯一的煩惱是考慮晚上要吃什麼。

可，有人偏偏想要打亂這種寧靜安逸的節奏。

「小姐，佟家小姐在前院被玄毅給攔著了，說是想要見妳。」巧兒走到素年身邊，臉上有些尷尬。看來，情況可能並不像她說的這麼輕描淡寫。

素年有心不予理會，可巧兒覺得不妥。「她們……她們的聲音有些大……」

吵架是吧？素年陡然來了精神，眼睛「蹭」一下亮了起來，提著裙子就往前院走。

小翠在她身後搖了搖頭，也跟了上去。

進入前院沒多久，素年就聽到了尖銳的女聲——

「什麼小姐？不過一個醫娘而已，還敢擺這種架子！」

「就是！我們家小姐肯紆尊降貴前來就是給她面子了，你們膽敢攔著？」

玄毅和魏西面不改色，往門前一杵，擺明了不讓開。他們兩個一個臉色冷冰冰，一個直接就長得五大三粗、凶神惡煞，一瞧就不是個憐香惜玉的主，佟蓓蓓帶來的人還真不敢硬闖，只能在門外言語攻擊。

「哎喲，這不是佟家小姐嗎？嘖嘖，小女子真是長見識了，佟家就是這麼教下人的呀？大庭廣眾之下喧譁擾民，可真是有貴府的風範。」

素年搖著一柄小團扇慢慢走出來，看見門外已經有聽見動靜跑出來看熱鬧的人，便好心地幫佟蓓蓓宣傳宣傳。

一直站在一旁裝淑女的佟蓓蓓一聽，臉色脹紅起來。「素年姊姊妳誤會了，是妳這兩個下人死活不讓我進去，我的婢女才……還望姊姊不要介意。」說完，有些不好意思地低了低頭，一副無辜的樣子。

「這就對了，若是不認識的人還往裡面放，那我的院子成什麼了？小翠，一會兒給玄毅和魏大哥封兩封紅包，獎勵獎勵！」

素年可不吃佟蓓蓓那一套，她甚至覺得有些噁心。之前那麼陷害自己之後，她怎麼還能做出這種假惺惺的樣子？這人的腦子裡是怎麼想的？

佟蓓蓓沒料到素年這麼直接，一下子愣了神。

「佟小姐，我沈素年沒得罪妳吧？先前弄個死人來栽贓嫁禍我也就罷了，被拆穿了還不繞著我走，今兒個送上門來，是負荊請罪了？成，我也不是個刁難的人，跪個一個時辰就差不多了！」

「咳咳……」魏西不自在地轉過頭。

玄毅也是難得地挑了挑眉毛，素年一向都是得過且過的態度，怎麼這會兒忽然強硬起來了？這嘴毒得真是……

佟蓓蓓這次的臉可是貨真價實地脹紅了，胸口被素年的話堵得死死的。

周圍看熱鬧的人都是這附近的，自然也知道前陣子有人在素年門口哭鬧求說法的事情，這麼一想，這個佟家小姐當時也是出現過的，義正辭嚴地指責素年，可後來呢？後來，官府的人就來啦！

暗中指指點點的眼光，讓佟蓓蓓差點憋過氣去。她今日是示威來的啊！娘說了，顧夫人已經答應了她和顧斐的親事，而且，可不是同時嫁過去，是只有她嫁過去！她會成為顧斐唯一的妻子，而沈素年，呵呵，這種低賤身分的女子，怎麼能跟她相提並論？

佟蓓蓓壓根兒不是個沈得住氣的人，知道了這個好消息之後，滿心就想看看沈素年得知這噩耗之後會有什麼表情。可誰知道，這個女人……這個女人！她怎麼能這麼粗野地在大庭廣眾之下這麼說話？她以為自己是誰？

「佟小姐？莫非……妳不是為了那件事來的呀？那真是讓小女子遺憾，堂堂佟府的千金大小姐，就算妳是無心的好了，這麼誣衊了小女子後，居然都不願意道歉？嘖嘖，小女子可是特意跟官府關照了呢，看在我們相識一場的分上不予追究，現在想想，小女子真是心寒啊……」素年的雙手捧心，面容哀戚，似乎遭到了背叛一般。

人的心裡總是會對弱者多一分包容和同情，沈素年和佟蓓蓓兩人，站出來身分可以說是相差甚大，這種情況下，沈素年又是受害者，周圍群眾立刻倒戈，議論的聲音明顯變大了起來。

剛剛在沈府門口囂張叫囂的丫頭、婆子們，這會兒一個個都啞了聲，恨不得縮在人群後邊藏起來才好。

佟蓓蓓目瞪口呆地看著仍然在散發著委屈的沈素年，周圍是芒刺在背的目光。這個時候，她能做的彷彿只有一件事，就是道歉，否則，她佟蓓蓓的名聲可就真的毀了！才剛剛讓顧夫人點頭答應她和顧公子的婚事，可不能出任何問題！

佟蓓蓓咬著牙，慢慢地走上前，她忍得心臟生疼，緩緩地低下了頭。「之前是妹妹誤會了素年姊姊，還望姊姊莫怪……」

素年放下手，臉上忽然漾起一個微笑，笑容聖潔非常，看著就很有包容慈祥的感覺。「既如此，小女子就不再計較了。但佟姑娘需記著，以後若是沒有十足的證據，切不可胡亂說話，畢竟，不是誰都有我這樣的好脾氣。」說完，素年轉身進門，看了一眼魏西。

魏西心領神會，直接將門給關上了。

佟蓓蓓的下嘴唇硬生生被咬出血來，卻似乎感覺不到疼痛，收在袖子裡的手緊緊地握成了拳，指甲深深嵌入掌心，幾乎刺穿了肉！

「我最討厭這種抹黑大夫的人了，我不去找她就算了，還送上門來，真是夠可以的！」素年心情非常舒爽地走進內院，神清氣爽。

「可是小姐，小翠覺得，佟姑娘今日來這裡，似乎是想跟小姐說些什麼呢！」

「管她說什麼呢，跟我也沒有關係。她敢這麼趾高氣揚地過來，說明有什麼事想要打擊我，我只要不聽，沒被打擊到，她就足夠難受了！」素年嘿嘿嘿地坐回原來的椅子，繼續享受這美好的時光。

十天之後，許嬤嬤準時出現在素年的院子裡。「沈娘子，公主等著您呢！」

素年叼著一塊鹹口酥香的鴨油燒餅，愣愣地看著許嬤嬤，然後又抬頭看看天。今兒她起得可是十分早啊，可是這個點……許嬤嬤會不會來得太早了點啊？

許嬤嬤裝作看不到，她也不想的，但是安寧公主早就等不及了，還有兩日的時候就盤算著能不能出宮來找沈娘子玩，她這一顆老心喔，已經禁不起驚嚇了。

這不，好說歹說到了日子，天還沒亮呢，安寧公主就從床上爬起來，拾掇著這些天她新得到的賞賜玩意兒，說是要給沈娘子玩。

素年吞了吞口水。「小女子吃完、吃完就動身……」

許嬤嬤心裡也很無奈，點了點頭。「沈娘子請自便。」說完，就坐到一旁默默地等候。

素年哪敢讓這麼個比自己年長的人等多長時間？立刻就加快了速度，吃得脖子那裡一會兒噎一下，可算是將這頓早飯吃完了。抹抹嘴，素年就跟著許嬤嬤進宮去了。

這一段熟門熟路，素年在甯馨宮門口下了轎，抬眼一看，嚇了一大跳，這是……龍輦吧？這麼豪華尊貴的車轎，車身鑲金嵌玉、雕龍刻鳳，可不是尋常能見到的。

許嬤嬤的表情也肅穆著，先讓素年在門口候著，她進去探聽一下情況。

果然是皇上來了，也不知道一大早吹的是什麼風，想著要來瞧瞧小安寧。聽著裡面皇上和公主的笑聲，許嬤嬤決定先退出去等著。

「哎喲，許嬤嬤呀？太好了，聖上正等著您呢！您等著，咱家這就進去通報！」

許嬤嬤剛想轉身，就被從裡面走出來的太監總管魏公公瞧見了，還沒等許嬤嬤反應過來，他立刻又折身回去。

「……」許嬤嬤心底一陣惶恐，皇上等著自己？為什麼？

安寧得知許嬤嬤回來了，立刻驚呼起來。「父皇，沈娘子怕是已經到了！她就是將兒臣變得這麼漂亮的醫娘喔，很厲害很厲害呢！」

「呵呵呵……是嗎？那父皇還真是要見見呢！」

魏公公得令，出了門就讓許嬤嬤將沈素年帶進去。

許嬤嬤鬆了口氣，原來不是等自己啊，是在等沈娘子，真是嚇死她了。

「小、小、小……」小翠說了幾次都沒能說出一句完整的話，許嬤嬤說皇上要見小姐，是皇上啊！小翠此刻激動得恨不得狂叫幾聲以抒發她的情緒，可環境不允許，她只能用她可憐的自制力拚命地壓抑住，但是，這回她不敢跟著素年進去了。

小翠的這三個「小」字個個帶著抖動，無一不透著震驚和膽怯，素年了然地摸了摸她的腦袋，讓小翠在外面候著就成，然後轉身，跟著許嬤嬤走了進去。

其實素年也沒有那麼淡定，這可是皇上，是這個國家最有權力的男人，他要是不高興起來，分分鐘就能讓自己身首異處。可素年也有些好奇，此生她竟然能夠混到親眼見到皇上，不得不說，這是多麼神奇的一件事。

在許嬤嬤的提醒下，素年低著頭，跟在一個上了年紀的公公身後，走到皇上和安寧所在的屋子裡，跪了下來。「民女沈素年，參見皇上，皇上萬歲萬歲萬萬歲。」

「平身。」

皇上的聲音聽不出有什麼感情，素年在心底揣摩著，慢慢站起來，頭仍舊是低著的。

「沈娘子！」

安寧歡快的聲音讓素年心底一驚，慘，光震驚見著皇上了，竟忘了給安寧公主請安！要不要再跪一次啊？素年的大腦高速地運轉著。

誰知，安寧竟然跳了過來，一把將素年扯了過去。「父皇你看，她就是沈娘子，長得好看吧？」

轟！素年只覺得腦子裡亂成了一團，她之前給安寧扎針的時候怎麼沒想到給她的腦子也扎幾針呢？有她這麼介紹人的嗎？不行了、不行了，要是皇上看上自己了可怎麼辦？她沒打算走宮鬥這條路啊！安寧妳個扯後腿的！

慌張間，素年看清了近在眼前的皇上，雖然上了年紀，但他身上散發出來的威嚴可不是開玩笑的，眉宇間透著一股子貴氣，一句話不說都能讓人心裡發顫。

皇上看了看素年，當真點了點頭。「確實如此。」

確實你妹啊！素年趕忙將手抽回來，恭敬地往後退了一步，然後頭盡可能地低下來。這次出宮後她就要離開京城！什麼報仇，她統統不管了！

安寧依舊很開心地跟皇上說著之前從素年那裡聽到的有意思的事情，皇上對安寧是真的疼愛，笑咪咪地一邊聽著，一邊微微點頭。

「寧兒，沈娘子一會兒要給妳繼續施針是嗎？」

安寧點點頭。「嗯，兒臣會變得更加的漂亮喔！」

皇上「呵呵呵」地笑著。「寧兒現在就已經非常漂亮了。」皇上停了一下，又道：「寧兒先去準備準備吧，父皇想跟沈娘子說兩句話。」

素年心中「咯噔」一下，卻一動都不敢動，只能看著安寧像一隻快樂的小鳥一般飛了出去。

屋子裡的空氣一下子凝滯了起來，素年甚至覺得呼吸都有些阻礙。

「抬起頭來。」

素年的眉頭輕皺了一下，最終不敢不聽從命令地慢慢抬頭，正對上皇上那雙銳利冷靜到穿透人心的眼睛。

皇上的龍體確實有問題，素年很快就從他的臉色上看出了端倪。屋子裡的溫度並不高，皇上的髮際處卻能見到一些晶亮的汗漬，嘴唇略顯蒼白，似乎是跟心臟有關的毛病？

素年的眼睛移到皇上的胸口，像是想要透過龍袍感受一下那裡心臟的跳動一樣。

皇上一句話都沒說，他饒有興趣地看著沈素年先是敬畏膽怯的樣子，卻很快地走了神。

真是有意思，跟他相處的時候，敢走神的這還是第一個。可是，隨著沈素年的表情，皇上漸漸地也開始認真起來，直到沈素年的視線停留在自己的胸口。

自己的身子如何，他自己心裡是最清楚的。日漸衰弱的身體，讓他覺得身心疲憊，御醫雖然沒有明說，但他也知道，這副身子，恐怕撐不了太長時間了。

所幸太子是個好的，將國家交給他，自己心裡也是放心，可是，他終究還是不甘心，他有太多的事情還沒來得及做，有太多的遺憾沒有彌補，就這樣閉眼的話，他還是會覺得可惜的。沈素年……若是這個醫娘，能不能讓他多活一些時候呢？他要求不高，一會兒就夠了，不是對權力的貪戀，現在的政務，大都已經讓太子全權處理，他只需要偶爾在一旁提點一下即可，他只是捨不得就這麼離開人世。

自己這一世貴為天子，所有的時間和精力都放在了國家政務上面，花在自己身上的寥寥可數。那些為了自己綻放卻來不及欣賞的嬌花、那些因為自己而提前隕落的星芒，他都知道，卻力不從心。

「沈娘子，妳看出了什麼？」

素年一愣，隨後恨不得抱著自己的頭狠捶兩下！她這是走神上癮了？在皇帝面前都能走神？這是活膩味了，找死啊！吞了吞口水，素年聲音乾澀地說：「民女……民女惶恐。」

「說來聽聽，可是朕的身體不妥？」

「回皇上，皇上的龍體自有御醫大人管理，民女不敢妄加判斷。」

皇上又「呵呵呵」地笑。

素年確定了，這種很二的笑法，果然是會遺傳的，皇室成員專用啊……

「寧兒說妳很有趣，看來也不盡然，跟其餘女子並無區別。」

素年心想，這個評價就很好，她才不想在皇上面前表現特殊呢，那簡直就像找死一樣。

素年繼續低著頭，默默無言。

素年不知道皇上是什麼時候離開的，只感覺面前有一陣風飄過，再抬頭的時候，皇上已經不在了。

「呼……」素年重重地嘆出一口氣，真是壓抑到不行，她都快憋出病來了。

不過，素年回想起皇上的面容，情況有些不妙啊！怪不得蜀王敢鋌而走險，聖上確實堅持不了多久了……

安寧公主派人來叫素年過去，素年繼續為她針灸減肥。其實現在已經不怎麼需要了，素年的針灸也只是針對調整代謝功能而已。

合宜的膳食，加上適量的運動，還有安寧原本就活潑開朗，有良好的情緒，她必然會變成一個可愛嬌俏的小姑娘。

「公主殿下，很快地小女子就不用再進宮了，殿下的身體情況很好，不用針灸也能夠保持，甚至會更好的。」將銀針起出後，素年笑咪咪地跟安寧說。

安寧滿臉的不認同。「那怎麼能行？沈娘子，妳要是不來，我多寂寞呀！」

寂寞？素年沒想到這個詞語會出現在備受寵愛的安寧口中。怎麼會寂寞呢？雖然行動不是那麼自由，可她在宮裡也是可以隨處走動的。

安寧苦著一張臉，挨著素年坐過來。

「我沒有親近的兄弟姊妹，那些人見到我要不就是嘲笑，要不就是不理我，沈娘子是除了太子哥哥外跟我最投緣的，妳不要走好不好？」

不大好……素年在心底接話。如果可以，她一點都不想要進宮，甚至連京城她都不願意待。這種權勢利益的中心，是非太多，太複雜，她不願意靠近。

「我原本是有一個哥哥的，可是，哥哥他不知道為什麼夭折了，母妃也因為這件事傷心過度，沒多久就過世，只留下我一個人，父皇可能是因為這樣才會多偏疼我一些。我時常想，若是哥哥還在，是不是母妃也不會離開我們，那些人是不是就不敢再欺負我了？」安寧靠在素年的身邊，幽幽地開口，完全是一個小女孩的樣子。「我知道這些想法有些大逆不道，可若是哥哥能回來，我寧願少要一些父皇的疼愛……安寧也就不會一直這麼孤孤單單，覺得寂寞了……」

素年轉頭看了一眼許嬤嬤，她的臉轉了過去，眼中似有一些晶瑩。趁她看不見，素年伸手摸了摸安寧柔軟的頭髮，然後又迅速放了下來。

安寧一怔，隨即眼睛裡開始濕潤，水汪汪的，好似一隻小狗一樣，然後猛地一下撲上前。

素年躲閃不及，被她一把抱住。「素年姊姊！我就叫妳姊姊好不好？」

剛剛還在憂傷的許嬤嬤一下子跟打了雞血似的，跳過來開始輕掰安寧的手臂。「殿下！

殿下這不合規矩！殿下您放開呀！」

「不要！這是我姊姊，我抱抱怎麼了？」

「殿下！您如何能叫沈娘子姊姊？這不合規矩呀！」

「我就叫了……」

「……您先放手！」

「……」

許嬤嬤瞪著眼睛，嚴密地注視著安寧公主的動作，以防她再出現什麼不合規矩的舉動，素年則是被隔得遠遠的。

「殿下，老奴送沈娘子出宮吧？」

安寧鼓著腮幫子搖頭，她都還沒有跟素年姊姊說幾句貼心話呢！

「殿下，小女子先告退了。兩日之後，我會再來的。」素年很自覺地主動告辭。

許嬤嬤心中一陣安慰，總算這個沈娘子還是個懂事的，沒有跟著殿下一起胡來啊！找了個人領了腰牌去送沈素年主僕出宮後，許嬤嬤滿臉不贊同的神色，開始糾正安寧公主。「殿下，您是千金之軀，怎麼能這麼隨隨便便地稱呼一個醫娘為姊姊呢？沈娘子如何能當得起？」

安寧扯過一個金絲蟒紋纏枝邊的繡枕抱住。「本宮就是覺得跟沈娘子投緣，有何當不起的？」

許嬤嬤嘆了口氣。「殿下，老奴並非看不起沈娘子，沈娘子確實是個好的，可殿下想過沒有，您這麼隨隨便便叫她姊姊，若是給有心的人聽去會如何？殿下自然是不會有事的，可沈娘子，一個藐視皇族的罪名，就足以讓她萬劫不復了，殿下這是在害沈娘子呀！」

安寧抱著繡枕的雙臂猛地收縮。會這樣嗎？她只是想跟沈娘子多親近一些而已，會害了她嗎？可是……可是她好不容易遇到一個對自己這麼隨和的人，好不容易有人願意好像姊姊一樣地摸她的頭，她真的不能叫她姊姊嗎？

第八十一章　進宮辭行

回到家裡的小翠，立刻又生龍活虎起來，給巧兒、玄毅和魏西三人講述了今日跟小姐遇到的事情。

「那龍輦上面的寶石，個個有這麼大！珠光寶氣的，差點閃瞎我的眼睛！」小翠用手比劃了一個拳頭般的大小。

素年在一旁瞧得有趣，就讓她自由發揮了。

「那妳見到皇上了沒有啊？皇上長什麼樣？」巧兒睜大了眼睛，緊張地問。

小翠停頓了一下，然後眼珠子開始到處亂轉。

幾人一看，後面應該就沒戲了。

「我不敢啊……我就在外面等著，後來皇上出來了，我就跟著大家呼啦啦地跪了一地，哪敢抬頭看呀……」小翠實話實說。這會兒在家裡，膽子上來了，竟然有些後悔當時怎麼就沒看一眼呢？就一眼，她這輩子也算是有個可以炫耀的事情了。

「小姐，妳見到了嗎？這皇上，究竟長什麼樣？」巧兒轉移了目標，她急切地想知道這個世界上最尊貴的天子，是否就像大家傳說中的那樣，好似天神下凡一般。

「這個……」素年回想了一下，她似乎只記得皇上那一雙透人心扉的眼睛，和不怒自威的氣勢來著，但到底長什麼樣……她一時還真想不大起來。

不過素年不是小翠，當即就運用各種修辭手法，愣是給巧兒描述出一個鬚眉挺鼻、大嘴寬額頭，稜角分明、風姿俊朗的帥氣君王出來。

巧兒聽得眼中直冒光彩，就連小翠的遺憾都加重了十分，只有玄毅和魏西還算正常，兩人同時撇了撇嘴，堅決不相信素年的胡扯。

嬉鬧了一陣後，素年開始沈思。她之所以待在京城裡，是為了顧斐的承諾，他答應自己，會將佟家的事情挖出來，現在自己也差不多知道個大概了，顧斐這些日子以來，隱秘地往自己這裡送過幾樣東西，素年細瞧了，有帳本、名冊之類的，想來，都是能讓佟大人栽跟頭的證據。應該到自己離開京城的時候了吧？她不願如同師父那樣，擁有響亮的名聲，一輩子遊走在高官顯貴之中，最後又因此而死……素年閉上眼睛。

素年的心願，始終是細小質樸的，找一處偏僻的城鎮，開來替人瞧瞧病，養一群看家護院的高手，誰都不能強迫她做什麼事，誰都不能擾亂她的生活。

第二日，素年讓玄毅給顧斐送了一封信，信裡什麼也沒寫，只是約他見個面。有些事情，是不好用書信交談的。

素年這個想法非常的正確，因為她的信壓根兒就沒有送到顧斐的手裡，而是半途就讓顧夫人給截了下來。

看到是素年送來的，顧夫人二話沒說就給拆了，看見裡面約了見面的時間和地點。

這個沈素年，果然是個不安分的，哪個姑娘家會主動約男子見面？就算他們倆之間有親事好了，這也是傷風敗俗的做法！顧夫人將信揉成團扔掉，自己倒是記住了地點。

素年約的地方叫望江樓，一處臨水的酒樓，有雅間，氣氛格調都不俗，還是顧斐推薦的呢！她提早了一會兒到達，進了雅間，點了些點心，臨著窗，悠哉悠哉地吃東西，吹著小風，感覺很不錯。不過，這種感覺在顧夫人到來之後，完全消失了。

素年見過顧夫人一面，在顧府，她印象中是一個和藹柔順的長輩，而此刻進入到雅間的顧夫人，臉上有一層冰冷嫌棄的表情，素年很敏感地發現了。

起身見禮，顧夫人有些愛理不理，但她也不是那種喜歡刁難別人的人，隔了一會兒，還是讓素年坐下了。

素年心裡奇怪，為什麼顧夫人會出現在這裡？應該不是顧斐安排的，那麼，自己的信，也許並沒有送到顧斐的手中。

聯想到佟蓓蓓前些日子敢上門，素年心裡有了一些底。

「顧夫人，不知今日前來找小女子有何事交代？」

素年臉上笑咪咪的，親手斟了一杯茶，送到顧夫人面前的桌上。

顧夫人皺了皺眉。「這話應該是我來問沈姑娘，妳約了斐兒在這裡見面，孤男寡女的是何用意？」

「夫人這話說的，小女子約了顧公子？那顧公子為何沒有出現呢？」

「……」

素年嘆了口氣。「夫人，佟家妹妹前些日子找到我那裡去了。」

顧夫人聽了一驚，什麼都扔到腦後去了。佟蓓蓓？她去找了沈素年？

「小女子孤苦無依，隻身過著日子，師父如今也不在京城，佟家妹妹卻帶著婆子、丫頭一大群人，圍在小女子家門口高聲喝斥……顧夫人，您知道她為什麼會這樣做嗎？」

「……」顧夫人不知道，她根本想像不出來。自己見過的佟蓓蓓，那都是溫言細語、含羞帶怯地站在她母親身邊，溫順得如同一隻小羊羔似的，這樣的人會帶著家僕找上沈素年？

素年的表情無奈，心裡卻是挺開心的。原本吧，她是很不容易見到顧夫人的，估計佟蓓蓓也是仗著這個，才敢囂張到自己家門口。可誰想，顧夫人竟然找上來了，這機會多難得啊！她當然要給佟蓓蓓一帆風順的人生增加些難度，順便讓顧夫人早一些清楚，她喜歡的那個媳婦，原本是什麼樣的，省得以後沒有心理準備，就算是幫顧斐一個忙吧！

「夫人若不信，大可以使人去小女子家門口問問，好些人可都看見的。若不是小女子的護院和管家拚死阻攔，她們甚至就已經闖進去了。素年知道，自己的身分低微，可我既然身為我師父的傳人，就必然會誓死維護他老人家的名聲，佟家妹妹之前以死人栽贓小女子醫死人，被官府識破之後又上門炫耀與顧家的親近……夫人，小女子心中著實委屈。」

顧夫人的心裡這會兒什麼也想不清楚了，素年說的每一件事，她都覺得好似天方夜譚，這些事都是佟蓓蓓做的？這怎麼可能？這一定是哪裡弄錯了！可素年說，她可以派人去問，這種事情知道的人也不少……

最後，顧夫人完全忘記了她今天是為何而來，混混沌沌地離開了。

素年接著吃桌上的點心，顧斐推薦得不錯，這裡的東西味道偏甜，是她喜歡的口味。

回到家裡的顧夫人，立刻就派人去探聽了，她雖然不相信素年的話，可心中卻又隱隱有些懷疑，此時正忐忑不安地在家裡等著回報，顧斐卻匆匆來到了她的院子。

「娘，您今天去見沈姑娘了？」

顧夫人臉上的怔忡還沒有消失，有些茫然地看著他，茫然地點點頭，點了頭以後才發現：壞了，她怎麼就承認了呢？「斐兒啊，那個……娘是……」

顧斐的臉沈了下來，他很少會有這種表情，看得顧夫人心中一陣慌亂。

「娘跟沈娘子說了什麼？」顧斐開口問道。

顧夫人立刻將素年說的事情統統說出來，斐兒的語氣已經冷淡了下來，顧母不想跟兒子之間有什麼芥蒂。

聽完之後，顧斐的表情沒有變動，只是淡淡地說了一句。「門房管事的，娘換掉吧。」

顧夫人一驚，顧斐從來不管家中事務的，卻要因為一封信而將管事換掉？這可是個大動作啊！但顧夫人竟然點了點頭，答應了下來。

「斐兒，沈娘子說的那些……」

「是真的。您久居深宅，不知道也是有的，所以我不願意娶佟家姑娘為妻，那樣的女子娶回來……您會受委屈的。」顧斐說完，大步地走了出去。

顧夫人熱淚盈眶，果然，斐兒還是心疼她這個娘的！都是自己不好，隨隨便便就被人忽悠了去！她要相信斐兒的眼光才是，可如今，該怎麼推掉這門親事呢？

顧斐出了府卻是直接去了沈府找素年。

素年這會兒正夥同小翠、巧兒，慫恿玄毅參加他們的大冒險遊戲。

顧斐走進院子的時候，只看到玄毅誓死不從地站在一邊，任由其他人怎麼說，愣是一點反應都沒有。

見到了顧斐，玄毅明顯鬆了一口氣，然後瞬間就消失在院子裡。

「嘖，這孩子，一點冒險精神都沒有！」素年搖頭晃腦，看到顧斐後，熟稔地招了招手，示意他隨意。

小翠和巧兒很有眼色地站遠了些。

顧斐走到素年對面坐下，開口就是道歉。

素年很大度地揮了揮手。「沒事，你娘還沒來得及說什麼讓我覺得難受的話。」這可是大實話。素年覺得，以自己的脾氣，若是有人當面說了讓她不爽的話，她應該是忍不下去的。

顧斐忽然笑了出來，心情一瞬間好了不少。

「不過說真的，你還真要娶佟蓓蓓啊？膽子挺大的呀！」

素年是完全把顧斐當成了她的好哥兒們，本著為他著想的心，善意地提醒他。「那佟蓓蓓可不是個善茬，不是我說啊，你娘那樣性子軟弱的……以後你定然有得受了。」

「沈娘子，妳就一點都不覺得難受？我覺得我自己還是挺不錯的，怎麼妳一點可惜的感覺都沒有呢？我太傷心了……」顧斐裝模作樣地一手捧著胸口，臉上是誇張的心碎表情。

「我可惜啊，顧公子死活不認我這個妹子，小女子真的太可惜了！」

顧斐臉上笑得無奈，心碎可不是作假的，只不過稍微誇張了些，這樣能讓他不會覺得太難受。

「我娘將信攔下了。沈娘子，妳找我有什麼事情嗎？」言歸正傳，顧斐收了表情，嚴肅地問道。素年會主動找他，必然是有重要的事情。

「顧公子，你交給我的那幾樣東西，如今是可以派上用場的時候了。」

顧斐抬起頭，看著素年淡然清明的眼睛。「看來，沈娘子是準備離開了？」

素年點點頭。「京城繁華多事，不適合素年的性子，還是早早離去的好。」

「是這樣啊……不過，那些東西顧某雖然能夠尋出來，卻還沒有把握……不如，沈娘子去找蕭大人試試？」

「咦？你怎麼知道蕭大人？」

顧斐愣了愣。「蕭大人就是幫我找出佟大人舊事的貴人呀！沈娘子不是知道的嗎？」

素年的眼睛眨巴眨巴了好幾下，是蕭大人？不是劉公子嗎？她可一直認為是劉炎梓出的力啊！這個蕭戈，怎麼做了啥都不說呢？得知顧斐幫不上忙，素年還是感謝了一番，順便再次忠告他，若是他執意娶佟蓓蓓，以後的日子定然「其樂無窮」。

顧斐苦著臉從府裡走出去，這個問題他原本想要讓奶奶來解決的，但他沒想到，他娘親這次竟然這麼有主見，愣是到現在都沒跟奶奶說過。不過，這次之後，相信娘也該打消讓他娶佟蓓蓓的念頭了吧？

顧母確實打消念頭了，在聽到下人回報的事情之後，徹底偃旗息鼓了。

那佟蓓蓓之前出來作假證，然後又帶著人凶神惡煞地找上門去，這種熱鬧的事情真是隨便問問都有很多人能津津有味地說上半天。

傷風敗俗，傷風敗俗啊！這哪兒是一個溫婉端莊的大家閨秀能做得出來的事情？佟太太身邊那個賢慧可人的佟家小姐呢？原來那都是裝出來給自己看的嗎？

顧夫人只要一想，心裡都一陣後怕。她還是知道自己有幾斤幾兩的，這麼一個善於做表面功夫的姑娘若進了門做了她的媳婦，那她以後還有好日子過嗎？這事，還是去找娘吧，雖然一頓罵是免不了的，但顧母只能硬著頭皮去找顧老夫人求主意了……

顧老夫人瞠目結舌地看著跪在下面的顧母，她實在不敢相信事事都要找人出主意的媳婦，這次竟然就自己作了主，還是完全違背自己意思的做法！

顧母頂著老夫人的眼光，汗水涔涔。她想明白了，就自己這樣的，也別想著有什麼改變了，找人拿主意多好啊，又不用自己想那麼多，她幹麼非要挑戰一下呢？這下可好，出狀況了吧？

「妳……」顧老夫人只能說出一個字，她壓根兒都不知道要說什麼才好了。想酣暢淋漓地罵她一頓吧，可她都多大的人了，好歹名義上也是顧府的當家主母，面子上過不去；但如果不罵吧，自己這心裡又憋得難受！老夫人就不明白了，自己清清楚楚地說了佟家姑娘不能進門，她怎麼就敢不聽呢？

「娘，媳婦知道錯了，媳婦也是一時被人蒙蔽，想著佟家以後也許能給斐兒助力……媳婦真的知道錯了！娘，您罵我吧，可是，現在該如何是好？」

「妳自己闖的禍，妳自己解決吧！要實在不行，妳就讓斐兒娶了佟家姑娘好了！」

「娘……」顧母看得出老夫人只是在說氣話，但是以老夫人的性子，沒準兒還真的就撒手不管了，那可怎麼辦？

顧老夫人是真氣著了，任憑顧母怎麼說，就是一點餘地都沒有，說是累了，讓她回去吧，顧母只好退了出來。

顧斐回來以後，顧夫人第一時間就讓人將他叫過來，然後眼巴巴地盯著兒子看，害怕顧斐還是之前那種冷淡的樣子。

好在，顧斐的情緒雖不是很高漲，但也沒有對他這個娘有太多的怨言，畢竟，娘也是為了他好，這些顧斐都是知道的。

「斐兒，你說……怎麼辦呢？你奶奶也被氣著了，娘這次真是，唉……」顧夫人嘆了口氣，坐在榻上垂頭喪氣的。

「娘，沒事，您就拖著吧，只要將婚期定得稍微遲些就行。」

「可遲些……她也是要進門的呀……」

顧斐笑了笑，笑容間有些落寞。「娘您這麼做就行了，其餘的，就順其自然吧。」

素年兩日後進宮，安寧公主對自己的態度已經恢復了正常，雖然依舊免了自己的請安，但也沒有衝過來叫她姊姊。這種稱呼素年真是覺得壓力山大，她何德何能讓一位公主叫她姊姊？太折煞她了！

今天只是稍微扎了兩針，素年正式跟安寧公主提出不再進宮的話。

「公主殿下已不需要再診治，民女也很快會離開京城，還望殿下保重身體。」

安寧愣在當場。「沈娘子要離開京城？為什麼？京城不好玩嗎？妳走了的話，以後我豈不是見不到妳了？」

「小女子會在宮外為殿下祈福的。」

「我不要！」安寧立刻將許嬤嬤說的那些話都拋諸腦後，眼睛一紅就有哭的跡象。「沈娘子妳不要走好不好？我讓父皇將妳收進太醫院吧？妳就待在京城裡好不好？我好不容易有個能說得上話的……嗚嗚嗚……」

許嬤嬤趕緊上前勸慰，奈何安寧什麼都聽不進去。

她是個公主又怎麼樣？平日裡連個能說知心話的人都沒有，聽素年說了她府裡那些丫鬟、管事們發生的有趣的事情時，安寧心底是多麼羨慕。她從來沒有那樣的經歷，從來沒有過。她也想找個能夠分享心中秘密的人，而不是端著公主的架子，在皇宮裡接受一群又一群奴才、宮女們的跪拜！

素年看著在自己面前一點形象都沒有、放聲大哭的安寧公主，再看看一旁焦頭爛額、神色焦急的許嬤嬤，突然覺得有些好笑。許嬤嬤現在就跟有時候的小翠似的，原來自己經常讓小翠這麼焦慮啊，真是難為那丫頭了。

安寧那裡，越哭越傷心，越哭越大聲，在許嬤嬤的印象中，公主殿下還不曾這麼放肆地哭過，她一下子也不知道該怎麼辦了。

「太子殿下駕到！」

甯馨宮裡正混亂著，外面冷不丁傳來了通報的聲音，隨後，太子殿下就走了進來。

「寧兒，這是怎麼了？誰這麼大膽，惹我們安寧小公主哭成這樣？」

安寧聽見太子殿下的聲音，立刻感到更加委屈，撲過去抱住太子的腰，嚎得更加響亮。

素年僵手僵腳地給太子請了安，心想，那個大膽的人可不就是自己嗎？但她也很無辜的好不好！

太子慢慢地安撫著安寧的情緒，花了些時間才問清楚原委。

「沈娘子妳要離開京城？」太子的眉頭微微皺起。「他同意了？」

「……」素年扯了幾下，還是沒扯出一個笑容。「小女子要去哪裡，似乎並不需要別人的同意吧？」

太子的眼睛瞬間一亮。「佩服佩服，有膽色！那就祝沈娘子一路順風吧！」

「太子哥哥！」安寧不幹了。她不願意沈素年離開，哥哥怎麼這樣呢？

「寧兒啊，沈娘子要離開，就算是哥哥也沒有辦法留得住的。」

安寧聞言又要哭了，可她硬是忍住，小嘴委屈地癟著，淚水在眼眶裡直打轉。

素年這次進宮主要就是跟安寧公主告辭的，見目的達成，太子殿下又好像找公主有事的樣子，便很善解人意地退了出去。

沈素年出宮之後，安寧的情緒仍十分低落。這兩個月來，安寧總是很期待沈素年的到來，因為她每次都會跟自己說一些有意思的事情，那都是自己聞所未聞的故事。可從今以後，她就見不到人了……安寧盯著地面，難過不已。

「寧兒，皇兄知道妳的想法，不過，等妳出嫁了以後，就可以出宮，到時候，就不會像現在一樣了。」

安寧抬頭看了太子一眼，又垂了下去。

「這次是父皇讓我來的，父皇說，妳也是大姑娘了，是該給妳找婆家的時候了，所以讓我來聽聽妳的意思。父皇這麼疼妳，還不笑一個？」

安寧抬起頭，嘴往兩邊扯開，露出兩排雪白的牙，然後又合上，就算是笑過了。

太子瞧著有趣。「別這樣嘛，父皇給了幾個人選，這在別的公主那兒，可是完全沒有的待遇呢！我覺得有一個就很不錯，是個狀元……」

第八十二章 驚人身分

素年在聽了顧斐的話之後，就打算去請蕭戈幫忙，可她思前想後，覺得蕭大人根本沒有理由要幫助自己。

這件事對蕭戈來說，可能並不那麼容易，他現在是將軍，而佟老爺是文官，雖然素年不大清楚這當中的彎彎繞繞，但她也是能覺出困難的。蕭戈憑什麼要做這麼困難的事情？

素年在院子裡繞了許多圈後，衝進房裡將她的財產都拿出來清點，銀子、首飾一堆，數得她心花怒放。然後，她叫了小翠和巧兒兩人進來。「妳們說，這些錢拿去給蕭大人，他能看得上嗎？」

「小姐……這些錢對我們來說是很多了，可是對蕭大人……」小翠說得比較委婉。

巧兒就是直接滿臉黑線了。她敢肯定，小姐要是將這些銀子拿去給蕭大人，蕭大人絕對是立刻就會怒氣攻心的。蕭大人對小姐的心意，就是她這個丫鬟都能隱隱察覺了，偏偏小姐死鴨子嘴硬，愣是當作看不到，現在居然還要用錢財來請人幫忙……

「小姐……妳是打算讓蕭大人幫倒忙的吧？」巧兒實在忍不住了，說完就拉著小翠離開。小姐比她們都聰慧，這種事情，還是需要時間來梳理。

素年慢慢地將裝銀子的箱子合上，然後找了一把椅子坐下，見屋裡沒有人，她索性將腳蹺到另外一把椅子上。

自己這種掩耳盜鈴的行為，連巧兒都看不下去了嗎？這些天，素年一直都迴避著去思考蕭戈的事情。自從在太子那裡聽了那些話以後，素年就下意識地不去想，她怕想深了，會陷進去，出不來。素年不是個喜歡無緣無故欠人人情的姑娘，可蕭戈卻一次又一次地讓自己欠下難以償還的恩情，素年覺得有些棘手。

蕭大人是喜歡自己的嗎？這個答案應該是肯定的，但這種喜歡，跟素年心中的喜歡是否一樣，她並不確定。

畢竟自己可是穿越來的，價值觀跟這裡的人有差距多正常啊！

也許蕭戈現在確實是喜歡自己，所以肯為了她做那麼多事情，但這個時空的男子，今日喜歡這個，明日喜歡那個，那是不犯法的！是可以都娶回去放在家裡的！

所以對於蕭戈的喜歡，素年還真是沒有什麼特別的想法。

因為接受不了，她也無法給予回應。

盯著屋頂，她幾乎愁死。用銀子疏通關係這條路走不通嗎？說起來，蕭大人似乎從沒有主動將他為自己做的事情說出來……他圖個什麼呢？是希望自己知道以後因為感恩而投懷送抱嗎？好像也不像，看他在自己面前也沒有任何表現啊……

「哎呀哎呀哎呀！」素年忽然大聲叫了出來，用手狠狠地揉了揉臉頰。什麼亂七八糟的？蕭戈這個人怎麼那麼複雜啊！簡單一點會死啊？

「小姐妳怎麼了？」巧兒聽見聲音，走了進來，就看見素年滿臉崩潰的表情。「小姐，妳先別想了，蕭大人來了。」

「……妳能說我不在嗎？」

「……已經不能了……」

素年沒想到蕭戈這麼快就會出現，既然不能裝不在，她很乾脆地走出了屋子。

「呵呵呵，蕭大人，有失遠迎，快請上座！」素年這會兒有些破罐子破摔的架勢，以從沒有過的熱情招呼著。

蕭戈微微有些詫異，卻從善如流地坐下，看著素年「呵呵呵呵」地坐到他的對面。

「要喝點什麼？太好的沒有。小翠，給蕭大人泡壺我們最好的茶來。」素年有些抱歉地看著蕭戈。「大人對不住了，寒門貧戶的，沒什麼可招待的，請大人見諒。」

「聽說妳要離開？」

素年臉上的笑容一頓，心想，太子殿下的傳話可夠迅速的啊，這就知道了？

「確有此意。」

「打算去哪裡？」

「還沒想好，先走著看看吧。」

「走著看看？不會暈得直吐了？」

「……」素年臉上傻兮兮的笑容慢慢消失了，原來自己的事情，蕭戈都知道。

為什麼會有人對自己的一舉一動都想要瞭解？素年不是妄自菲薄，她雖然長得是真不錯，但也沒到傾國傾城的地步，蕭戈是看上自己什麼？

「佟府的事情，我會看著辦的，妳若是想離開，便離開吧。」

蕭戈沒有等小翠送上最好的茶，而是自己動手，拿起桌上的茶壺，倒出一杯清水，朝著素年舉了舉。「一路順風。」

素年在椅子上坐了好久，久到小翠泡好的茶已經涼了，她才慢慢地斟出一杯，緩緩地喝下。

對面椅子上已經空無一人，蕭戈在跟她說了「一路順風」四個字之後就離開了，就好像是特意來跟她道別的一樣。涼透了的茶水有淡淡苦澀的味道，順著咽喉慢慢地滑入腹中……

「走！」喝乾淨的茶盞重重地被放在桌子上，素年站起身。這是她選擇的生活，她想要的，是悠然自在的日子，京城一定不會適合她的，不管這裡會有什麼人在。

素年也不含糊，立刻指揮小翠和巧兒開始收拾起來，她說沒有目標的話是真的，先走走看吧，遇到看上去不錯的城鎮就住下來，厭煩了以後再換換，這樣，也不錯。

小翠和巧兒的動作也利索，既然小姐決定了，她們只要照做就行。

很快地，小院子裡收拾一空，能帶走的東西再次被小翠打包成若干個碩大無比的包袱，素年望而興嘆。

「這些……都是要帶的嗎？」

小翠肯定地點點頭。「還有不少，裝不下就算了。」

還有?! 素年驚訝非常。她沒覺得這裡有多少東西呀，怎麼收拾起來能拾掇出這麼些玩意兒呢？

「行吧，魏大哥去租車子，我們明日就離開這裡。」素年很滿足地回了屋子。蕭戈既然說了，他就一定會做到，沈府的仇，也算是報了，雖然她壓根兒沒做什麼……

忽然，玄毅來到素年的屋子外，說有事想跟她說。

玄毅很少會有自己的意見，他跟素年等人在一起已經有不少年頭了，可是，素年卻從沒有聽過他有想要的東西、有想做的事情，彷彿什麼都無所謂，什麼都可以一樣。這會兒玄毅來找她，素年完全猜不到他會跟自己說什麼。

「坐吧。」小翠給玄毅倒了一杯茶，然後跟巧兒兩人避了出去。

玄毅想說的事情想必是不想讓她們知道的，否則也不會特意過來一趟。

素年坐在他的對面，臉上是鼓勵的表情，玄毅主動說一回話不容易吶！「找我有什麼事？」

玄毅的臉色凝重，沈默了好一會兒，在素年的笑容快要僵硬的時候才慢慢地開口。「太子的名諱，妳知道叫什麼嗎？」

「不知道。」素年回答得很快。這種跟她完全沒有關係的事，她向來是不會去打聽的。

「我猜也是……」

玄毅忽然笑了笑，笑容曇花一現，卻讓素年覺得驚豔。原來玄毅笑起來這麼好看呀！真是的，太可惜了。

「太子殿下姓麗，麗玄澤。」玄毅又問：「那妳知道蕭大人為何對我表現得那樣感興趣嗎？」

素年沒有反應，她的腦子當機了。麗玄澤？玄澤……玄毅？什麼意思？是巧合嗎？再說了，玄毅不是說他姓楚嗎？

素年難得有這麼茫然的眼神，玄毅的表情卻是不變，只看著她。

玄毅撿回了一條命，從那個能夠吞吃人的皇宮中。世人都以為他在那場走水中化為了灰燼，夭折了，可誰又知道，為了保住他的命，他的乳母連同跟自己同歲的乳母兒子卻慘遭厄運……從此，玄毅開始流浪於每個城鎮裡，首先想的卻不是如何活下去，他想得更加深遠，他要回去，回到京城裡，回到那些要他死去的人面前，告訴他們，小爺還活著！

這種口氣是跟素年學的，玄毅有些詫異自己用起來如此順口，果然是近墨者黑的緣故？在那個小小的縣城裡，玄毅因為餓極了，才搶了那麼一回劫，沒想到，就此栽在了素年的手裡。

楚姓，是他娘親的姓，然而名字，玄毅卻從未騙過素年。

後來，素年成為了醫聖的傳人，一步一步帶著他接近京城，玄毅覺得，這是上天冥冥之中的安排，直到最後，他重新踏入了京城，這個自己一開始離開的地方。

如果素年此生沒進京，玄毅也許會從此忘了他的身分，就當作是前世舊夢，可現在，目標就在眼前。

「等會兒啊，你……是皇室的人？」素年的大腦還在轉著。「可你除了名字，除了長得好看了點外，還有哪兒能夠證明？」

「……」玄毅有種想要吐血的衝動，都這個時候了，她還不忘調戲自己一下？「我身上有塊玉璧。」

素年的臉皮在抽動，真不是開玩笑的？

「所以，我不會離開京城。我在這裡還有些事情沒有完結。」

素年現在的思緒非常亂，有不少訊息在她的腦子裡攪成一團。「行，我知道了，你先下去吧。」忽然，她反應過來，忙又喊道：「啊啊啊，對不起、對不起，皇子殿下，請您移駕！對了，怎麼能讓您住那種屋子呢！要不？我們倆換換？哎呀，我居然脫過皇子的衣服！不行了、不行了，讓我暈一下……」

「……」玄毅黑著臉，從素年的屋子裡走出來。不管用多長的時間，他始終不能理解這個女人的思維，一點都不能！

「小姐，妳又欺負玄毅了？」小翠不贊同地走進來。剛剛玄毅的臉啊，黑得在晚上都快看不見了！

素年默默地將臉轉過去，臉上的表情還沒有緩過來。「我欺負他？我哪敢啊……」

小翠不明所以。

素年也沒有明說，這種事情，還是越少人知道越好。可現在怎麼辦呢？玄毅對太子而言，會不會是個障礙？蕭戈一次次想將玄毅帶走，是不是就是想幫太子剷平阻礙？

「小姐妳怎麼了？早點歇息吧，明日我們還要趕路呢！」小翠伺候素年在床上躺下，然後吹熄了燈。

素年盯著屋頂，兩隻眼睛睜得大大的。這還睡個毛啊？知道了這麼大個秘密，她現在精神好得不得了！素年翻了個身，一想到她曾經威逼玄毅做了那些丟人的事，就覺得心裡慌。玄毅不會在意吧？應該不會吧……

第二日一早，素年頂著兩隻碩大的熊貓眼出現在眾人面前，憔悴程度前所未有，整個人都是飄著的。

所有人都將疑問的眼光投向玄毅，這傢伙究竟跟小姐說了些什麼？居然能讓小姐這種百毒不侵的人受到這樣的打擊？只見玄毅一如往常地站在一旁，眼睛都沒有眨一下，看得眾人更加好奇了。

「小姐，那……我們還走嗎？」巧兒試探地問了問。

素年看了看玄毅。「明日再走。」然後她將玄毅單獨留下來，有禮貌地問道：「您的打算是什麼？請說來聽聽。」

玄毅不說話。

素年當即開始拍桌子。「你現在還在我院子裡呢！說不說？別逼我叫人啊！小翠她們可是還不知道的，下起手來可不會手軟的！」素年對著玄毅，就是沒法兒做到好似對待太子那樣，她在心裡覺得，嗯，可能是對不起玄毅的事情做得太多了，一時半會兒轉變不了。

「來到京城的這段時間，妳知道我平日裡都做了些什麼嗎？」玄毅忽然問道。

素年老實地搖了搖頭。說實話，平日裡他和魏西做什麼，自己從來不問，也從來不限制他們的自由。

「我去見了些人，去見了一些朝中重臣，去試探他們是否是屬於太子一派的？是否可以為我所用？那些人的家裡如何會讓我這麼一個人進去？妳知道，我都是用什麼理由的嗎？」

玄毅的表情很不好，雖然看不出什麼具體的情緒，可卻透著一種傷感。

沒等素年猜測，玄毅就揭曉了答案。「我是借醫聖的名義。作為醫聖傳人身邊的人，說要找他們談些事情。妳可能不知道，如今在京城裡，妳的名聲並不小，特別是之前公主、皇子們接連派人上門之後。用這個名頭，我成功地接近了想要見到的人。」玄毅的聲音低沈，像是在敘述一件跟他完全沒有關係的事情，可臉上的哀傷卻越來越濃烈。

他不願意這樣，可他沒辦法。自己之前想得太天真了，他的身分不適合在不知道對方是什麼想法之前暴露，可沒有身分，別說見到人了，就連傳信都是做不到的。

玄毅曾經想，只要來到了京城，只要成功地見到一位肯支持自己的官員，後面的事就容易了，但事實並不是如此。

首先，他見不到人。就算見到了，也有很大的可能是支持太子的，畢竟太子的勢力一直在擴張。就算不是支持太子，也不見得願意鋌而走險。

玄毅一次次地嘗試，一次次地失敗，最後，只能借用素年的名義才能見到人。

沈素年，如果可以的話，他希望這個女子能夠一直這麼沒心沒肺地生活下去，無憂無慮。但自己終究是要離開的，終究無法參與她往後的人生，所以他為她做的每一件事，都盡心盡力。而現在，到了他該離開的時候了。

玄毅低著頭，他不想看素年的表情，他怕瞧了以後，自己會後悔。

「你找到願意支持你的人了沒有？雖然我不懂朝政，但立場這種東西，似乎大家都很小心謹慎，你隨隨便便找上門去，人家就會對你說實話嗎？」素年皺著眉頭開始分析。「尤其現在是一片安穩的情況下，太子正得勢……說起來，你幹麼要跟太子對著幹呢？只要成功讓皇上見到你、認了你，不就可以了嗎？那些人沒準兒是騙你的啊！」

「……妳想說的就是這些？」玄毅終於抬起頭。指責呢？喝斥呢？他可是在利用她啊！誰要她為自己分析來著？

「不只，我還沒說完呢！」素年接著說：「聽你的意思，你是打算要報復太子嗎？我覺得這事有些難辦，太子的根基已穩固，不是一朝一夕能夠動搖的，你這樣不啻於蚍蜉撼樹，有些不明智，你覺得呢？」

「……我覺得什麼啊我覺得？誰要聽妳給我出主意？誰在跟妳商量這事了！妳沒聽見嗎？我利用妳的名聲在做事，妳現在在那些人眼裡，已經是站在我這邊的了，很危險的妳懂不懂？」

素年搖了搖頭。「不大懂，不過你懂就行了。」

「我……」玄毅的眼睛都要瞪出來了，怎麼能這樣？她怎麼能這樣！

「你不用擔心，反正我左右也脫不了干係的。你這些年一直在我身邊，有多少人都看到了，隨便查查就能知道的。而且我記得我曾經說過，我這人吧，比較護短，你也不是那種鑽牛角尖的人，這麼做必然有你的原因，只是我覺得有些不值得呀……」素年還在糾結這事。她覺得，玄毅大可以不用跟太子硬抗衡，實力不允許啊！

「我會落到當日那種地步，是太子的母妃一手造成的，她擔心我會成為太子的絆腳石，所以提前將我剷除，可我命不該絕，還是活了下來……不對，這不是重點！妳明日就帶著他們離京，走得越遠越好！」

「越遠越好?!我會吐的，你這是要我死啊……」

「……」玄毅覺得沒法兒再聊下去了！

正巧，小翠敲響了門。「小姐，門外、門外有宮裡的人來了，說是要找什麼皇子？」

玄毅站起身，慢慢地走到門口。「沈娘子對我的大恩大德，玄毅沒齒難忘，若是以後……算了，沈娘子還是趕緊離開吧！」玄毅慢慢地走出門，慢慢消失在眾人的眼中。

素年忽然想起多年前的一幕——玄毅被小翠拖著進門，小翠很開心、很開心地跟自己說，這個人幫她將那些地痞趕跑了。

那個時候，素年只以為這是一個好孩子，卻沒想到，有一天，他會坐著皇家的車馬離開……

第八十三章　參見皇上

事到如今，也沒什麼好隱瞞的，素年便將玄毅其實是個皇子的事情告訴了眾人。

其中，以小翠的反應最強烈，目瞪口呆了半天，才以天要塌了的口氣說：「完了！我做了那麼多大逆不道的事情，會不會被抓起來？」

倒是魏西，出乎意料的鎮定，素年瞧著奇怪，莫非魏西早就知道了？

「小姐，宮裡又來人了！」不一會兒，巧兒又跑了進來，身後跟著一位公公。

素年瞧著眼熟，再仔細一看，這不是她在甯馨宮見過的，伺候在皇上身邊的魏公公嗎？

「沈娘子好。」

「魏公公，玄毅皇子已經被接入宮中了……」

魏公公和善地笑了笑。「咱家不是為了皇子來的，是特意來請沈娘子入宮。」

這是要殺人滅口的意思？素年的第一反應就是這個。尊貴的皇子殿下流落民間，被她收留，還叫了她這麼長時間的「小姐」，這是為了維護皇家尊嚴，所以要將她秘密處死？

這麼想的不只是素年，小翠和巧兒也一臉如臨大敵的樣子，往素年的身邊站了站。

「沈娘子無須多慮，隨咱家來就是了。」魏公公臉上的笑容加深了幾分。

小翠和巧兒都看著她，臉上露出幾分焦急，暗暗搖頭，可素年卻是只能稍作安撫，跟著魏公公往宮裡去了。

「怎麼辦？這可怎麼辦？」小翠如同熱鍋上的螞蟻，在院子裡急得團團轉。宮裡下來的旨意她們無法違抗啊……忽然，小翠想到了什麼，逕直衝了出去。

素年在軟轎裡也是心中忐忑，在這個節骨眼上，皇上傳召自己，除了玄毅還能有別的事情嗎？

魏公公帶著素年到了偏殿，從轎子裡出來，又看見金瓦紅牆的宮殿，素年心中一陣莊重，或許，這會是她見到的最後景色也不一定。

緩緩步入其中，素年跟在魏公公的身後。繞了幾個迴廊後，才到了一間四面通透的屋子裡，四周都飄著輕薄如煙的紗幔，裡面隱隱能見到已經有一個人站在那裡。

「沈娘子，進去吧，皇上在裡面等妳。」魏公公只將她送到屋子門口。

宮女輕手輕腳地將紗幔掀開，素年緩緩走了進去。

「民女沈素年參見皇上，皇上萬歲萬歲萬萬歲。」

「起來吧。」

果然是皇上的聲音。素年起身，恭敬地站到一旁，心裡仍舊在揣摩皇上要見自己的原因。

「沈娘子真是幫了朕一個大忙啊！玄毅這孩子，竟然這個時候才肯出現……沈娘子，妳說朕這個父親，是不是太失職了？」

果然是跟玄毅有關……素年的頭垂得更低，看來這次，自己確實是凶多吉少了。

「玄毅跟朕說，他能活下來再見到朕，都是沈娘子的功勞。」

「民女惶恐，實不敢受此稱讚。」

「妳說，朕應該獎賞妳些什麼呢？」

素年閉了閉眼睛。皇上總這麼陰陽怪氣地說話，她覺得真是太難受了。獎賞？那她能求幾道免死金牌嗎？素年覺得憋屈，事實上她是救了人嘛，怎麼這會兒好似自己是個犯人一樣？「皇上，民女斗膽，玄毅殿下的身分民女實不知情，民女也已經打算離開京城了。民女有生之年能夠見到皇上龍顏，已是最珍貴的獎賞了，謝主隆恩！」素年說著就跪下來謝恩，一點都不含糊。

皇上倒是愣住了，她自己就將獎賞給決定了？「沈娘子果然很有意思……」

素年跪在地上，心中納悶，她哪兒有意思了？

「起來吧。」皇上笑著說道。「朕不久前剛看到一本奏摺，裡面是為沈娘子父親平反的，並且指認了真正貪污謀官的人，朕的評斷還未定下，沈娘子就打算離京了？」

「皇上英明神武、公正清廉，定能還民女之父一個清白，民女在與不在都不重要。」

「如何不重要？若妳父親是清白的，朕自會還妳一個公道；但若不是，妳這個罪臣之女，如何能放妳離開？」

素年就不明白了，一個說幾句話都會出汗的病人，這麼氣勢凜然是想幹麼啊？素年皺著眉頭，含蓄地掃了一眼皇上的臉。「皇上，還請讓人將這些紗幔掀開，這種空氣流動滯緩的環境，對您的身體不利。」

「所以沈娘子，在朕有了定奪之前，妳是走不了的。」皇上沒有理會素年的建議，仍舊散發著王霸之氣。

「行、行，不走就不走。皇上，要不您還是趕緊出去吧？」

皇上覺得，他或許是真的老了，自己這麼威嚴的時刻，眼前這個女子竟然是一副哄小孩子的口氣？曾經他的語氣只要稍稍重一點，那都是跪得一排一排的！

素年見皇上的面色有些發紫，當即也顧不得那麼多了，連聲叫了魏公公，她則趕緊上前一步，將皇上扶坐在椅子上，然後耳朵自然而然地貼住皇上的胸口。

魏公公進來時就瞧見這麼一幕，呆了半天沒反應。

素年聽見腳步聲，頭轉過來。「大人，請立刻將這些紗幔扯了，並傳御醫前來。」說完，她又將臉貼了上去。

肺部有濕羅音，剛剛並沒有做什麼劇烈的活動就呼吸困難。拉過皇上的手腕，素年的指尖輕搭上去，脈搏不齊，快而亂，力度不均勻，沈浮不定……素年初步判斷是心力衰弱，沒有劇烈的運動卻會出現這樣的反應，應該已經到很嚴重的地步了。

紗幔被全部扯開後，素年眼前的光線稍微亮了亮，這才發現自己還拉著皇上的手，她趕緊像著了火一樣地甩開，甩開之後又覺得力度是不是太大了？於是又小心翼翼地將他的手給擺好，然後默默地往後退了兩步。如果師父在的話，他一定會敲自己腦袋的吧？素年想著。

師父以前就告誡過她，她心中的地位觀念十分的薄弱，對地位崇高的人敬畏不足，這實在是一個需要改正的弊端。不能單純地將需要治療的患者當作是病人，還要明白他們掌握著至高的權力，只要忘了這一點，她說不定怎麼死的都不知道。

現在就好像是現世報一樣，師父在天之靈，一定正十分鄙視地嘲笑自己……

素年有些想哭，師父教她的都白教了，她剛剛做了什麼來著？強行將皇上按在椅子上？膽敢將頭貼到龍體上聽肺音？頭不想要了啊！

皇上這會兒一點反應都沒有，素年一驚，抬起頭，看到皇上閉著眼睛，氣息仍舊有些喘，但比剛剛要稍微好些了。素年看了一眼皇上的神色後，偷偷往前走了兩步，顫顫巍巍地將小手又伸了過去。

從胸口漸漸摸到鎖骨，在鎖骨上窩，素年感受到一種顫動感，猶如貓呼吸時觸摸貓背的感覺，貓喘，主動脈導管未閉、主動脈瓣狹窄……這是風濕性心臟炎反覆發作之後引起的，到現在已出現心衰的症狀。素年看著近在咫尺、已顯出老態的皇上，心力交瘁，也許是他最貼切的寫照。

「大膽！妳是何人？」

素年身後出現了聲音渾厚的喝斥，她這才反應過來自己的爪子還沒收回來呢！轉頭一看，一群老頭子站在她的後面，對她怒目而視。這些是太醫吧？她立刻站起來，退到角落裡。

素年長得漂亮，這些太醫也沒往別處想，只在心裡給她按了一頂美色惑主的帽子，稍微鄙視了一下，就趕緊去瞧皇上了。

應該沒自己什麼事了吧？素年想著，皇上到底叫她幹麼來了？

魏公公也守在皇上身邊，素年試探著問，她是不是能夠回去了，魏公公卻是笑了笑。

「沈娘子，將您召進來的是皇上，這讓您出宮，理應也得是皇上開了口才行。」

素年抖了抖，那要是皇上從此一命嗚呼，她不就出不去了？當然，這種話她是不敢說出來的。事到如今，素年也只有在一旁等著。她看到那些太醫們給皇上服用了好幾種藥丸，然後用什麼東西放在皇上的鼻子下讓他聞了聞，之後是接連地診脈，輕聲在一旁討論。

皇上的臉色漸漸緩了回來，眾太醫齊齊地跪在地上。素年站得遠，只看到皇上說了什麼，太醫裡也有人說了什麼，然後他們就退了下去。

魏公公一會兒後走了過來，讓沈娘子到皇上跟前去。

皇上依舊是端坐的姿勢。「沈娘子，妳剛剛摸了半天，摸出什麼來了沒有？」

轟！素年猶如天雷轟頂，她以為皇上忘了呢！心衰發作時，人都像要死了一樣，皇上怎麼還能在意這種細節啊？

「民女……呃……民女一時心急，還望皇上恕罪！」素年趕緊跪下請罪。

「無妨。朕只是想知道，醫聖的傳人能診斷出一個什麼結果？」

素年定了定心。「回皇上，您的龍體因為風寒濕邪內侵，久而化熱，內舍於心，乃至心脈痺阻，血脈不暢，心失所養，甚而陽氣衰微不布，無以溫煦氣化，而四肢逆冷，面色恍白——」

「夠了，這些朕都聽膩了，沈娘子只要說結果即可。」

「……皇上為了國家社稷勞心勞力，以致心臟超過負荷，如今……已是相當嚴重。」

「朕想知道，朕還有多少日子可活？」

「皇上！」魏公公在一旁叫了出來，被皇上冷冷地瞪了一眼，便不敢說話了。

素年明白了，皇上也知道他自己時日無多。如果她是西醫，會開膛剖肚的技術，說不定還能試試，可她不會。以皇上現在的狀況能活多久，她還真說不上來。面對皇上，素年說不出敷衍的話，她實話實說，將真實的情況說了出來。

魏公公在一旁死死地瞪著沈素年，她知道自己說了什麼嗎？這種大逆不道的話，她怎麼敢在聖上面前開口？

可皇上聽了，只是深深地舒了一口氣，就好像是一直等待判決的人，終於等來了最後的宣判一樣，哪怕是不好的消息，心中也有塵埃落定的感覺。

「如此，就要辛苦沈娘子了。朕究竟能活多久，就由沈娘子來試試吧。」

「皇上！」魏公公也顧不得之前皇上剛瞪過他，語氣焦急地再次出聲。「皇上，您的龍體可是大事，如何能如此草率地決定？剛剛太醫們不是說了嗎？只要皇上仔細調理，就一定會——」

「你相信？」皇上打斷了魏公公的話，看到魏公公說不出話來的樣子，淡淡地笑了笑。「朕不信。若是相比較起來，朕更相信沈娘子的話。朕不需要隱瞞事實的安慰，這樣，朕才能好好地安排想要做什麼。」

魏公公明顯還有話要說，但皇上卻不讓他再開口了，他看著沈素年，道：「沈娘子，妳的意思呢？」

她的意思？素年想起自己遇見過許多病人，各種各樣的都有，皇上是其中身分地位最高的一位，然而，在她的眼中，也不過是一位病人而已。對病人而言，大夫就是他們最後的希望，素年不可能讓他們失望，她會盡可能做到最好，哪怕是回天乏術。

「民女遵旨。」這是素年在這裡所說過最穩重、最鄭重的一句話。

魏公公心裡堵得慌，在他看來，沈素年小小年紀，又是個女子，如何能比得上太醫院那些德高望重的太醫們？皇上這是怎麼了？怎麼就蒙了心呢？

正憂慮著，魏公公瞧見一旁有個小太監溜了進來。他悄悄地退過去一問，卻是來為太子殿下通報的。

「皇上，太子殿下求見。」

「太子？傳。」

素年老老實實地站在一旁，她開始在心裡羅列著要帶進宮來的東西，腦子裡也已經有了幾個方案。皇上的龍體情況不妙，她得先嘗試一些比較溫和的做法……

太子走了進來，給皇上請了安，然後便開始說一些可有可無的廢話。

皇上被說得眉頭直皺，太子可不是會沒事找事的人。「澤兒，你究竟有何事？」

太子停了口，他也覺得自己無聊了點。輕輕掃了一眼正在神遊的素年後，太子才幽幽地說：「兒臣……就是來替人瞧瞧父皇有沒有為難沈娘子的。」

素年腦子裡的天線豎了起來，倏地從自己的思緒中清醒過來。太子殿下在說什麼？替人來瞧瞧皇上有沒有為難她？難道不只是她一個人頭不想要了，還有另外的人腦子不好使嗎？

太子也真是的，蕭大人想死，他就幫蕭大人一把嗎？不是說他們倆關係很好嗎？是推他去死的好？素年的鬢角有些濕意，她偷偷抬眼看了看皇上的表情，情緒似乎還算穩定。

「喔？誰這麼關心沈娘子的安危？朕聽說沈娘子幼年時就已訂了親，是這樣嗎？」

「父皇，那親事不算數的，沈娘子並不想嫁過去。」

「喔？是這樣嗎？」

「回父皇，是的，兒臣已調查清楚了。」

調查你大爺啊！素年在心裡爆了粗口。皇上是問她話好不好！太子在這裡都幫她答了是什麼意思？什麼叫她不想嫁？太子是如何知道的？還調查清楚了？問過她沒有？

皇上好像忽然對這件事十分感興趣，揪著不停地發問。結果太子就跟素年的代言人一樣，不管皇上問什麼，他都能回答得上，素年連想插個話的空隙都沒有。

「如此說來，顧家是打算迎娶佟家姑娘了？朕記得，那奏摺上寫的，當初誣陷沈娘子父親的，也是佟家吧？」

太子終於不說話了，素年半天才反應過來她可以開口了，這才漫不經心地說：「回皇上，也許是吧。」

「什麼叫也許？」

「民女畢竟不是顧府的人，知道得也不甚清楚，或許太子殿下知道的，會比民女要多呢！」

皇上聞言，「呵呵呵呵」地低沈笑著。

太子也是哭笑不得，沈素年這是在抱怨嗎？可他說的都是事實啊！要不是蕭戈對她那麼感興趣，她以為自己喜歡知道這些啊？

皇上笑完了，就讓魏公公送素年出宮，說是給她兩天時間準備一下，兩天之後，會有人接她進宮，到時候，可能有很長一段時間都出不去了。

出宮的時候，魏公公一路上都沒給素年什麼好臉色看，跟接她來的時候簡直是天壤之別。素年無比委屈，這是赤裸裸的遷怒啊！這跟她一點關係都沒有好嗎？再說了，是皇上提出讓自己診治的，她敢說個「不」字嗎？

第八十四章　暗中治病

回到院子後，素年抓緊時間將情況說了。

魏西滿臉驚嘆。「給皇上治病，就是當初的柳老也做不到吧！」

小翠和巧兒更是驚詫萬分，然後開始團團轉。小姐這一去，什麼時候能回來啊？別又像上次那樣……不對，這次可是皇宮，比上次還要凶險啊！這可怎麼辦？

「小姐，妳在宮裡沒有人服侍怎麼成，小翠陪妳一起去吧？」

「就是就是，巧兒也要去！那麼長時間，小姐會寂寞的。」

素年左擁右抱，將小翠和巧兒都攬住，臉上是滿足的笑容。出宮的時候，魏公公和她說過，可以帶著她的兩個丫頭入宮，說是皇上的恩典，可素年不想。她怕自己到時候出不去的話，那不就害了兩個小丫頭了？

「妳們進不去的，那可是皇宮啊！」

兩天時間，素年都待在院子裡，她在紙上寫了不少方子，師父留給她的那個簡易針灸人形上，素年也已經練了好幾次，畢竟這次的病人不同於以前，是這個世界上最尊貴的身子，不容任何差錯，她不想死的。

蕭戈來過一次，確認她沒有缺胳膊少腿之後，又默默地離開，素年都替他憋得慌。

「小姐，是小翠害怕妳有什麼危險，才去找蕭大人的……」小翠主動承認。她發覺小姐看蕭大人的眼神不對勁。

「跟妳沒關係……」素年咬牙切齒。她應該跟蕭大人說聲謝謝的，可怎麼見到人就說不出來呢？

兩日之後，魏公公果然再次前來，素年帶著她的小包包，笑著跟大家道別。

「大人！我能跟我家小姐一起去嗎？小姐吃不慣別人做的東西，我會很聽話的，您能開恩，帶我一起去嗎？」小翠忽然朝著魏公公跪下，眼睛裡通紅一片。她和巧兒整晚都睡不著，思前想後、翻來覆去，她們不想再經歷之前小姐在蜀王那裡時提心弔膽的日子了。

巧兒也在小翠旁邊並排跪下。「大人，您就讓我們跟著去吧！小姐身邊沒個貼心人伺候，我們如何能安心？求求您了！」

素年是最不喜歡看她們兩人下跪的，小翠和巧兒心中都知道，但現在，她們跪在魏公公的面前，不停地磕著頭。

素年在蜀王那裡的大半年時間，小翠和巧兒有段日子每夜每夜地流淚，她們後悔著當時為什麼沒跟素年一塊兒走？若是時間可以倒流，她們必然不會讓小姐一個人坐進轎子裡。所以現在，就算素年再不喜歡，兩人也不停地哀求，額頭碰在地上，發出沈悶的聲音。不管是生是死，她們至少要陪在小姐身邊，不離不棄！

「哎、妳們這兩個小丫頭做什麼？想跟就跟著啊！沈娘子，咱家不是都說了嗎？陛下恩准，您是可以帶伺候的丫鬟入宮的呀！」魏公公被跪得莫名其妙，心想，這沈府的人怎麼一個個都讓他瞧不明白呢？

是這樣嗎？小翠和巧兒停下來，抬頭看著素年。所以她們可以跟著去嗎？

一直沒有動靜的素年，在兩人跪下去的那一瞬間就喪失了行動的能力。她以為自己是在為她們著想，卻沒想到兩個小丫頭抱著多大的決心，看著她們磕紅了的額頭，素年的眼淚忽然就落了下來。

「小姐，我們能跟著妳嗎？」

巧兒的頭抬著，漂亮的小臉上祈求的神情讓素年都不敢去看。她很沒有形象地直接用袖子將眼淚擦掉，伸手將兩個小丫頭拉起來。「去，都去！我沈素年能有妳們兩個陪著，是我的福氣。」

小翠聞言，傻傻地笑了起來。

素年覺得她其實一點都沒變，剛穿越過來的時候，在那個艱苦的牛家村，她們的條件那麼的差，而自己只是對小翠說了一句謝謝，小丫頭的臉上，也是這般的笑容，無怨無悔，甘之如飴……

最後，只剩下魏西一個人留下，素年帶著小翠和巧兒一起進宮。

對於魏西，素年沒有任何的要求，甚至走之前將魏西偷偷拉到一邊。「魏大哥，我們這一去還不知道能不能回來，這兒有一把鑰匙，我屋裡有一個被鎖上的櫃子，裡面是一些財物……嗯嗯，你懂的。」

魏西淡定地接過鑰匙。「成，我先給妳保管著。」

「啊？不是這個意思，我是說——」

「趕緊去吧，人都要等急了。」魏西打斷素年的話，直接將她推了出去。

素年從沒想過，自己還能為皇上治療。她本以為自己會激動得雙手發抖，卻沒想到，她竟然能這麼沈著穩定。

小翠和巧兒兩個小丫頭也似乎克服了膽怯和畏懼，見到皇上竟然沒有僵直，而是很正常地請安跪拜。

素年拿手的還是針灸之術，她先徵得了皇上的同意之後，才讓皇上將衣服脫下。

魏公公在一旁服侍皇上除了外衣後，回頭看了看素年。

素年緩緩地搖了搖頭，示意他繼續。隔著中衣雖然也能進針，但還是保險些比較好。

魏公公一張老臉繃得死死的，還脫？皇上的龍體，那可不是隨隨便便能看的！

皇上倒是很自覺地將胳膊抬著，方便魏公公行事，魏公公只好繼續動手，將上衣脫掉。

其實皇上，也是個人嘛……素年瞥了一眼假裝鎮定、實則仍然無比激動的小翠，慢慢地走上前，扶著皇上坐下。

手腕上的內關穴，素年從小翠手中接過銀針，針尖略向肩部方向，作提插探尋，並不時地詢問皇上的感覺，得知有向上放射開來的反應時，開始撚針，以中等刺激量，幅度為半圈撚轉，速度稍快，大概兩分鐘後留針。另一側的內關穴也同樣進針。

一旁魏公公的臉就一直皺著，沒有鬆緩下來過，那臉跟個核桃一樣，素年動一下，他就抽一下氣，抽得素年都有些呼吸不暢，再看皇上，也快要有呼吸困難的跡象了。

「大人，您能別發出這種聲音嗎？皇上會承受不住的。要不，您先出去一會兒？」

魏公公一把將嘴巴捂住，往後退了兩步，卻堅持不肯出去。

心俞穴，素年選準穴位之後，在旁開三到五分處進針，針體呈四十五度角刺入，開始緩慢進針兩寸左右，當她感覺到針尖遇有抵觸感時，將針提起兩分，略作提插撚轉。

「皇上，如有從背部往前傳來的痲脹感，或是悶壓感、揪心感時，請跟民女說一下。」

素年突然想起當初給安寧公主艾灸的情況，忙又補充了一句。「一定要說啊！」

皇上很是配合，素年在得到反饋之後，放輕了動作，仍舊是同樣的手法。

神門、通裡、膻中、肺俞、列缺穴，均用平補平瀉法，撚轉小提插，留針一刻鐘。

魏公公已經有要窒息的趨勢了，這可是皇上的龍體啊！如何能……如何能這麼隨意地往上頭扎針？扎針就算了，這個沈娘子居然還不時地以拇指指甲輕刮針柄，她是想幹麼啊？

留針期間，素年查看了皇上平日裡喝的藥，這些太醫們開出來的，都是很對症的，炙桂枝、石膏、甜葶藶、防己、平地木、丹參、車前子、生曬參、紅棗……這些藥材用水浸泡兩刻鐘，再放火上煎兩刻鐘，每劑煎兩次，藥汁混合，早晚分服。

素年想了想，又添了用人參煎汁，兌入混合的藥液當中一併服用。

另外還有益氣活血養心湯，素年讓停了，重新換了一副利濕化瘀的湯藥。

如今皇上平臥會覺得不適，素年蹲下去，用手隔著綢褲摸了摸皇上的小腿，還嫌不夠，又將褲子撩起來看了看，然後一臉凝重。下肢已出現水腫的症狀，皇上這是濕阻血瘀造成的。素年歪著頭，就以蹲著的姿勢開始思考。

「皇上的飲食要減少肉類，盡可能的清淡，防止水腫加重，減少心臟負擔。喝水分幾次，每次少一些，時間間隔長一些。茶不能再喝了，太刺激……」

素年說一句，魏公公的嘴就跟著唸一遍，然後飛快地找了紙將這些記下來。

一旁的小翠恨不得衝過去將素年給拽起來，就不能好好說話嗎？蹲在地上像什麼樣子？這可是在皇宮啊！

「喔對了，皇上，那個……呃……就是晚上侍寢什麼的，嗯……稍微節制一些……」

魏公公手裡的筆滴下一滴濃稠的黑墨，他抬頭看向皇上，這種事情……沈娘子居然敢這麼隨便地說出來，她果然是很不怕死啊！

皇上的眼睛也睜開了，看著依然蹲在地上，瞧不見面容，卻能看到兩隻通紅耳朵的沈素年。「嗯，朕知道了。」

呼……素年呼出一口氣。這點很重要嘛，行房時心跳會加快，血壓會升高，心臟的負擔也會隨之加重，很危險的好不好？素年慢慢地向小翠伸出手，腿麻了……

小翠這會兒是完全顧及不到什麼皇宮啊、什麼皇上啊，她心裡已經無語了。伸出兩隻手奮力將素年從地上拉起來，小翠只覺得是自己的失職，才讓小姐做出這麼沒有禮數的事情。

靜靜地等待痠麻感減退，素年瞧著時間也差不多了，便上前將銀針起出來。

一邊收針，素年嘴裡還一邊不停歇。「皇上要儘量放鬆心情，那些繁瑣的政事就交給其他人去操心，您最主要的就是休息。如今國泰民安，皇上的身體好了，富足安康的日子才會更有保障。」

魏公公又畫花了一張紙，他的手顫抖得不行。沈娘子真是太敢說了！將政事交給別人去做？皇上現在還是皇上啊，她怎麼敢說出口的？

奇怪的是，皇上卻並沒有什麼反應，沈默地點了點頭。

素年十分滿意，又開始點名魏公公。「大人，皇上的寢宮裡，需要保持通風透氣，每日有陽光曬入，屋裡的薰香、花香都撤了，保持乾淨清爽就行。」

魏公公被動地點著頭。

素年還沒說完。「皇上身體允許的時候，可以在戶外走走，適量的鍛鍊，可以增強抗病能力……呃，反正我的意思就是，大人應該比民女更瞭解皇上的龍體，就拜託大人您了！」

別呀！魏公公的眼睛裡飽含情緒，這說得責任重大的，可他怎麼心裡一點底氣都沒有呢？明明他就是皇上身邊最親近的人吶……

素年已經收拾好了東西。「皇上，那民女先告退了？」

皇上從剛剛開始就一直瞧著，他現在終於知道為什麼安寧會那麼喜歡這個沈素年，覺得她有意思了。可不就是有意思嗎？

起初對自己的態度，誠惶誠恐、恭敬有加，自己一度以為她跟別的女子都是一樣的，可這會兒，也不知道是為什麼，沈素年的態度卻已經轉變，變得就好像是自己寵愛的女兒正在跟她的父親說話一樣……不對，就算是安寧，都沒有用過這麼隨意的口氣跟自己說過話。

完全沒有被自己的身分所約束，輕鬆卻不會讓人覺得輕率，隨意卻不隨便，皇上竟然覺得挺不錯的。活了這許多年，還從來沒有人敢在他面前這麼自在地跟他說過話。

魏公公將素年主僕送到為她們準備的偏殿裡，臨近離開的時候，忍不住抖著聲音勸道：「沈娘子，您可悠著點吧……」然後晃著一把老骨頭，慢慢地走了。

這句話小翠也想說的，她重重地點頭。「大人說得太是了！小姐，妳就不害怕嗎？」

素年斜了她一眼。「怕什麼？都到宮裡來了，怕能解決什麼？妳家小姐不是那種可著勁兒找死的人，這麼說妳就放心了吧？」素年笑著走進去，巧兒已經提前一步過來收拾了。

放心什麼啊放心！小翠憂傷地雙手捧心。下次換巧兒去吧，她要先緩一緩了。

這座偏殿據說之前都沒有人住，是小皇子或小公主們留宿的地方，設備非常齊全，魏公公還撥了一些宮女來伺候。

偏殿內有小廚房，每日一早便會有宮女將食材、食物送過來，十分便利。

巧兒迎了出來，裡面她已經稍微整理了一下，其實也用不著怎麼動手，都是新的、好的東西。

素年衝進屋內，直接就往鋪著鬆軟被子的床上撲，被小翠眼疾手快地攔了下來。

「小姐！」這屋內還有宮女瞧著呢！

素年鼓著臉，轉過頭，對著那兩名宮女揮揮手，看著她們都離開了，才以眼神詢問：可以撲了沒有？

小翠無力。「我去做點吃的東西……」

小翠用小廚房裡的食材做了她們的飯食，並在素年的指導下，做了一道苡仁海帶雞蛋湯。

素年端著湯，直接去找皇上了。

小翠死活不跟著，說是要留在這裡再看看有什麼可做的。

皇上那裡也正準備用膳，魏公公見素年前來，眉角都在跳。

「大人，小女子這裡做了一道膳食，有利於皇上的龍體。」

魏公公一聽，便帶著素年走了進去。

皇上用膳的桌子，鋪得滿滿當當，素年粗略算了一下，差不多夠好幾個人吃的。

將湯放下後，素年並沒有離開，而是仔細地審視了一遍御膳，並從裡面挑出了幾樣富含鈉的食物，這跟限制鹽分是一個意思，防止加重水腫。另有幾樣高脂肪的東西，素年也讓魏公公拿掉。

「如此便無礙了，民女告退。」

素年離開之後，魏公公在一旁伺候皇上用膳。

皇上的心情似乎不錯，吃了不少東西才讓人撤了。

「魏錦，你覺得沈娘子如何？」皇上忽然開口問道。

魏公公一愣，斟酌了一下才開口。「奴才覺得，沈娘子……有些特別，似乎跟奴才見過的女子……不大一樣。」

「只是不大一樣？」

「……是很不一樣。」魏公公立刻改口。說不大一樣真是太含蓄了，他就沒見過這樣的姑娘家！就算是在皇上身邊最長時間的妃嬪，也做不到如同沈素年一般的豁達。

是的，豁達，簡直就是無所謂了！

皇上低沈地笑了笑，搖了搖頭，讓魏錦去將玄毅召過來。

麗玄毅，自己的這個孩子，當年知道他夭折的時候，自己也曾傷心過。在皇上的印象中，小時候的玄毅很是討人喜歡，跟安寧一個模樣，他們兄妹倆完全遺傳了他們母妃愛笑的優點。可是皇上見到的這個玄毅，卻一直都冷著臉，面無表情的樣子。

玄毅從一開始就沒有表現出任何欣喜的情緒，只是將他身上那塊皇上親手賜下的玉璧拿出來，又將他手背上那個永遠也好不了的傷疤展現給皇上看。那道疤痕，是玄毅小時候不小心自己燙傷的，還記得皇上那時非常震怒，要將他身邊的宮女、嬤嬤們都賜死，玄毅的母妃卻為他們求情，說是玄毅自己頑皮惹的禍，何至於殃及他身邊所有的人？這才將事情揭了過去……

「毅兒。」皇上看著那張似曾相識的臉，感嘆萬千地叫出了聲。

玄毅跟安寧雖是兄妹，長相卻並不像，安寧更像皇上，而玄毅則遺傳他的母親更多一些。那個因為玄毅的夭折而傷心欲絕，不久之後也香消玉殞的可憐女子，皇上曾經也是很喜歡的，喜歡她那份寧靜、溫婉。

對皇上來說，皇宮裡並沒有什麼他無法知道的事情，只分他想知道，還是不想知道。玄毅夭折到底是怎麼回事，皇上當時並沒有追究太深，畢竟他已經夭折了，深究到底，終會傷了皇家和氣。但那之後，皇上找了由頭，將太子送到皇后那裡教養，而他的母妃則慢慢地沒了聲響。皇家的血脈豈容算計？就算她誕下了皇子也不行。

玄毅跪地請安，依然是那副冷冰冰的樣子。「兒臣給父皇請安。」

「起來吧。」皇上不知道要如何面對玄毅，他也想補償，可玄毅似乎並不需要的樣子。

「毅兒，那個沈娘子，你覺得如何？」皇上神奇地在玄毅臉上發現了另外的表情，雖然很短暫，但確確實實地出現過。

「父皇為何這樣問？沈娘子收留了當時孤苦無依的兒臣，她只是個平凡的女子而已。」

「是嗎？朕在寧兒那裡見過一次沈娘子，覺得印象頗深，是個有趣的孩子。喔對了，你還沒跟寧兒相見嗎？那丫頭知道了，一定會很高興的。」

玄毅沈默了。安寧公主，這個他印象裡還只是個連走路都走不穩的小娃娃，那是自己的妹妹，是他最親的同胞妹妹。可是，他曾經聽素年說過，安寧公主跟太子的關係很好，太子十分疼寵安寧，安寧對他也是十分依賴，依賴那個曾對她哥哥施加毒手的凶手的兒子。

玄毅緩緩搖頭。「安寧現在很好，這就夠了。」

皇上眼中出現了感懷，玄毅果然是那個人的孩子，雖然他變得不愛笑了，也長大了，但骨子裡，還是那種會為別人考慮的人。

「沈娘子那裡，兒臣對她只有感激之情，若不是她，兒臣說不定早已沒有能再見到父皇的機會了，她對兒臣……」玄毅突然說不下去了。他本想為素年說幾句話，就算父皇不打算賞賜，也不至於對她怎麼樣，可說著說著，玄毅腦子裡就翻滾出一幕幕讓他表情有些崩裂跡象的畫面。他想起自己被強行脫衣服針灸、想起自己練就出面不改色吃掉小山一樣的饅頭、想起自己可憐兮兮地玩輸了受罰，素年笑到抽搐還非要堅持著看他做完……

還是……別說了吧。玄毅怕自己說出來後，父皇會派人一路追殺素年出京城。

玄毅微妙的表情如何能逃過皇上的眼睛？他敢肯定，玄毅在沈素年那裡過得一定精彩非凡。安寧曾經膩在自己身邊，跟他說過沈娘子家裡有個很有趣的管家，現在看來，那個管家，很有可能就是他的兒子啊……

「咳，如此，朕是應該重重地賞賜才行。三日後就是祭國大典，到時候我會鄭重地宣布你的身分，之前的事，都忘了吧……」

玄毅的思緒又被拉了回來，他只是慢慢地跪下去，一句話都沒有說。

第八十五章 偏殿遇見

素年隔一日便會來給皇上針灸一次，其餘時間要不就是調製一些藥物，要不就是搗鼓一些藥膳，像是玉竹豬心、梅花粥……都是好吃又有效的東西。

她甚至花了一個下午的時間，做了一大盒的桑椹糖，等糖冷了以後切成小塊，裝在精緻的碟子裡，給皇上送了去。

皇上看著那碟紫色的糖塊，有些頭疼。「朕……不大喜歡甜的東西。」

「回皇上的話，這桑椹糖對您的心悸怔忡、頭暈目眩有奇效。皇上不是不能喝茶了嗎？可民女聽魏公公說，著實難辦吶，皇上還會時不時地要求喝茶？這可不好。以後皇上想要喝茶的時候，就吃一點糖吧！」

皇上的眼光轉向魏錦。

魏公公的頭都要縮到懷裡去了。

「……那先放著吧。」

「這一碟能吃三天，三天後，民女會再做一些送來的。」素年笑得特別可愛，能讓皇上露出無奈的表情，她也算是功德圓滿了。

素年在為皇上治病的事情，是悄悄進行的，不能讓太醫們知道，也不能讓其他人知曉，有小翠和巧兒陪伴，素年也並不覺得無聊，只是每日只能見到偏殿中四四方方的一處天空，看得久了，難免會疲勞。

玄毅在祭國大典上被封為清王，卻沒有得到封地，不少朝中官員都靜悄悄地觀望著，皇上這麼做，應該是有深意的。

之前玄毅接觸過的官員們，這會兒心裡都在打鼓，皇上這是什麼意思？祭國大典上表現出來對清王的看重之意，又沒有賜予他封地，而是留在京城，留在他的身邊，這是不是意味著，還有一番動盪的可能？

安定了一陣子的朝廷又開始起了輕微的漣漪，特別是太子一派，心裡皆暗暗震動。然而，玄毅卻是沒什麼反應，表情仍舊波瀾不驚。

這段日子過得最渾渾噩噩的，要數安寧公主了。她突然知道了自己的哥哥並沒有死，而且回來了，一時間不知道應該如何表達她的心情。

安寧在甯馨宮裡一遍一遍地預想著跟她的哥哥見面會是什麼樣？她要說什麼話才好？要穿什麼衣服才好？可是，安寧等啊等啊、想啊想啊，玄毅哥哥卻一直沒有出現過。

為什麼呢？是哥哥不知道她的存在嗎？是沒有人告訴他嗎？這怎麼可能呢？可是如果哥哥知道了，那他為什麼不來找自己呢？自己可是他最親的親人啊！

安寧等不到人，自己找上門去，但碰巧玄毅哥哥並不在，安寧只得快快地回來。然而當第二次、第三次她都沒有見到人的時候，安寧才察覺，玄毅哥哥原來並不想跟她見面。

這種打擊是巨大的，安寧曾經多麼希望她能有一個哥哥，能夠保護她，她也會保護好哥哥，可現在哥哥真的出現了，卻不想見自己！

為什麼會這樣？安寧心神恍惚地離開，路上，卻遇到了太子。

「寧兒，這是怎麼了？怎麼這麼沒精神？」太子笑著上前，摸了摸安寧的頭。

安寧瞬間很想哭，淚水不由自主地泛了出來。太子並不是她的親哥哥，卻一直對她這麼好，而她真正的親哥哥卻避不見她。「太子哥哥，為什麼玄毅哥哥不見我呢？他為什麼不來找我呢？他跟我不是同一個母妃生的嗎？為什麼不願意見見我呢？」

太子的手慢慢地收了回去。「寧兒不哭了，清王可能只是太忙而已，畢竟才封了王，自然有許多事情要做。我們寧兒這麼漂亮乖巧，他怎麼可能故意躲著妳呢？」

將安寧安撫好後，太子才慢慢地離開。玄毅這人，蕭戈曾經跟他提起過，也問過他的意思，自己卻一直都沒有動作。

太子也不知道他想要怎麼辦，那是他的母妃做下的錯事，他就算再不認同，也必須承擔起後果。得知玄毅竟然沒死的時候，太子心裡奇異地浮現出一絲解脫感。

在所有的兄弟姊妹中，他獨獨對安寧疼愛有加，或許並非單純地因為安寧是個討喜的孩子，而是他也想要贖罪吧。所以不管玄毅打算做什麼，太子決定都會堂堂正正地承受下來。

安寧有些難過地回去，半路上轉了方向，找她父皇去了。

魏錦在門口見到安寧時，眼睛微微睜大了一些。「公主殿下，皇上正歇著呢，您看……」

安寧很懂事地點點頭。「那本宮先去偏殿等著吧。」

「哎、殿下！」魏錦急忙開口。「偏殿裡最近正在整修……」

「整修？」安寧皺了皺眉。「這個時候？」

「殿下有所不知，偏殿裡有一處屋頂有些裂縫，再過段日子便多雨水了，所以才抓緊時間整修一遍。殿下，不如您先回去，等皇上醒了，咱家代為通報，如何？」魏錦臉上笑咪咪的，心裡卻在打鼓。沈素年這會兒正在為皇上針灸，是斷不能讓安寧公主進去的，而偏殿那裡已經撥給沈娘子住了，她的丫鬟還留在那裡，安寧公主要是看到，定然會露餡的！

「是這樣啊……」安寧聽了之後點了點頭。「既然如此，那本宮就先回去，麻煩魏公公了。」

魏錦擦了擦額上的汗水，心想，皇上交給他的這任務可真是艱難，這樣下去，根本瞞不了多長時間呀！

安寧對魏錦也是相當熟悉了，父皇跟前，也就自己待的時間最長，這裡的偏殿，也是自己住的最多了，幾乎就像是她的另一處寢殿一樣。父皇疼愛自己，偏殿自然也不會怠慢，定期會派人檢查修繕，怎麼也不可能有莫名其妙的裂縫出現！而且，安寧特意挑的這個時間，就是算準了父皇應該正沒事的，父皇可從來沒有在這個時候睡過覺。

有問題！魏錦會瞞著自己，那麼就不是政事，否則他必然會實話實說。安寧的好奇心陡然高漲起來，難道說……父皇暗地裡放了一個絕色的美人在偏殿裡？安寧立即讓自己身後跟著的人都先回去，她獨自一人帶著許嬤嬤，偷偷地往偏殿的另一道門繞去。

「殿下……您這是……」許嬤嬤習慣性地又開始頭疼了。從前安寧公主雖然性子稍微活潑一些，但也沒有像現在這樣，好像是在見過沈娘子之後吧，變得更加讓人頭疼了！

「本宮就看一眼，一眼就成！要不這樣，嬤嬤妳先回去，到時候若是讓父皇發現了，妳也好脫身。」

「我的殿下啊！老奴要是不陪在您的身邊，豈不是更加失職？」果然是跟沈娘子學的，聽聽這口氣，一模一樣啊！許嬤嬤心裡慶幸，還好沈娘子不會再進宮了，要不然還不知道公主會變成什麼樣呢！

安寧鐵了心要去瞧瞧，許嬤嬤如何能拉得住？只能一路上不住地唸叨，期望能讓安寧改變主意。

這道偏門一般沒有人會走，只有幾個宮女、太監會守著，素年住進來之後，喜好清靜，反正這裡靠近皇上，也沒什麼顧慮，就將守門的也撤了，這更方便了安寧偷偷地摸進去。

今兒是小翠留在偏殿，她十分開心，正哼著輕快的歌，在院子裡穿梭著。時間充裕，小翠就想著要做點複雜的吃食，小姐這段日子都有些消瘦了，得好好補補。

小翠捧著一筐上好的鮮嫩白菜，腦子裡想著乾脆做一道開水白菜。這道菜工序繁複，需要反覆吊湯才能讓湯汁清澈如白水一般。走著走著，小翠發現偏殿裡僅有的幾名宮女都跪下來了，這什麼情況？小翠抬頭，發現離自己不遠的地方站著兩個人，她們臉上的表情過於驚訝，自己一時間只覺得有些眼熟……

安寧的嘴巴張著，完全合不攏。她記得這個小丫鬟，是跟在沈娘子身邊的，進過甯馨宮裡幾次，她為何會在這裡？

小翠想了一會兒，終於記起了安寧的身分，然而她一點都不驚訝，在皇宮裡碰到公主，多正常的事啊！「奴婢給安寧公主請安。」小翠抱著蔬菜，端莊地跪下去。

安寧半天沒有反應過來，還是許嬤嬤輕輕咳了一聲，她才忙不迭地恢復正常。「起來吧……」

小翠趕著要去熬湯，便退了下去。

安寧這會兒還在被這事給驚住呢，父皇看上的美人，竟然是沈素年？嗯，以沈娘子的美貌，也不奇怪。但，她之前可是叫沈娘子「姊姊」的，這是一件多麼驚悚的事情啊！

安寧回神之後，發現小翠已經不見了。沈娘子並不在偏殿中，這麼說，她此刻在父皇的身邊？怪不得魏錦說話奇奇怪怪的！安寧覺得，她一時間消化不了這個事實，驚詫到稍稍沖淡了玄毅哥哥不願見她的傷感。

「公主，我們回去吧。」許嬤嬤又再次勸道。

安寧卻徑直進入了偏殿內，宮女們如何敢攔著？她就要在這兒等著，等沈素年回來！也沒等多長時間，素年便帶著巧兒從外面走進來，看到了安寧，素年一愣，卻友好地笑了笑。皇上說這件事要瞞著眾人，沒想到這麼快就失敗了。

「民女沈素年給安寧公主請安。」素年給安寧行禮。

安寧看了她一會兒，還是讓她起來了。「妳……怎麼會在這裡？」

「這個說起來話就長了，公主要不要留在這裡用膳？我讓小翠多準備一些，小翠的手藝公主還沒有嚐過呢！」

沈素年還是原來那個沈素年，安寧忽然覺得心裡很踏實。那種讓她覺得舒服的感覺一點都沒有變，只是換個輩分的問題，完全沒有關係嘛！這麼一想，安寧反倒覺得父皇很有眼光，平心而論，沈娘子比他那些妃嬪好看得多了，關鍵是性格又好！若是她以後都留在宮裡，自己豈不是隨時都能來找她玩了？

「公主殿下怎麼會來我這裡？」

安寧的心情稍微變好了一些，聽見素年這麼問，當即呱唧呱唧地將經過說了一遍，許嬤嬤在一旁眨到快要抽筋的眼，她愣是完全沒有看見。

這下輪到素年無法接受了。「殿下是說……您認為我是皇上寵幸的美人？」

「難道不是嗎？哎呀，有什麼不好意思的？能得到父皇的喜愛，這可是那些妃嬪想都想不來的呢！」

「等會兒，妳等會兒……」素年驚訝到都忘記了敬語，她一手扶著頭，滿臉的不可思議。「為什麼呀？」

安寧笑了笑。「什麼為什麼？能住進這裡，又讓魏錦守著，還能是什麼？」說完，她還對著素年眨了眨眼睛。

一旁的巧兒撐不下去了。「……我、我去瞧瞧小翠姊姊有沒有需要幫忙的！」

「那妳別笑啊！給我回來！」素年瞥到巧兒臉上無法掩飾的笑容，惱羞成怒了。「公主殿下，民女這種身分，實在無法消受您的這種美意。」

「那妳在這裡做什麼？」

素年一愣。她在這裡做什麼？這不是很容易猜的嗎？

「……父皇的身體不適?!」

素年傻笑了兩下，一把拽住就想要往外衝的安寧。「殿下別急，皇上是不希望其他人知道的。當然，並不是想瞞您，而是身在那個位置，有許多不得已。既然公主猜到了，還請殿下能體諒皇上的一片苦心。」

誰知道，安寧被素年拽回來的時候，臉上竟然掛了晶瑩的淚珠。

「殿下，您這是怎麼了？皇上是真的不能將他的身體狀況透露出去，而且，民女只是個小小的醫女，若讓太醫院的人知道了，反而不好……」素年耐心地解釋，卻沒想到安寧哭得更痛快了。素年求救一般地看向許嬤嬤，許嬤嬤也是手足無措。

「嗚嗚嗚嗚嗚……」安寧轉過身，一把抱住素年。「沈娘子，為什麼他們都要瞞著我？是不是安寧做得不好？父皇的身體不適不告訴我，玄毅哥哥更是對我避而不見，安寧是不是讓人討厭了？嗚嗚嗚……」

許嬤嬤反常地並沒有上前勸安寧放手，她知道公主殿下這段日子被清王的舉動傷到了。明明是最親的人，卻連見都不想見她，這種打擊實在太讓人難受。

而素年，則是風中凌亂了。玄毅哥哥？玄毅是安寧的哥哥？她曾經聽安寧說，她有一個早早夭折的哥哥，因為她哥哥的死，安寧的母妃不久也病逝了，她很想要一個兄弟姊妹，也因此才打起自己的主意，想要叫自己姊姊。

但，玄毅就是安寧的哥哥？這怎麼會？當初差點害死玄毅的可是太子的娘親，而太子對安寧是真心疼愛啊！這關係有點亂，素年決定先吃點東西好了……

安寧哭了一陣子後，由宮女伺候著淨了面，便被素年拉著去用膳了。

小翠的手藝是真的好，不誇張地說，就算是御膳房裡的御廚，素年都覺得跟小翠沒法兒比。

宮裡的食材十分豐富，小翠做的東西也就很豐盛，一碟色澤金紅的焦溜牛肉片、清清爽爽的翡翠豆腐、鮮甜的拔絲雞盒、焦香的酥炸小黃魚，中間放著一個大盅，裡面是清湯寡水，只浮著幾顆白菜。

安寧對其他幾道菜的評價非常高，幾乎是讚不絕口，要不是一旁有許嬤嬤瞧著，她能邊吃邊誇，嘴都不帶停歇的。但獨獨對中間那盅清湯，安寧一直都沒有碰，因為根本毫無賣相啊！好像白水一樣，看著就能覺出寡淡的滋味。

素年也不說，笑咪咪地看著安寧掃掉了至少一半的菜，才悠哉地開口。「殿下，其實您錯過了小翠最拿手的東西，這道菜平常她可是不會做的。」從一旁拿過湯勺和小碗，素年親手給安寧舀了小半碗湯遞過去。「殿下您嚐嚐。」

許嬤嬤的臉色已經黑如鍋底，堂堂皇室公主，如何能吃這麼多啊！

安寧已經吃得很飽了，她原本並不能這樣吃的，所以這碗湯，安寧並不想喝，不過既然是素年親手舀的，那她就勉為其難地喝一口吧。誰知，安寧一嚐之後，驚詫萬分，在許嬤嬤不認同的眼神下連喝了幾口，最後一口氣將小半碗湯都給喝乾淨了！

「太好喝了！只是清湯而已，如何能煮出這麼醇厚的鮮香？本宮……本宮還要……」

「殿下！」許嬤嬤覺得她再不開口，安寧公主高貴的氣質全部都要消散了。

幸好素年開了口。「殿下，民女之前說過，殿下最好每次用膳只用八成飽。」

安寧悄悄地摸上了肚子，好像……有些凸出來了。於是，她只能可惜地看著那道令她垂涎欲滴的清湯，恨不得把肚子裡的東西都吐出來，繼續喝才好啊！

第八十六章 出謀劃策

用過膳之後，安寧仍舊不肯回去，她這幾日的低落心情得不到緩解，尤其是她自己一個人待著的時候，更覺得難受不已。

安寧執著地認為，是因為她的錯，玄毅才不願意見她。「沈娘子，我真不知道哥哥還活著，若是知道的話，我一定早就派人去找了！」

「民女明白的。」素年看著安寧的表情，心裡覺得玄毅這孩子還是一如既往的不可靠。簡單粗暴的行為，很有可能會起到反效果，只有他還覺得自己的做法沒問題。

屋裡服侍的人都被遣了出去，只留下素年的兩個丫鬟和許嬤嬤。

「殿下，還記得民女跟您說過的那個管家嗎？」

安寧點點頭，她當然記得，太有意思了。

「那個管家，就是如今的清王，您的玄毅哥哥。當初，我是在一個小縣城裡見到清王殿下的，他搶了小翠的荷包，結果卻因為身體不適，昏倒在地……」素年輕輕地說著。

安寧靜靜地聽，從她聽到素年的管家就是玄毅哥哥的時候，她就只能一動也不動地聽。

聽素年說玄毅當初有多狼狽，聽她說玄毅有多麼不愛說話、不愛跟人交流，還有不定期可能會發作的痼症……安寧愣愣的，好像在聽不相干的人的故事一樣。玄毅哥哥竟然吃了那麼多的苦，如果不是遇到素年，他現在是生是死，都不一定。

「殿下，您知道清王殿下是如何會淪落到那個地步的嗎？」

安寧木然地搖頭。

「公主殿下，民女只是不希望您對清王產生誤會，您是他最親近的手足，清王定然不會不願意見您。民女要說的是，清王和太子殿下之間，有些矛盾和誤會，他不希望殿下您捲進去，所以不見您，這是對您的另外一種愛護。」

玄毅哥哥不喜歡太子哥哥？安寧這會兒是前所未有的冷靜。為什麼？安寧坐在那裡，表情安靜得出乎素年的意料。太子哥哥那麼喜歡自己，為什麼？哥哥那麼多年都不在宮裡，一回來卻明確地表示不喜歡太子，為什麼？難道太子跟哥哥出宮有什麼關係嗎？

安寧小的時候，只知道她的哥哥夭折了，母妃也因此病逝，等她稍微大一些的時候，她免不了會想去瞭解清楚，可她卻什麼都查不到。安寧失焦的視線突然回神，死死地盯著素年。「沈娘子，妳知道的是不是？妳知道為什麼玄毅哥哥不喜歡太子是不是？是不是當年哥哥就是讓太子害的？不對，那個時候太子哥哥才多大，那麼，是太子哥哥的母妃？是了，太子哥哥的母妃也不在了……」素年的表情讓安寧知道，她猜對了。

這麼些年，她多麼自豪能得到太子哥哥的兄長之愛，那麼多人嫉妒她，安寧覺得特別的驕傲。然而，那竟然是將自己親生哥哥害得流離失所、差一點慘死的罪魁禍首之子！她還有何臉面去見玄毅哥哥？

素年一看，壞了，這孩子鑽牛角尖去了，於是趕緊將安寧的注意力吸引回來。「殿下，這跟您沒有任何關係，清王殿下也並非因此而不見您。玄毅吧……民女還是瞭解的，若他真的不喜歡，他可不會避著，那絕對是正大光明地告訴人家，他不喜歡……」說著說著，素年就說歪了，為了證明她的話，素年甚至舉了幾個玄毅以前的「光榮事蹟」，件件讓素年想起來就心酸。她那個時候壓根兒不明白，玄毅這孩子怎麼會天生就有一種凌駕於他人的氣場，也不管他們當時是不是能夠跟那些人對抗，玄毅都會義無反顧地站出去。現在明白了，人家是皇子啊！再落魄，皇族的傲骨是不會丟掉的。說起來，自己也為他收拾過不少殘局，導致後來惡整起他來絲毫不手軟，這是一個惡性循環啊……

安寧聽得入了神，這跟聽沈娘子家管家趣事的心情截然不同，她是在聽自己哥哥的事情。安寧運用起自己所有的想像力，卻仍舊無法想像得完全。那就是玄毅哥哥？他在宮外竟然會那麼做？真是太不可思議了。

素年看安寧的情緒平靜了下來，打鐵趁熱道：「所以，殿下應該有些瞭解了，清王殿下堅持不見您，是因為他自以為是地認為那樣是對您最好的做法，還請殿下諒解一下，民女覺得，玄毅能做到這個分上，已經是進步了。」

「咳咳！」小翠又咳了兩聲。但凡在素年不自覺地叫出清王殿下名諱「玄毅」的時候，她都會隱晦地做出提點。那已經不再是她們可以隨便欺負的玄毅了，那是清王，是當今聖上的兒子，小姐怎麼還是改不過來呢？

素年在心裡暗暗嘆氣，沒辦法，人的習慣豈是一朝一夕能夠改變的？壓迫玄毅這麼些年，冷不丁的人家成了皇子，她一時半會兒還適應不了嘛！所以，素年並不想跟玄毅見面，她怕自己適應不了那麼有距離感的玄毅，怕自己的眼睛裡流露出陌生的感覺讓玄毅看到。玄毅是個敏感的孩子，不管他變成什麼樣，素年相信，如果讓他察覺了，他一定會很難過的。

安寧腦子裡一片混亂，今天發生的事情有些多，她需要時間一件一件地消化，於是她主動跟素年告別了。

「小姐，玄毅……清王殿下真的是安寧公主的哥哥嗎？」安寧走後，小翠才有些懷疑地問道，這也太巧了。

誰說不是呢？玄毅這輩子似乎多災多難，先是慘遭毒手，幸虧大難不死，流落他鄉，然後跟著自己一步一步地回到京城，好不容易認祖歸宗了，卻發現同胞妹妹跟他想要報仇的人走得那麼近。可是啊，玄毅是個好孩子，他一點都沒有想過要利用安寧，他甚至為了不讓安寧捲入其中，所以避而不見，其實玄毅應該是很想見見自己這個妹妹的吧……

「不想了，總之，我是不贊同玄毅這種想法的，我最恨別人什麼事情都瞞著我，與其這樣，我更寧願全都知道，這樣以後才不會有痛恨自己因為什麼都不知道而產生了誤會的一天。」素年覺得，安寧大概也是這種想法吧。

許嬤嬤安靜地跟在安寧的身後，此時她整個人緊繃到了前所未有的程度。晚上在沈娘子那裡聽到的事情，許嬤嬤覺得，她一個快年過半百的老婆子都有些接受不了，更何況是安寧公主這種小孩子了。殿下不會做什麼傻事吧？許嬤嬤有些怨恨起沈素年了，好好的幹麼要跟公主說這些？清王殿下想瞞著公主，那就一直瞞著啊！公主現在會有多悔恨、多自責啊！她一個醫娘怎麼敢作這種決定？

安寧一路沈默著回到了甯馨宮，許嬤嬤從她的臉上看到了破釜沈舟的意味，心中一凜，完了，公主是打算作出什麼慘烈的決定嗎？

「本宮決定了！」

許嬤嬤渾身一震，嘴邊立刻就湧出勸阻的話。

「明日，本宮還要去沈娘子那裡用膳！」

「殿下不可啊！……啊？」

人有的時候，總是習慣性地看低一些小姑娘的承受能力，總覺得她們受不得一點打擊，殊不知，這些十幾歲的小姑娘們，也許早已經養成了十分堅毅的心性。

安寧認真地點著頭。「沈娘子的那個小丫鬟，手藝確實不俗，但沈娘子似乎十分看重她，本宮總不能強硬地將人要過來，所以還是本宮過去吧！想來沈娘子那麼和善的人，應該也不會介意的。」

許嬤嬤依舊在凌亂著，公主這說的是什麼？怎麼忽然說到用膳的事情上去了？清王殿下呢？太子殿下呢？皇上呢？

安寧說完，便回到內殿裡，讓許嬤嬤在門口守著，說她想自己一個人待一會兒。

「殿下……」

「嬤嬤，本宮明白。嬤嬤無須擔心，本宮只是需要好好想一想而已。」

許嬤嬤默默地退到了一邊。殿下長大了，臉上嚴肅的表情竟然讓她如此的安心……

這一晚上安寧究竟想了些什麼，許嬤嬤不知道，素年也不知道，在素年看來，女孩子原本就懂事得早，她必然會有自己的判斷才是。

於是隔天一大清早，玄毅就被堵在了自己的宮殿裡。

玄毅被封為清王之後，皇上並沒有賜予府邸和封地，而是仍舊住在宮中，這有些不合規矩，但皇上卻力排眾議，堅持這麼做。

「殿下，安寧公主等在正門那裡……」小太監急急地跑過來，跟玄毅彙報。

「……我們走偏門。」

清王開始接手一些事務了，每天都很忙碌，等他回宮的時候得到傳報，安寧公主竟然還在！

「怎麼回事？公主是一直都在？」玄毅的情緒有些焦躁，趕緊使人過去問。

回來的人戰戰兢兢地回報道：「回殿下，安寧公主……一天都沒有離開過。」

玄毅捏了捏拳頭。沒人管管嗎？公主的教養嬤嬤呢？她就任由公主做這麼任性的事情？

「殿下……公主還說了，如果見不到殿下，公主……晚上都不走。」小太監結結巴巴地說完後，惶恐地往後躲了躲，清王殿下的臉色太可怕了些。

玄毅冷著臉，他對這個妹妹不是很瞭解，但聽素年說過，安寧的脾氣有些固執啊，說不定她真能做得出來！

「公主殿下，您好歹吃點東西吧，這都餓了一日了，您的身子會受不住的！」清王的清養殿外，許嬤嬤急得團團轉。

公主想了一個晚上的結果，就是絕食！

「不用，本宮要顯示出誠意來。沈娘子說了，玄毅哥哥的本性十分善良，他一定很快就會出現的。」安寧坐在一個小小的繡墩上，她原本打算一直站著的，沒想到體力跟不上，腿有些軟，要是昏過去，那不就白搭了？所以她主動讓人拿個東西來給她坐坐，保存體力，坐等玄毅哥哥心軟。

又是沈娘子……許嬤嬤無比後悔自己那時候為什麼不勸勸殿下？但若不接沈娘子進宮，殿下又不會有這麼大的改變，真是傷透了腦筋。

公主殿下彷彿一夜之間蛻變了一樣，許嬤嬤完全無法改變殿下的想法。

安寧靜靜地坐在那裡，她想得很明白，至少，至少要讓玄毅哥哥知道，她不是個弱不禁風的嬌公主，若是自己做得不對，她會改，若是做得不夠，她也會努力，但她不需要這種莫須有的保護。她很感謝沈娘子願意將這些告訴她，所以安寧決定，一定不能辜負沈娘子的好意！

遠處有人慢慢地走了過來，安寧收在袖子裡的拳頭慢慢地握緊。是玄毅哥哥吧？他會直接從自己身邊走過嗎？還是會停下來看自己一眼？

為首的男子在安寧面前停住，安寧仰起頭，只覺得無比的親切……

「先吃點。」進了屋子，玄毅黑著臉，讓人端上一小盅燕窩粥。安寧一天都沒有離開，聽說也一點東西都沒有吃。

安寧傻笑著接過去，傻笑著將小勺送到嘴邊，喝粥的時候，眼睛都沒有從玄毅身上移開過。

「好好吃東西！」玄毅被看得難受，輕吼了一句，站起身走到窗邊。

安寧的頭跟著玄毅轉動，食不知味地將燕窩粥乖乖吃掉。

屋裡的人統統都退了下去，連許嬤嬤都沒有留下，將空間留給這一對兄妹。

「玄毅哥哥……」安寧叫出了在心底練習了許多次的稱呼，等真的叫出了口，她的鼻子有些酸酸的。

玄毅轉過身，看著安寧泫然欲泣的表情，心裡無奈。「近來有些忙……」

「騙人！沈娘子說了，玄毅哥哥是因為傻才不見安寧的！」安寧以迅雷不及掩耳之勢將沈素年出賣了。

這是素年沒有想到的，她覺得吧，自己都說了，她在宮裡的存在是個秘密，安寧應該會幫她保密的，誰知道安寧這麼實誠。

安寧想，既然玄毅哥哥原本就是沈娘子的管家，那定然是關係不一般的，再說了，她跟哥哥怎麼可能有秘密呢？

「……誰？」玄毅的表情有些扭曲，他聽到了一個以為不會再聽到的名字。

「沈娘子啊！是她告訴我，哥哥不願意見安寧的原因，還說這是一個愚蠢至極的辦法。

玄毅哥哥，安寧也覺得這樣不大明智呢！」

「妳在哪兒見到的人？」

安寧絲毫沒有隱瞞地將事情說了，玄毅聞言，表情更加的玄乎。沈素年竟然在宮裡？她沒有離開嗎？還是沒有來得及走？父皇的身子不適，這已經不是秘密了，但居然悄悄請了素年來看……難道已經嚴重到一定程度了？玄毅立刻想了許多，反倒有些忽視了面前的安寧。

「玄毅哥哥？」

「咳……真的不大明智嗎？」

「太不明智了！哥哥，你知道我多想見到你嗎？從知道你回宮開始，就一直盼著哥哥來找我，後來以為哥哥事務繁忙，就自己過來找哥哥，可哥哥居然不想見安寧！安寧那些日子有多傷心啊！整日整日地流淚，茶不思、飯不想的，都生生地消瘦下去了……」

玄毅忽然有一種面對素年的感覺，那傢伙也是怎麼誇張怎麼來。安寧剛剛不是說了嗎？是素年告訴她事情的原委的，保不齊那廝會再給安寧出點主意，這麼看來，在清養殿門口等上一天，也很有素年的作風啊！

玄毅從宮裡消失的時候，安寧只是個半點大的小娃娃，現在都長成大姑娘了……他忍不住抬手摸了摸安寧的頭，這就是自己的妹妹？跟他血脈相連的同胞妹妹！

「嗚嗚嗚……」安寧撲到玄毅的身上，抱住不放手。這是她的哥哥，哥哥沒有討厭她，真的是太好了……

稍微平復了一下心情後，安寧很勇敢地主動將問題提出來。「玄毅哥哥，安寧跟太子哥哥……」

「妳不用為難，太子對妳，看得出來是真心實意的。」

安寧歪著頭。「可沈娘子不是這麼說的啊，沈娘子說，哥哥有些會記仇，嗯……還有些……嗯……不夠大氣……嗯……」安寧「嗯」不下去了，哥哥的臉色變得好快啊，剛剛還是溫柔的樣子，這會兒一下子就凶神惡煞了起來。

「那傢伙在哪裡？」玄毅的火氣冒了出來。太可惡了，居然在自己的妹妹面前誣衊自己！什麼叫會記仇？什麼叫不大氣？自己哪裡會記仇了？

安寧舔了舔嘴唇。「在父皇那裡的偏殿……」安寧心想，沈娘子果然是個好人，一點都沒有騙自己啊……

「皇上，清王殿下來了。」魏錦上前稟報，並看了一眼又來給皇上加餐的素年。

這次是黨參泥鰍湯，對脾虛有濕、心悸氣短、身體困重很有效。泥鰍煨至酥爛，事先又用鹽和薑醃製過，一絲腥氣都沒有。

「皇上，民女先到後面避一避吧。」素年將手裡的盅放下後，並沒有如同往常一般地從偏門離去。

皇上眼裡閃過一絲疑惑，卻見素年已經向後面走了。

「傳。」

玄毅進來後，看見皇上面前案桌上仍舊冒著熱氣的盅，一愣，然後跪下去請安。

「毅兒有何事？」

「父皇，如今沈娘子在為父皇您診治？」

都是一個娘生的，玄毅和安寧都不是會拐彎抹角的孩子，皇上有些感慨，這樣還打算跟太子分庭抗禮？玄毅說不定會吃不小的虧啊！

「毅兒是如何知曉的？」

「安寧告訴兒臣的。」

素年在屏風後面淚流滿面。你委婉含蓄一點會死嗎？會死啊?!

「沈娘子，出來吧。」皇上這才知道為什麼沈素年不離開，而是迴避到後面。這姑娘，心裡通透得很。

素年慢慢地從屏風後面走出來，看到如今已是滿身貴氣的玄毅，走過去慢慢地低下身，不料胳膊卻被人給拽住，素年驚奇地抬起頭，看到一張自己熟悉的冰冷的臉。

「妳以前不讓我行禮，那麼如今，也不需要對我行禮。」

素年的嘴角僵硬，堅持想法是好的，但也要看情況啊！現在玄毅可是清王，怎麼能跟之前相提並論啊？說他傻，真是一點都沒有說錯。素年都有些不敢去看皇上的臉了，一定很精彩。

「沈娘子，父皇的身子如何？」

「尚可，需要精心調養。」

「那麼就請沈娘子多多費心了。」

玄毅和素年一問一答，算是糊弄了過去，然後素年便告退了。

「父皇，兒臣也告退了。」玄毅面不改色地也跪下開口。

然而，皇上卻發覺，他離開時的腳步稍微邁得有些大啊……

第八十七章　陳年往事

「沈娘子！」玄毅在素年身後連連追著，終於在素年即將踏進偏殿之前將人攔了下來。

素年無奈地回頭。「清王殿下。」

「妳怎麼進宮了？我不是讓妳趕緊離開的嗎？」

「皇上派人來請，清王殿下覺得民女能違抗嗎？」

玄毅聽著素年說話，總覺得不對勁。「妳能好好說話嗎？」

「……」素年心想，她哪裡沒好好說了？可很快她就意識到，玄毅在跟她說話的時候，一直都用「我」，而不是「本王」。

「過得還習慣吧？」素年的聲音莫名其妙地放輕了。

玄毅忽然覺得，自己一直繃著的神經，奇異地也放鬆了不少。

回到偌大的皇宮後，玄毅一直在強迫自己，他必須做到，這是他的宿命，可從來沒人問過他習不習慣？身邊都是恭喜的聲音，每個人都覺得，玄毅能回來、能成為清王，他會是多麼的開心。

「……嗯。」

「那就好，別讓人欺負了就行。」

玄毅正感動著，忽然又聽見素年說——

「對了，上次你還欠我們一個賭約怎麼說？你看吧，你都是堂堂清王了，這賴著不還，有些不大合適吧……」

上次那個賭約？玄毅面無表情，這會兒別說感動，啥都沒有了！讓他想想，那個賭約是幹什麼來著？似乎……是讓他做一個最嫵媚的動作？玄毅記得他當時就掀桌子了！都說了他不要再跟她們一起玩了，還非要拖著自己！不承認，他絕對不承認！

素年還在一旁喋喋不休。「要說你的運氣真是夠背的，怎麼玩什麼輸什麼呢？大家都是公平競爭，這輸了，總得有個說法吧？我也不是個難說話的，隨便擺兩個姿勢就可以了，如何？」素年一抬頭，只看到玄毅的背影。以她對玄毅的瞭解，這傢伙正面必然是冰寒如鐵的表情。嘖嘖，真是的，還是那麼玩不起！

看著玄毅的背影漸漸消失，素年眼中的嘲諷逐漸消失。這孩子，這樣子的性子，怎麼能夠是太子的對手？更別說太子身邊還有蕭戈這號人物，真是前途堪憂啊！

安寧第二日就直接去素年那裡報到了，魏錦攔都攔不住，她說得正大光明，是來找沈娘子的。

「這麼開心，見到清王了？」

安寧快樂得好似一隻小松鼠，臉上的笑容就沒有減退過。「玄毅哥哥真的不是討厭我，太好了，多虧了沈娘子呢！」

「殿下謬讚了，清王殿下跟您是血親，自然是不會不理殿下的。」

「可是哥哥昨日回去時的臉色很不好呢，沈娘子知道是為什麼嗎？」

「喔，是這樣的……」素年也不客氣，直接將賭約一事告訴了安寧。

安寧的臉不由自主地咧出一個詭異的笑容。這麼有意思？哥哥那個習慣性繃著一張臉的人，真的會履行賭約嗎？簡直太有意思了！

安寧漸漸成為素年這裡的常客，以找素年聊天為主、蹭飯為輔，皇上雖然知道，卻沒有說什麼。然而，太子殿下不知道從哪裡聽說了沈娘子在宮裡的事情，急匆匆地找上了安寧。

面對這個自己一直以來都很信任依賴的太子哥哥，安寧一時間不知道要用什麼表情來面對。

太子卻直接就問道：「沈娘子在宮裡？她還好嗎？」

安寧面色一變，什麼情況？太子哥哥怎麼這麼關心沈娘子的事情？莫非……他對沈娘子有什麼想法？

太子能有什麼想法啊？只是若再沒有沈素年的確定消息，他的得力大將說不準就要爆發了！

「挺……好的吧。」

太子又急急地問了一些稍微細一些的情況，安寧習慣性地說了實話，得到確定答案的太子，又一陣風一樣地消失了。

「這到底……是怎麼回事啊？」

太子和清王之間的矛盾，很快便出現了。朝中眾臣有的是不動聲色地觀望，有的則很明確地表明自己的立場，畢竟這種時候，若是賭贏了，便能夠贏得未來君王的賞識，所謂富貴險中求，大體就是如此。

清王的支持者遠遠沒有太子殿下的眾多。

素年很是不明白，皇上明明一副對玄毅很愧疚的樣子，為什麼要助長這種動盪的風氣呢？素年不理解，但也不敢多問，那是皇上啊，不是有什麼不明白就可以刨根問底的主。

皇上仍舊是老樣子，將大部分政事移交給了太子，卻也從中慢慢剝離出一些讓玄毅接手。別說是素年這種對朝政一竅不通的人看不懂了，就是浸淫在官場中多年的老臣，也不明白皇上的用意啊！

這是要讓他的兩個兒子鬥一鬥的節奏嗎？素年微皺眉頭，將銀針起出來。

皇上的心衰症狀略略有些好轉了，但畢竟是跟心臟有關的病症，素年絲毫不敢放鬆，稍微好一些後，素年便開始嘗試耳針了。

治療這種心臟問題的耳針，最好以電針為宜，但現在條件不允許，素年便只能用高頻率的針刺來代替。先只針一側，心、神門、內分泌，配上小腸、風濕線、交感，一次耳針下來，素年的手都會痠軟無力。

不過耳針的效果是很顯著的，皇上的精神明顯地好了許多。

太醫來複診的時候，都大讚了一番，說是聖上龍體有天佑，必然能夠轉危為安的。

身子好一些後，皇上就開始找死了，素年是這麼覺得的。

他開始同時將太子和清王召來，同時聽他們對政事的意見，而素年就在屏風後躲著待命，只為了防止皇上突然有狀況。

素年一邊聽著前面總是針鋒相對的玄毅和太子，一邊都能夠想像得到這會是多麼刺激的場面，皇上脆弱的小心臟能夠負荷得了嗎？這不是找死嘛！

「兒臣以為，馬騰提出和親與納貢，換得停戰一事，斷不可答應。如今我朝勢如破竹，根本不需要理會他們的求和，而且一旦讓馬騰有喘息的空間，兒臣認為，他們必然會捲土重來，到時候又是生靈塗炭。」

「兒臣卻不這麼認為，戰爭本就是慘烈的，如果能夠以和親和接納貢品的方式，將馬騰納為附屬國，從而停止戰爭，不啻為一件天大的喜事。」

爭論一番後，素年差不多聽懂了，原來是麗朝的邊界有外族入侵，名叫馬騰，這個外族狡猾善戰，麗朝也是費了大心思才得到如今將馬騰逼到求和的程度。但對於要不要接受求和，玄毅和太子產生了分歧。

太子不同意，他認為只有徹底將威脅消滅，麗朝百姓才能真正過上安心的日子；而玄毅則覺得，戰爭是殘酷的，百姓已經因為戰爭而民不聊生，既然人家想投降，那就接受吧。

說實話，素年挺認同太子的。斬草不除根，春風吹又生，星星之火可以燎原，特別是身為國家的統治者，必須將眼光放長遠，暫時的戰爭能換取更長時間的和平，雖然不知道滅了這個馬騰，是不是就沒有別的外族了……

但玄毅說的也不無道理，他是吃過苦的孩子，本性又是個善良的，古代的戰爭就是用人骨鋪路，用血肉築基，多打一場，就有無數的家庭因此崩散，且戰爭隨之而來的便是疾病、窮困、流民、疼痛……這些，都是沒有人願意見到的。

這種大事，兩人誰都說服不了誰，只能讓皇上定奪。

朝中大臣們從財政、兵力等各個方面，都有所支持，只是目前不很明朗。

素年聽見皇上沈默了好一會兒，才慢悠悠地開口說：「你們自己商量吧。」

素年毫無形象地蹲在地上捶地，皇上這是身子好了找樂子是吧？這種事情，他們要能商量出個結果，現在還會在這裡嗎？

玄毅表情裂了吧？是裂了吧？一定是裂了！素年有些壞心腸地想。那傢伙連自己都對付不了，更何況是老奸巨猾的皇上了！

前面安靜了一會兒後，只聽見太子鎮定的聲音響起——

「兒臣遵旨。」

玄毅則是一聲不吭，還是那種不善言辭的模樣。

忽然，素年聽到魏公公急促的聲音——

「皇上？皇上您怎麼了？」

素年立刻衝了出去。皇上的面色泛紅，呼吸有些急促，眼睛半合著，有昏迷的趨勢。素年心裡一驚，立刻伸手去摸皇上的心臟處，然後立刻拿出銀針，針刺人中穴和手心的勞宮穴，又將皇上的鞋子脫了，扎了湧泉。

在玄毅、太子及魏公公的幫助下，將皇上平躺放下來，素年一手扶著皇上的頸後向上托，另一隻手按住他的前額，向後稍推，使下頜上抬，頭部後仰，讓呼吸變得順暢。

素年示意玄毅過來接手，這段時間，她一直在探著皇上的脈搏，皇上已經是慢性心臟病的末期，這個時候若是出現心臟驟停，那就危險了。

將手騰出來以後，素年開始給皇上做胸外心臟按壓，儘管皇上的心臟並沒有停止跳動，但她希望能夠幫助皇上恢復正常。

由於前一段時間調養得當，皇上很快便甦醒了過來。他並沒有完全昏迷，這讓素年鬆了一口氣，但還是立刻讓魏公公差人去取了冰塊，包在帕子裡放在皇上的額上降溫。

素年出了一身的汗，這會兒身子竟然有些痠軟。她將銀針收好，無力地讓魏錦去將太醫們找來，再診斷一下，她自己則是慢悠悠地又走到了後面。

皇上靠在椅子上，他知道剛剛自己差點被閻王收了去。他的父皇，也是在某一天突然倒地就不省人事了。不過……這沈娘子又走進去是什麼意思？她是覺得太子和玄毅並沒有發現她嗎？

很快地，太醫們蜂擁而至，診過脈以後商量了半天，又開出了一些方子，還有太醫直接拿出一瓶丹藥，說是以後再出現這種情況，可迅速服用幾丸。

素年聞言，好奇得不得了。她對中藥物並沒有太深的研究，前世她就活了那麼長時間而已，接觸到的也並不十分全面，能將針灸學成這樣已經是不容易了。那究竟是什麼靈丹妙藥啊？她慢慢地、慢慢地挪了出去……

太醫們已經下去了，丹藥此刻在魏公公的手裡，素年一手扶著屏風，只露出小半張臉，默默無言地注視著魏錦。

魏錦起初沒注意，等冷不丁看到時，嚇得手裡的東西差點落了地！

而玄毅，則是臉上出現了奇怪的表情。

皇上順著玄毅和太子的眼光看過去，就看到素年一大半身子躲在屏風後面，兩隻眼睛卻死死地盯著魏錦和他手裡的小瓶子。

「出來看吧。」

魏錦只覺得沈素年的眼睛猛然一亮，徑直就朝著他走了過來。

如願地拿到了小瓶子後，素年特別識相地縮到角落裡，自以為不會妨礙他們談正事，然後將瓶塞拔開，從裡面倒出一顆棕黃色的藥丸在掌心，濃濃的川穹味讓素年想起前世的速效救心丸。素年對太醫還是很崇拜的，她不是多厲害的醫娘，只不過會一手針灸之術而已，跟太醫比，還是相差甚遠的。

心滿意足地將藥丸倒回去後，素年才發現，所有人的目光，這會兒都在她的身上！

是她的姿勢太猥瑣了嗎？素年自己審視了一下……應該還好吧？她又沒有蹲著，也沒其他不雅的動作啊！這些人放著國家大事不談，看她幹麼呢？

莫名其妙地將小瓷瓶交還給魏錦後，素年又打算回去屏風後面。

「……沈娘子，妳就在一旁即可。」事到如今，也沒有迴避的意義了，皇上開口讓素年待在一邊。

素年也就很聽話地又走回來，還對著玄毅和太子友好地笑了笑。

從什麼時候開始，宮裡的規矩越來越淡薄了呢？魏錦在一旁惆悵著，好像……是從沈娘子出現以後吧？在她的身邊，總是能潛移默化地慢慢隨意起來，像是知道對方能夠承受的極限是多大一樣，就算在皇上面前，也絲毫沒有拘謹。

沈娘子，究竟是一個什麼樣的女子啊？

「馬騰一事，你們自行商量，朕只需要知道結果。」皇上再次重申了一遍，就讓太子和清王都下去。

看著他們兩人的身影慢慢退出去後，素年抬起頭，瞧著皇上的表情還行，便氣場有些弱地開口說：「皇上，今日的情況十分凶險，民女以為，若是以後太子殿下和清王殿下能夠不碰面，還是一個一個見吧？」

「喔？沈娘子覺得，這樣會影響到朕的身子？」

素年覺得皇上說得太含蓄了，豈止會影響？完全就是主導嘛！但她不能這麼明說。「多多少少，是會有影響的……」

「沈娘子，毅兒……是個怎麼樣的孩子？」皇上靠在椅子上，眼睛微微閉著，像是很隨意地問了一句。

素年糾結了，她明白皇上的心情，這麼久沒見的兒子，問問情況也是正常的，但這讓她怎麼說呢？回憶起跟玄毅在一塊兒的幾年，素年隨便想想都覺得汗顏，那會兒，她是真沒有想到玄毅有這麼強硬的後臺，所以幾乎能夠算是欺負他了。這種事情說來給皇上聽，那就是作死啊！

素年明顯的猶豫，讓皇上睜開了眼睛，看到了她臉上的掙扎。「朕喜歡聽實話。」

素年淚流滿面啊！既然想聽，那就聽吧！

起先，皇上是靠在那裡悠閒地聽，聽著聽著，他靠不住了，慢慢直起了身子，眼睛裡也不再是懷念啊、感傷啊，而是充滿了不可思議，因為素年已經說到後面了。剛遇到玄毅時，他的慘烈確實讓皇上很自責、很動容，結果等到他在素年那裡落了腳後，那境況就完全是另一個樣子了。

「妳……脫了毅兒的衣服？」

素年嘴角略抽搐了下。「……那也是為了殿下的身子著想啊！皇上您有所不知，清王殿下的性子實在是……民女有讓他自己脫的，可殿下不願意。」

這能隨隨便便地願意嗎？魏錦在一旁也是好似聽天方夜譚一樣。那是皇子啊，皇子的衣服，怎麼能說扒就扒呢？

「請皇上恕罪，民女實在不知清王殿下的身分，所以才出此下策。」

「行了行了，接著說，毅兒的病症如今如何了？」

「暫時已無大礙，只要調養得當，應當不會再發作。」

皇上想起了一名女子，她溫柔嫻淑，臉上永遠是令人舒服的笑容，就算有自己的眷寵，也從不會恃寵而驕，好似一汪清泉一樣，清冽、乾淨，然而這樣的女子，卻患有癇症。他能夠力排眾議將人放在身邊，卻不能給她太高的品級，然而她卻不在意，仍然甘之如飴，還為自己生下了一子一女。而自己貴為皇上，卻連這樣的人都保護不了，讓她的孩子慘遭毒手，隨後她也因傷心過度而病逝。

這些年來，皇上對安寧的嬌寵，不是沒有補償的意思在裡面。為了後宮安定，為了不影響朝政，當年他只能草草了結那件事。

誰想，玄毅竟然有著跟他母親一樣的病症，還差點因此而死。現在聽到素年說玄毅的病症基本上已經無礙，他的心裡才稍微安定了下來。

素年這一日，幾乎就在皇上這裡度過了。她將玄毅的事情挑著說給皇上聽，從一開始極力避著一些可能會觸怒皇上的事情，到後來已完全無所謂了。要真想藏著那些不說，那她壓根兒就沒得說了。

豁出去以後，素年說得那叫一個酣暢淋漓、聲情並茂！

魏錦不知道皇上是什麼想法，他自個兒倒是聽得津津有味的，特別是聯想到清王殿下冷情的模樣，魏錦很多時候都非常想笑，卻又不敢，憋得相當辛苦啊！

晚膳的時候，素年抓緊時間告退了。她沒想到時間過得這麼快，唯恐皇上留她吃飯，因此動作迅速地跪下請安離開。

小翠早在偏殿裡等急了，見到素年以後才鬆了一口氣。雖然小姐在皇宮裡跟在外面沒什麼兩樣，但她和巧兒的內心深處仍舊是無比惶恐，只是為了不讓小姐擔心，才強行壓制著。

太子和清王的矛盾升級，關於對付馬騰求和一事，就鬧出了不少的動靜。

安寧會不時地給素年帶來最新的情況，然後苦著一張臉。「沈娘子，太子哥哥和玄毅哥哥安寧都喜歡，這可怎麼辦？」

玄毅讓安寧不用有任何的改變，以前怎麼樣，現在仍然怎麼樣，他和太子的事情，由他一人承擔。可安寧如何能夠和原來一樣？因為哥哥出了事，他們的母妃也病逝了，她怎麼還能用平常心去對待太子殿下？

安寧之後在宮裡碰見過太子哥哥，她當時就愣了好一會兒，還是太子哥哥一如既往地走過來，一如既往地說「寧兒又漂亮了」。

安寧很想哭，這麼些年來，太子哥哥對她的關心和愛護是作不得假的，可是為什麼他的母妃要對玄毅哥哥做出那樣的事？

「殿下既然都喜歡，那就繼續喜歡吧。想來，太子殿下和清王殿下也都是喜歡公主的。」素年一邊安慰著，一邊在心底揣摩玄毅的想法。

他是贊同和親、主張和平的，那麼究竟要派誰去和親，這是個問題。皇上的女兒是不少，可素年旁敲側擊了安寧幾日後，卻發現適齡未嫁的公主，還真沒有幾個。要嘛就是不夠年歲的小妹妹，要嘛就是許了人家的，素年打聽來打聽去，憂傷地發現，似乎只有安寧比較合適。這要怎麼搞？素年很是頭疼。玄毅會捨得讓安寧去嗎？

和親聽起來很美好，象徵著和平，但實際上，外族那裡的生存條件有限，一個在深宮裡豢養出來的嬌滴滴的公主，能夠在那裡活多久？素年表示懷疑。但若是安寧不去，找誰和親？喔，對了，還有那些大臣們的女兒嘛！挑一個賜個公主的封號，嫁過去就是了。

然而，素年給自己找的答案，很快就被否決了。

這日午後，安寧如同遊魂一樣來到素年的偏殿，素年正在練習針灸的手法，她還奇怪呢，安寧怎麼這個時候來了？

安寧的臉色極為不好，小臉慘白慘白的。一旁的許嬤嬤也是一副驚魂未定的樣子，再不復平時的氣勢。

「這是怎麼了？」素年將銀針放下。安寧瘦下來變漂亮之後，每日都是快快樂樂的，怎麼現在好似失了魂似的？

安寧的臉轉向素年，眼睛裡毫無神采，木然地任由素年將她拉到一旁坐下。

「說話呀，到底發生了什麼事？」

安寧的視線總算慢慢地開始集中，看見素年擔心的表情後，「哇」地一聲哭了出來。

許嬤嬤這回沒有在意安寧的哭相，而是也在一旁默默地抹眼淚。

「……」哭能解決什麼問題啊！素年在心底吐槽，卻仍然不忘安慰她。

默默地等著安寧平復情緒，等她哭夠了，素年才再次問道：「到底出了什麼事？」

安寧紅腫著眼睛，不斷地抽噎著。「我聽到消息，馬騰的首領要求和親的公主必須是父皇的女兒，可宮裡適齡的公主……就只有我一個……」

這麼囂張？「他們說娶就娶啊？現在是他們求著和親的，有什麼立場提出這種要求？」

安寧看了素年一眼，眼中有種讓素年感到汗顏的疑惑。

「沈娘子難道不知道馬騰嗎？那些野蠻的人陰險狡猾，讓我朝的軍隊吃了不少虧，這次雖說是求和，其實卻仍未到走投無路的地步，所以太子哥哥不同意，就怕馬騰會有什麼陰謀。但若不答應他們提出的條件，讓馬騰惱羞成怒，逼急了，不知道他們會做出什麼事情來。」

素年還真不知道這些細節，馬騰這個外族挺牛氣的嘛！可是，這樣的話，玄毅還會堅持和親嗎？

清養殿內，玄毅臉上的表情跟平常並無二樣，但如果素年在，她一定會發現玄毅已經瀕臨崩潰了，他的內心此刻正無比地煎熬著。

其實，玄毅並不覺得大臣的女兒就比公主要來得低賤，他也知道，去和親的女孩子要做出多麼重大的犧牲，但這比起戰爭裡的死亡，實在沒得比。然而，若是被迫去和親的女子是安寧呢？玄毅發覺，他心裡產生了從未有過的猶豫。

自己怎麼會是這種人呢？難道別人家的女兒就是應該的，安寧就不可以嗎？玄毅的拳頭捶在牆上。可是，他真的開不了這個口……

——未完，待續，請看文創風343《吸金妙神醫》4

為流浪貓狗加油 和貓寶貝 狗寶貝 廝守終生(一定要終生喔！)的幸福機會

對人來說，貓寶貝狗寶貝只是生活的一部分，
但妳（你）對牠們來說，卻是生活的全部，領養前請一定要考慮清楚——

▲ 活潑乖巧的帥哥小黑！

性　　別：小男生
品　　種：米克斯
年　　紀：大約3、4個月大
個　　性：活力十足
健康狀況：已結紮，已施打第一劑預防針，也有體內驅蟲
目前住所：屏東縣九如鄉（中途之家）

本期資料來源：http://www.meetpets.org.tw/content/61330

『小黑』的故事：

與小黑相遇在某個下雨的午後。那時在路邊停車，看到想躲雨的牠不停被人用棍子驅趕，只因為牠身上多處掉毛，被認為會帶來跳蚤。看到牠已然被逼到角落的盆栽堆躲起來，但驅趕的人依然不放棄，執意拿著棍子在一旁等牠出來。我跟先生看不下去，只好先用紙箱將牠帶走，以免牠繼續被打。

大概知道我們是來救牠的，在我們抓起牠時，小黑完全沒掙扎。讓我們不禁慶幸，還好牠沒因為被排斥嫌惡而失去對人的信任。回程路上，牠可能累了，更是一直乖乖待在箱子裡睡覺，不吵也不鬧。

剛撿到牠時，牠患有脂漏性皮膚炎，全身的毛幾乎掉了一半以上，是名符其實的癩痢狗。不過除此之外，小黑健康狀況良好，並無其他問題。而經過幾個星期的治療後，皮膚炎就幾乎痊癒了，毛髮恢復牠應有的烏黑亮麗。然而由於家住大樓，且已有一貓，還有一個一歲多小孩和即將卸貨的孕婦，讓我們無暇照顧牠。於是目前只能先將牠安置在熟識的動物醫院中。

我們如果有空都會去帶牠出門散步放風。小黑個性活潑，也正是好動的年紀，所以吃飯很急，幾乎餐餐秒殺。不過帶牠散步還算輕鬆，只要有牽繩牠就會乖乖跟人走，相信只要好好訓練，牠會是很適合相伴的小家人。近期便會帶牠去中途之家，衷心希望帥氣活潑的小黑能等到有緣人，給牠一個溫暖的家。有意者，歡迎來信wupingho@seed.net.tw(何小姐)。

認養資格：

1. 認養者須年滿20歲，有獨立經濟能力，並獲得家人與同住室友或房東的同意。
2. 學生情侶或單獨在外租屋的學生，須提出絕不棄養的保證。
3. 同意送養人後續之追蹤探訪，希望偶爾能照相讓送養人看看，對待小黑不離不棄。

來信請說明：

a. 個人基本資料：姓名、性別、年齡、家庭狀況、職業與經濟來源等。
b. 想認養「小黑」的理由。
c. 過去養寵物的經驗，及簡介一下您的飼養環境。
d. 若未來有當兵、結婚、懷孕、畢業、出國或搬家等計劃，將如何安置「小黑」？

文創風 342

吸金妙神醫 3

國家圖書館出版品預行編目資料

吸金妙神醫 / 微漫著. --
初版. -- 臺北市 : 狗屋, 2015.10
冊 ; 公分. --（文創風）
ISBN 978-986-328-511-3（第3冊：平裝）. --

857.7　　104016085

著作者	微漫
編輯	黃淑珍
校對	黃亭蓁　蔡佾岑
發行所	狗屋出版社有限公司
地址	台北市104中山區龍江路71巷15號1樓
電話	02-2776-5889～0
發行字號	局版台業字845號
法律顧問	蕭雄淋律師
總經銷	知遠文化事業有限公司
電話	02-2664-8800
初版	2015年10月
國際書碼	ISBN-13　978-986-328-511-3
原著書名	《素手医娘》，由起點女生網（www.qdmm.com）授權出版

定價250元

狗屋劃撥帳號：19001626

網址：love.doghouse.com.tw　E-mail：love@doghouse.com.tw